Ludwig Rellstab

Garten und Wald :

Novellen und vermischte Schriften von Ludwig Rellstab

Ludwig Rellstab

Garten und Wald :
Novellen und vermischte Schriften von Ludwig Rellstab

ISBN/EAN: 9783742869975

Hergestellt in Europa, USA, Kanada, Australien, Japan

Cover: Foto ©Raphael Reischuk / pixelio.de

Manufactured and distributed by brebook publishing software (www.brebook.com)

Ludwig Rellstab

Garten und Wald :

Garten und Wald.

Novellen und vermischte Schriften

von

Ludwig Rellstab.

Vierter Theil.

Leipzig:
F. A. Brockhaus.
1854.

Inhalt des vierten Theils.

Biographien.

Jean Paul.

Mein persönliches Bekanntwerden mit demselben.

Unter der oben gewählten Bezeichnung habe ich seit längerer Zeit angefangen, einzelne Begegnisse meines Lebens aufzuzeichnen, die entweder für mich, durch den Einfluß, den sie auf den Entwickelungsgang meines Innern übten, bedeutsam waren, oder welche durch Umstände und dabei betheiligte dritte Personen in der That ein Interesse gewinnen konnten, das sich vielleicht auch auf Entferntere überträgt. Was die Erinnerungen der ersten Gattung anlangt, so bleiben sie wol am besten jenem vertrauten Kreise aufbewahrt, der durch Verhältnisse, welche einen nähern persönlichen Antheil erzeugen, mit mir verbunden ist. Denn durch die Merkwürdigkeit äußerer Begebenheiten kann meine Lebensgeschichte keinen Anspruch auf Oeffentlichkeit machen; und hätte mein geistiges Sein und Wirken auch Bedeutung genug, um einem größern Leserkreise Theilnahme für die Wege einzuflößen, auf denen ich es errungen und behauptet, so wäre doch jetzt noch nicht der Zeitpunkt gekommen, was geschriebenen Blättern anvertraut ist, der Welt frei zu übergeben. Denn einmal berührt es noch zu viele fremde Lebensverhältnisse, über die ich mir, solange sie noch in lebendiger Wirklichkeit und Gegenwart bestehen, kein Recht

1*

anmaßen will *), andererseits ist es für mich selbst zu früh, da der noch im Wirken begriffene Mann, dem Jünglings- alter zu nahe steht, um es unbefangen genug zu über- schauen — halb gähren und brausen ja die jugendlichen Kräfte noch in ihm — und die früheste Zeit des Daseins nur Keime treibt, die, wenn man sie nicht wenigstens bis zu den ersten selbständigen Entwickelungen verfolgen kann, zu unterschiedslos erscheinen, um nicht jedem Leben ange- hören zu können.

Die zweite Gattung dieser Erinnerungsblätter aber knüpft sich entweder an Ereignisse oder an Personen; von den Letztern üben einige für sich selbst mitunter die höchste Anziehungskraft des Interesses (z. B. Goethe, Beethoven). Bin gleich auch ich dabei nahe betheiligt, so verhalte ich mich doch nur dazu wie Veranlassung zur Ursache, wie der Zeuge zur Begebenheit, wie der Empfänger zum Geber. Wo das Activum unsers Daseins außer uns fällt und wir das Passivum übernehmen, da hören wir auf, den Maßstab für die Bedeutung unseres Lebens zu bilden, und dürfen ohne Besorgniß, uns selbst zu hoch anzuschlagen, damit in die Oeffentlichkeit treten. Dem Geringsten kann eine solche Gabe der Schickungen, die seinem Dasein Werth, nach Verhältnissen Wichtigkeit gibt, zu Theil werden. Große Männer und Begebenheiten, die wie Firsterne selbst leuchten, erhalten und erheben Alles, was in den Kreis ihrer Strahlen tritt. Wer den Schreckensrückzug von Moskau überdauerte,

---

*) Die neueste Literatur bietet nur zu viele Beispiele der an- stößigsten Verletzungen des Heiligthums einer fremden Lebenswelt dar, die überdies noch oft von den eigensüchtigsten und frechsten Entstellungen der Wahrheit begleitet sind. Es wäre Pflicht jedes Schriftstellers von Ehre und Gewissen, wider diese Freibeu- terei gegen Privateigenthum aufzutreten. A. d. Verf.

wer nach tagelanger Verschüttung aus den Trümmern eines
Bergsturzes heraufgegraben wird, der Leibmameluck Napoleon's, das Schlachtroß Blücher's, der Spitz oder Pudel
Jean Paul's, ja der Nachen, welcher den Cäsar über das
stürmende Meer von Brundusium nach Dyrrhachium trägt,
erbt von dem Interesse des Ereignisses oder der Person. —
Einige male war auch ich ein solcher glücklicher Erbe. Mein
Lebensweg führte mich in die Nähe bedeutender, großer
Männer; es war der Pfad, den ich wählte, ihn eifrig, oft
nicht ohne Mühe verfolgte. Manch unvergeßlicher Augenblick wurde mir dafür zum Lohn; von Jean Paul, Goethe,
Beethoven (ich nenne mit Absicht nur die Todten) bewahre
ich eine lebendige Anschauung, die mir um so unschätzbarer
ist, je mehr ich ein trauriges Geschlecht der Gegenwart, dem
Pietät und Ehrfurcht verklungene Namen scheinen, sich in
kahler Unbedeutendheit laut machen sehe.

Ich hebe versuchsweise eines jener Blätter der Erinnerung aus meinem Leben heraus. Es ist mein erstes, län-
geres Begegnen mit Jean Paul, das ich den Leser hier
schildern will.

Im Jahre 1821 erfüllte mich ganz der Drang erzeu-
gender Geistesthätigkeit, und suchte nach den verschiedensten
Richtungen seine Auswege. Der Jüngling lebt im Ideal;
dahin trieben nicht allein meine dichterischen Versuche aus
diesen Tagen, sondern mir war auch noch das köstliche Gut
gläubiger, heiliger Verehrung Derjenigen geblieben, in denen
meine Ideale sich verwirklichten. Goethe und Jean Paul
waren es unter den Lebenden. Der unbegrenzte Reichthum
an Liebe, der Jean Paul's Werke durchströmt, das größte
und reinste aller Herzen, das darin schlägt, hatte von jeher

die Gefühle, welche seine Bücher erweckten, mit vollstem Vertrauen auch an ihn selbst gewiesen; denn nie waren Werk und Schöpfer so Eins als in ihm. Zu ihm drängte es denn auch mich; von ihm anerkannt, gewürdigt, geweiht zu werden zu dem dichterischen Berufe, den Niemand so verklärte und verherrlichte als er, war der heiße Drang des Jünglings. So hatte ich ihm denn schon im Winter des Jahres 1820 einige Dichtungen zugesandt und zugleich die Bitte ausgesprochen, ihn im Sommer des nächsten Jahres in Baireuth selbst aufsuchen zu dürfen. Doch war dieser Zeitpunkt bereits herangekommen, ohne daß ich auf meinen Brief eine Antwort empfangen hätte; ich gab schon die Hoffnung dazu auf, weil man mir vielfältig gesagt hatte, Jean Paul pflege dergleichen Briefe nie zu beantworten, was bei der Menge derselben, die er zuverlässig erhielt, wol natürlich wäre. Da auf einmal erhielt ich den folgenden Brief:

Baireuth, 11. Juli 1821.
(Abgegangen den 20.)

Schon im Jenner fing ich ein Blättchen an Sie an, und jetzt erst schick' ich eines. Nach den 999 Entschuldigungen meines Aufschubs ist die 1000ste die beste, daß ich erst Ende Mais durch meine Wetterprophezeiungen mich beredet habe, zu Hause zu bleiben, wenigstens bis Ende Augusts. Sie können also, freundlichster Leser und Briefsteller, mich finden, sobald Sie wollen. Aber um meine Erlaubniß hätten Sie in Ihrem Briefe nicht erst fragen sollen, mir eine Freude zu machen, da Sie zugleich lieben und dichten. — Aus Ihren mitgesandten Dichtproben erinnere ich mich indeß, da ich sie schon im vorigen Jahre gelesen, nichts, als daß mir die, welche dem so schönen „Blücher's Gedächtniß" ähnlich waren, am meisten gefallen.

Verzeihen Sie nur Einem, der als Vielschreiber von Bü=
chern auch ein Vielschreiber von Briefen sein muß, das
Verspäten der Antwort, zumal da dieses doch besser ist, als
mein häufiges Unterlassen derselben. Mit Liebe

Ihr ergebenster
Jean Paul Friedrich Richter.

Schwer würde es mir sein, das begeisterte Aufwallen,
das lang nachtönende selige Bewußtsein zu schildern, welches
der Empfang dieses Briefes mir und Denjenigen bereitete,
mit welchen ich damals die frohen Hoffnungen der Jugend
theilte. Wie Jemand, der ein hohes Loos im Lotto ge=
wonnen, oder ein Kleinod gefunden, eilte ich, als ich die
beglückenden Zeilen zuerst hastig überflogen, dann unter
freudigem Beben noch ein, zwei mal gelesen, alles Andere
bei Seite lassend, hinweg, um die Empfindungen meiner
überdrängten Brust auszuströmen.

Indem ich daran denke, überkommt mich eine leise Weh=
muth, daß die Nerven für das Gefühl solcher heiligen Zu=
stände, die die Jugend im reichsten Maße genießt, sich durch
die abschleifende Macht des Lebens so stumpf abglätten.
Was könnte mir heute noch begegnen, das so, wie ein
Blitz, eine helle Sonne der Freude, den ganzen innern
Himmel erhellte und verklärte? Und wer hätte in reifern
Jahren so viele Theilnahme, Freundschaft, Liebe, daß er
ein solches Ereigniß nach vielfachen Seiten hin mitzutheilen,
seine Gefühle in fremde Brust zu ergießen sich gezwungen
fühlte? O die Jugend weiß nicht, an welchen köstlichen
Schätzen sie überreich ist, wenn sie ein unschuldiges, ein
das Große verehrendes, an das Gute glaubendes Herz als
unerläßliche Wünschelruthe, sie zu heben, mitbringt! Wie
arm und traurig scheint mir eine anmaßliche, sich im Gefühl

ihrer frischern, aber darum nicht größern Kräfte nur eitel
überschätzende Jugend, die nicht empfängt, sondern voreilig
nur geben will, als Früchte zu spenden meint, was Unreifes
in ihr keimt, und darüber ihr Inneres, wie bei jeder zu
früh genußten Kraft, bis zur ödesten Leere erschöpft! Eine
solche Jugend prägt sich in den Halbtalenten unserer heutigen Literatur aus, die nichts erbauen, oder ihren frech das
Vorhandene einreißenden Uebermuth für schaffende Kräfte
halten. Aber mit Freuden erkenne ich andererseits auch,
daß sich viel edle, würdige Kräfte regen und entfalten, die
uns bei reiferer Sonne auch eine Fülle erquickender Früchte
versprechen.

Eilen wir, von dieser Abschweifung in die unerfreuliche
Gegenwart, in das schöne Damals zurück. Den Andeutungen des Briefes folgend, richtete ich meine Abreise so
ein, daß ich mit dem Ende des Augusts Baireuth erreichen
mußte. So reich an Erinnerungen der wohlthuendsten Art
der Beginn dieser Reise über Dresden, Teplitz und Karlsbad auch ist, versage ich mir's doch, hier auch nur mit
einigen Zügen das Bild der Vergangenheit zu zeichnen,
und wende mich gleich dem Gegenstande zu, dem dieses Er-
innerungsblatt besonders gewidmet ist. Ich kann hier zum
Theil noch aus den lebendigen Eindrücken jener Tage selbst
schöpfen, da ich einen ausführlichen Brief vor mir habe,
der mir statt eines Tagebuchs dient; leider ist ein zweiter,
welcher noch näher auf die geistigen Momente des Zusam-
menseins mit Jean Paul einging, mir durch traurige Ver-
kettungen verloren gegangen. Doch ist mein Gedächtniß,
ich darf es behaupten, ein so treuer Bewahrer dieser tiefen
Eindrücke gewesen, daß ich sie in ihrer Hauptgestaltung
auch ohne alle äußern Hülfsmittel erneuern könnte. So will
ich denn den möglichst getreusten Abdruck derselben geben

und mich mit wahrem Gefühl des Glücks in die schönen
Jugendtage zurückversetzen. — Möchte es mir gelingen, dem
Leser nur einen Theil meines Empfindens mitzutheilen, so
würde er mir gewiß nicht ungern folgen.

Am 23. August (1821) traf ich von Franzensbrunn
zu Fuß in Wunsiedel am Fichtelgebirge ein, einem Städtchen, dessen Name damals einen bedeutungsvollern Klang
(für deutsche männliche Jugend besonders) hatte, als jetzt,
wo viele Leser vielleicht gar keine besondern Gedanken damit
verknüpfen. Allein Wunsiedel war der Geburts- und
Wohnort Sand's, dessen That in jener Zeit noch mit den
lebendigsten Farben vor der Seele stand und, wie man
auch die unglückliche Verirrung ursprünglich edler Gesinnungen als solche erkennen mußte, doch eine tiefe Theilnahme für den Jüngling erregt hatte, der einer erhabenen
Sache durch Mittel zu dienen glaubte, die entschieden verworfen werden mußten. Die Aeltern des Jünglings be-
wohnten den Ort noch; in meiner Empfindung war die
Trauer dieser, besonders der gebeugten Mutter, auf die sich
durch de Wette's berühmten Brief die Theilnahme noch
näher gerichtet hatte, ein Ereigniß, das dem Orte eine
düstere Weihe gab. Deshalb ist der Abend, den ich dort
verlebte, einer derjenigen, die mir, obgleich nichts Einzelnes
von irgend einer Bedeutung sich daran knüpfte, unvergeßlich
in der Seele stehen. Noch heute sehe ich das Wirthshaus,
die Gaststube zur Rechten des Thorwegs, den Markt vor
demselben, die Wirthsleute in bestimmten Umrissen vor mir.
Der Abend war still und grau; ein beim Gehen wund ge-
wordener Fuß hielt mich ab, das in der Nähe des Städtchens gelegene Alexandersbad nebst der Luisenburg zu be-

suchen. Wehmüthige Empfindungen, die die tagesgeschicht-
liche, traurige Merkwürdigkeit des Orts, zum Theil auch
der Ernst der großen Stunde erzeugten, die mich morgen
in die Nähe des von allen Lebenden am höchsten von mir
verehrten Mannes führen sollte, erfüllten mich. Ich ließ
den ganzen Nachmittag das Stillleben des Städtchens an
mir vorüberziehen. — Eine Seiltänzergruppe war angelangt
und wohnte in demselben Wirthshause; gegen Abend spannte
sie das Seil über die Gasse aus, um vor dem versammelten
Volk ihre Kunstfertigkeit zu zeigen und den Dank in kleinen
Gaben drunten einzusammeln. Dies und der Umstand, daß
ein junges Mädchen, ein Kind von dreizehn bis vierzehn
Jahren, das ich im Wirthshaus in weiblicher Kleidung gesehen, dort in Knabentracht Antheil an den gefährlichen
Uebungen nahm, mußte mich lebhaft an die Blätter im
„Wilhelm Meister" erinnern, die Aehnliches schildern und uns
Mignon zuerst vorführen. — Die romantischen Empfindungen und Vermuthungen, welche ich hegte, waren gewiß
nicht am Ort, brachten jedoch dem braunäugigen Mädchen
mit aufgeflochtenen Zöpfen, welche das Geld einsammelte,
eine reichere Gabe auf ihren zinnernen Teller.

Ich hatte mich als Fußwanderer sorgfältig über den
Weg nach Baireuth, den ich andern Morgens antreten
wollte, erkundigt. Es gab deren zwei; der, welcher der
großen Straße folgte, war weiter, aber nicht zu fehlen; der
andere, mehre Stunden näher, führte quer durch das Fichtelgebirge, war aber, da er aus lauter Waldstegen und Fuß-
pfaden bestand, ohne einen genau unterrichteten Führer nicht
zu treffen. Sehr erfreulich war mir daher die Nachricht,
daß mit dem Frühesten ein Bote nach Baireuth abgehen
werde, dem ich mich anschließen könne und der auch Gepäck
trage. Spät noch wurde ich benachrichtigt, daß der Bote,

um die Hitze zu vermeiden, schon in der Nacht aufbrechen
wollte; ich legte mich daher sofort nieder, da ich nur noch
einige Stunden zum Schlaf vor mir hatte.

Um ein Uhr schon wurde ich aus lebhaften und ver=
worrenen Träumen geweckt. Um zwei Uhr hatten wir be=
reits Wunsiedel im Rücken. Wir bildeten eine kleine Ka=
ravane; denn dem Boten half noch seine Frau tragen, und
mehre andere Leute aus dem Städtchen hatten sich ihm
angeschlossen. Unter ihnen war eine jüngere Frau, die ihr
zweijähriges Töchterchen, ein liebreizendes Lockenköpfchen,
in ein Tuch gebunden auf dem Nacken, und dabei doch noch
eine beträchtliche Last trug. Das Wesen aller dieser Leute,
ihre wohllautende Mundart, das unverhohlene Darlegen Des=
sen, was sie erfüllte, sagte mir im Innersten zu. Stets habe
ich mit einer Art von Beschämung den Gegensatz empfun=
den, in den so von der Welt und ihren Gaben verwöhnte,
überschüttete Großstädter, wie ich einer war, die mit ge=
sättigter Begierde immer mehr und mehr verlangen, zu
diesen beschränkten Kreisen des Daseins treten. Der groß=
städtische Hochmuth wurde mir da zur wahren Demuth,
und mit Rührung sah ich, wie Das, was uns so wenig,
so nichts ist, dort so viel sein kann, mit herzlichstem Dank
als eine hohe Gabe der Vorsehung empfangen wird. Zumal
bewegte es mich, mit welcher entgegenkommenden Unterord=
nung sich diese einfachen Leute, dem für sie so vornehmen
Genossen anschlossen, und ihm alles Liebreiche und Freund=
liche anthun mochten, in dem demüthigen Glauben, ihm
gebühre es überall, das Beste zu empfangen, den Vorzug
zu genießen.

Die Nacht war mild, die Sterne blinkten freundlich,
die abnehmende Mondessichel war dem Versinken nahe,
leuchtete aber doch noch genug, um den Pfad halb zu er=

kennen. Bei einer Wendung des Wegs hatten wir plötzlich einen überraschend schönen Anblick vor uns. Eine
prächtige Feuergarbe weißglühender Funken, die sich oberhalb
in röthliche Lohe und dicke schwarze Rauchwolken verlor,
sprühte aus dem Schlott eines Eisenhammers, und diente
uns eine Zeit lang zum Zielpunkt auf dem über Wiesen
hinlaufenden Fußsteig. Als wir das Werk mit seinen brausenden Triebrädern und pochenden Hämmern hinter uns
hatten, und sein Geräusch sich in die Ferne verlor, nahm
uns dichtes Gebüsch auf, und der Weg zog sich steil bergan.
Hier verließ uns das Licht des Mondes, Finsterniß des
Waldes umhüllte uns, der Pfad klimmte über Felsstufen
und schlüpfriges Moos. Noch jetzt ergreift mich die Natur
des Gebirgs mit eigenthümlichen Schauern; damals, wo sie
mir neuer, der Jugendreiz unendlich lebhafter war, brachte
sie mein ganzes Innere in Aufregung. Ein seliges, ge-
heimnißvolles Entzücken durchströmte mich beim Anblick eines
finster aufsteigenden Bergrückens, beim Brausen schäumender
Waldbäche. In der dürren Ebene aufgewachsen, hatte diese
Gestalt der Natur etwas so Fremdartiges, Wunderbares
für mich, daß sie stets den Eindruck eines außerordentlichen
Ereignisses machte, der sich auch heute nur gemindert, nicht
verloren hat. — Der vor mir liegende Brief ist mit der
warmen Schilderung dieser Nachtwanderung erfüllt.

Das Kind, welches die Mutter trug, erwachte; es fing
an munter zu plaudern und die Mutter koste mit ihm.
Diese Stimmen waren die einzigen, welche sich in dem einsamen Walde vernehmen ließen, da das beschwerliche Steigen
den Uebrigen zu viel Anstrengung kostete, um ihnen Lust
zum müßigen Gespräch zu lassen. Die muntern lieblichen
Laute des Kindes, die kosenden Worte der Mutter, in der
wohltönenden Mundart des Landes gesprochen, hatten etwas

so heimlich Süßes in der düstern Stille dieser wilden Natur,
und als Gegensatz zu dem schweren, tiefen Athemholen der
andern, schweigend aufwärts klimmenden Gestalten, daß ich
den Klang und seinen Eindruck nie in meinem Leben vergessen werde. Ich schloß mich der in ihrem Liebling seligen
Mutter dicht an und schäkerte mit dem blondlockigen Köpf-
chen. Viel hätte ich in dem Augenblick für irgend ein
Zuckergebäck oder sonst eine süße Waare gegeben; aber auf
dem wilden Fichtelgebirg wollte sich der Art nichts finden,
und was ich der Mutter Erleichterndes zu thun mich erbot,
ihr ein Bündel den steilen Berg hinaufzutragen, lehnte sie
beharrlich mit den Worten ab: „Ei, das würde sich
schicken! — wir sind das gewohnt!"

Jetzt hatten wir die Höhe des Berges erreicht und der
Blick genoß eines erweiterten Horizonts. Im Osten glomm
über den Thalnebel der Purpur des Morgens, von langen,
schwarzen Wolkenstreifen durchzogen; sonst deckte noch nächt-
liches Grauen den Himmel und die Landschaft, und nur
die Waldkuppen der hohen Berge ragten finster aus diesem
grauen See empor. Wie lebendig wurden jetzt die vielen
Schilderungen in mir, die sich als getreue Spiegelbilder der
Natur, nur durch das reinere Licht der Kunst verklärt,
gerade von diesen Landschaften in Jean Paul's Werken finden.
Der heimatliche Fichtelberg, mit seinen schwarzen Wald-
höhen, den Blicken weit über die Thalschluchten und Wie-
sengründe hinweg, ist ja so oft der Boden, auf dem sich
die idealen, oder lebendig charakteristischen Gestalten des Dichters bewegen, auch wenn er ihn nicht bestimmt bezeichnet.
In diesen Landschaften war er geboren, hier hatten ihn die
Träume der Jugend beseligt, hier entfaltete sich später der
seiner hohen Macht bewußte Geist und sog an der Brust
dieser kräftigen Natur seine Stärke.

Ich entsinne mich von diesem ersten Theil des Weges
hauptsächlich nur des eben geschilderten Eindrucks auf dem
Gipfel des Berges mit Klarheit, wo wir die Uebersicht der
Landschaft hatten, bevor der Morgen ihr Farben gab. Da
ich nicht dichten, sondern so treu als möglich berichten will,
so ergänze ich auch nichts aus der Phantasie. — Späterhin
ist mir noch ein saftiggrüner, von Hütten belebter, mit
vielen Umzäunungen für das Vieh durchschnittener Wald
und Wiesengrund erinnerlich, wo uns Heerden begegneten
oder zerstreut an den Bergen hingen.

Der Weg war lang und beschwerlich; mein wunder
Fuß fing wieder an zu schmerzen und das fortdauernde
starke Auftreten beim Bergabsteigen auf hartem Felsboden
theilte der ganzen Fußsohle ein heftiges Brennen und einen
dumpfen, wie von einer Quetschung herrührenden Schmerz
mit. Der Tag war sehr heiß geworden, die Sonne brannte
scharf herab, die Mittagszeit nahte sich. Wir traten aus
dem Walde des letzten hohen Gebirgsrückens hervor: da lag,
noch zwei Stunden entfernt, Baireuth in weiter Thalaus-
breitung, in dem dämmernden Dunst des heißen Nachmittags,
halb verschleiert vor uns. Das Herz schlug mir hoch auf
bei dem Anblick der ersehnten Stadt, ich erinnerte mich
lebhaft an die Schilderung des Gefühls der Kreuzfahrer,
als sie Jerusalem zuerst von der Anhöhe erblickten. Baireuth war mein Jerusalem; es hatte in jenen Jahren für
die heiße Brust des Jünglings eine Bedeutung, erregte
seine Seele in einer Weise, die jener religiösen Begeisterung
nahe verwandt sein mochte.

Tiefer am Abhang lag ein Dorf; in dem ländlichen
Garten des Wirthshauses rasteten wir noch einmal und
frühstückten unter einer von überhangenden Baumzweigen
gebildeten Laube. Ein Theil unserer Wanderer, auch die

junge Mutter mit ihrem Kinde, hatten sich schon auf dem
Wege von uns getrennt, sich andern Zielen zuwendend.
Mit dem Boten und seiner Frau durchmaß ich die letzte,
den ermüdeten, schmerzenden, angeschwollenen Füßen in der
brennenden Mittagssonne aufs äußerste beschwerliche Strecke.
Diese verlängerte sich noch dadurch, daß wir durch eine
Vorstadt Baireuths, Brandenburg genannnt, mußten (eigentlich wol ein abgesonderter, ganz nahe gelegener Ort, der
erst später mit der Stadt verbunden wurde), und der Weg
sich durch diese bis zur eigentlichen Stadt in weitläufigen
Windungen hindurchzieht, sobaß man das dicht vor Augen
liegende Ziel wol schon eine Stunde lang erreicht zu haben
glaubt, bevor man es wirklich erreicht hat. Doch sind mir,
obgleich ich der Beschwerde und Ungeduld fast erlag, noch
viele Eindrücke dieser Wanderung so lebendig wie von gestern
her. Drei schwer belastete Frachtwagen begegneten uns
vor der Stadt, ein munterer Spitz sprang auf der Wöl-
bung der Packereien des letzten umher und kläffte uns er-
eifernd an. Hinten auf dem Langbaum saß im Schatten
der Ladung ein Kärrner im blauen Kittel und strickte einen
eben so blauen Strumpf. — Vor einem der Gärten an
der Chaussée stand ein beleibter, wohlhabend aussehender
Mann, in grauer Nankingjacke, Weste und Hemd weit ge-
lüftet, der sich den Schweiß von dem rothen runden Angesicht trocknete. Der Führer grüßte ihn als einen bekannten,
vermuthlich reichen Mann mit Ehrfurcht. „Guten Tag —
es macht warm heute", war die Antwort; „ich will ein
wenig aufs Feld!" — Ich könnte die gutmüthigen, von
Gesundheit strotzenden Gesichtszüge, die ganz behagliche Gestalt, die ihr Eigenthum so recht eigentlich im Schweiße
ihres Angesichts verwaltete und der Wohlhabenheit so mit

Mühe genoß, noch Zug für Zug malen. So unauslösch-
lich prägen sich bisweilen ganz zufällige Momente und Begegnisse ins Gedächtniß. Schwören möchte ich darauf, ich
würde den Mann, den ich vor siebzehn Jahren nur fünf
Secunden gesehen, noch heute wieder erkennen.

Endlich standen wir vor dem Gasthof zum „Goldenen
Anker", wo ich einkehrte. Ein kühles Zimmer, frisches
Wasser, Umkleiden mußten den müden Wanderer zuerst er-
quicken. Doch er war auch hungrig und so konnte ihm
nichts willkommener sein, als daß er fast auf die Minute
zur Mittagstafel eintraf, nach elfstündiger, beinahe ununterbrochener, oft durch steile Wege höchst mühseliger Wanderung. — Nach Tische fühlte ich die größte Abspannung des
Körpers; selbst die Spannung des Geistes, in der ich mich
befand, hielt ihr nicht die Wage. So ungern sich daher
meine Ungeduld bekämpfen ließ, so sah ich doch ein, daß
ich mir den ersten, wichtigen, erhebenden Augenblick der
Zusammenkunft gänzlich verkümmern würde, wenn ich nicht
wenigstens einigermaßen frische Kräfte dazu mitbrächte. Ich
beschloß also, erst zu ruhen, und drei Stunden lang hielt
ein bleierner Schlaf die ermüdeten Glieder gefesselt.

Um fünf Uhr verließ ich mit pochendem Herzen das
Gasthaus. — Nicht ohne einige Beklemmung hatte ich den
Kellner nach der Wohnung des Legationsraths Richter —
ein Titel und Name, der mir ewig fremd geblieben ist,
wenn ich an Jean Paul dachte — gefragt und geläufigen
Bescheid erhalten. Jetzt stand ich vor dem bezeichneten
Hause, ich betrachtete es lange, von wechselnden Empfindungen durchwallt. Endlich trat ich ein, stieg die zwei
Treppen hinauf und zog die Klingel; in diesem Augenblick
überfiel mich ein plötzlicher Schreck, daß Jean Paul vielleicht seine Reise (deren er in dem oben mitgetheilten Briefe

erwähnt) bereits angetreten haben möchte. Doch die Besorgniß dauerte nur wenige Secunden, denn schon hatte
ein junges, freundliches Mädchen, etwa achtzehn Jahre alt,
mir die Thür geöffnet; auf meine Frage nach dem Legationsrath Richter antwortete sie durch eine nach meinem
Namen, und rief, als ich diesen genannt hatte, so freundlich als unbefangen: „O, das wird den Vater sehr freuen;
wir haben Sie schon lange erwartet; ich werde ihn sogleich rufen." Mit diesen Worten verließ sie eilig das
Zimmer, in das ich getreten war. Mir aber war überglücklich zu Muthe; denn nicht nur daß die Besorgniß, der
theure verehrte Mann möchte nicht daheim sein, geschwunden
war, so hatte dieser Empfang auch die ganze Last der Beklemmung von meiner Brust gewälzt, und ich empfand
mich als Einen, der eine schwierige, entscheidende Aufgabe
seines Lebens plötzlich glücklich gelöst sieht. Die älteste
Tochter Jean Paul's lebt, so viel ich weiß, jetzt in glücklichen Verhältnissen als Gattin; ich bin ihr das Geständniß
schuldig, daß ich ihr den Dank für diese erste freundliche
Begegnung, für diese jugendlich anmuthigen, wohlwollenden
Worte, unvergeßlich in meinem Herzen bewahrt habe, und
ihn ihr heute, nach siebzehn wechselvollen Jahren meines
Lebens noch mit ganzer Wärme abstatte.

Nach einigen Augenblicken kehrte sie zurück, mit der
frohen Botschaft, der Vater werde sogleich kommen. Sie
nöthigte mich darauf, ihr in ein anderes Zimmer — das
Familienwohnzimmer — zu folgen, wo sich eine junge
Freundin von ihr befand. Die Damen setzten sich zu weiblichen Arbeiten nieder, und ich, im Verkehr dieser Art als
Großstädter nicht befangen, war bald mit ihnen im Gespräch, nur daß ich etwas zerstreut blieb, weil mein Herz
und meine Blicke sich unverwandt nach der Thür richteten,

durch die ich Jean Paul eintreten zu sehen hoffte. Er blieb endlich der Tochter selbst zu lange, und trotz meines Abwehrens ging sie noch einmal zu ihm hinüber. Jetzt folgte er ihr auf dem Fuße. Ein Mann trat ein, schlicht bürgerlichen Ansehens, eine mittelgroße, kräftige Gestalt, die Stirn hoch, das Haar frei aufwärts gekehrt, nicht wild, aber auch nicht geordnet, die Nase gekrümmt, der Mund wohlwollend, im Auge Leben, der Ausdruck ernst und freundlich zugleich, doch keiner dieser Züge so hervorstechend, um etwa daraus einen unmittelbaren Schluß auf die Natur des Geistes zu machen, der in diesem Haupt wohnte; sondern dieser warf erst im Gespräche seine bedeutungsvollern Lichter auf die Züge des Bildnisses. Im Eintreten sprach Jean Paul: „Nun, das freut mich, daß ich Sie endlich selbst sehe; seien Sie uns herzlich willkommen!" Dabei reichte er mir die Hand und verstärkte dadurch den Ausdruck wahrer Freundlichkeit und herzlichen Wohlwollens, der in den Worten lag. Meine ersten Erwiderungen waren etwas befangen; es ist nicht möglich, einem solchen Manne gegenüber die schwächlichen Formen conventioneller Höflichkeit frei anzuwenden, und es ist andererseits bei dem Abstande, in dem man sich fühlt, ebenso wenig schicklich, sie ganz außer Acht zu lassen. Ob ich den richtigen Mittelweg, den mich Verehrung und Liebe gehen ließen, getroffen habe, will ich dahingestellt sein lassen. Doch Jean Paul gab mir auf dem schwer zu wandelnden Pfade schnell eine treuherzig leitende Hand, und nach wenigen Minuten empfand ich nur das Glück seiner Gegenwart, mich selbst im freiesten Behagen des Genusses. Ich übergab ihm noch zwei Briefe, den einen von einem Jugendgenossen, dem Kriegsrath Ahlefeldt in Berlin (seitdem auch längst verstorben), den andern von Tieck. Der erste weckte nur eine flüchtige, aber doch freundliche Erinnerung an einen Mann, mit dem ihn mehr die zufälligen Lebenswege als innere Beziehungen zusammengeführt hatten; den zweiten, von Tieck, ergriff er mit Freude. Er sagte, indem er ihn öffnete: „Es ist mir lieb, daß Sie mir Briefe bringen, denn sie erfreuen mich immer; doch Sie hätten der Empfehlungen nicht mehr bedurft."

Das erste Gespräch knüpfte sich mehr an äußere Gegenstände, es vertiefte sich in Nichts, was einen nähern Bezug zu Kunst oder Wissenschaft gehabt hätte. Jean Paul gewährte mir, und mein Dankgefühl dafür wird mich bis an das Ende meines Lebens begleiten, mehr einen ersten Empfang des Herzens als des Geistes — Er fragte, nachdem er die Briefe flüchtig angesehen, nach meiner Reise. Da er hörte, ich sei diesen Morgen zu Fuß über das Gebirg von Wunsiedel gekommen, wallte er freudig auf, drang mit wohlwollendem Eifer in mich, mich zu setzen, bot mir Wein, Bier, Kaffee nach Wahl zur Erquickung an und äußerte seine aufrichtige Freude darüber, daß seine Lieblingsart zu reisen, nämlich zu Fuß, auch die meinige sei, Etwas, wozu er mir als einem Großstädter weder Kraft noch Neigung zugetraut hätte. Es wurde uns jetzt ein Krug seines Lieblingsgetränkes, jenes berühmten baireuther Biers gebracht, während die Damen, glaube ich, Kaffee tranken, und wir setzten uns zu wahrhaft herzlichem und vertraulichem Gespräch nieder. Wie waren die Strahlen dieser fernhin so glühend machtvollen Sonne des Geistes in der Nähe so warm, so mild! Wie wurde mir wohl in dieser unmittelbaren Berührung, wie erfüllte sich die Seele mit Rührung und näherer Hinneigung zum Guten, Schö Edeln, Bessern in Leben und Kunst!

Wol eine Stunde mußte ich mit dem tiefverehrten

Manne aufs vertraulichste, anspruchsloseste sprechen. Ich redete mehr als er, denn er fragte viel; in seiner Einsamkeit zu Baireuth waren ihm die Bewegungen in Wissenschaft und Politik, die ich in den Kreisen, in welchen ich mich bisher bewegt hatte, lebendiger und unmittelbarer anzuschauen Gelegenheit fand, von großem Interesse. Er wollte darüber unterrichtet sein; ich gab, was ich vermochte. Er fragte mich zunächst nach Tieck, dessen Brief er wiederholentlich las. Eine Stelle in demselben: „Ist keine Hoffnung, daß meiner liebsten Bücher eines, die Flegeljahre, vollendet werde?" gab ihm Stoff, sich über diesen Gegenstand, der mir von höchstem Interesse war, zu erklären. Er sagte: der Plan sei fertig, aber er habe so viel Entwürfe im Kopfe, daß er noch nicht wissen könne, wann er an die Vollendung gehen werde. Auch „Die unsichtbare Loge" wolle er vollenden, zuvor jedoch „Den Kometen" (der erst vor einigen Monaten erschienen war), und überdies arbeitete er an seinem Leben. Die Herausgabe einiger ältern Schriften in neuer Auflage habe ihn auch einige Zeit lang beschäftigt. „Die grönländischen Processe", erzählte er, „erscheinen aufgelegt und umgearbeitet; ich habe Vieles geändert, hauptsächlich weggestrichen, aber ich habe den Jüngling stehen lassen; denn nur als das Werk des achtzehnjährigen Jünglings hat es einen Werth und eine literaturgeschichtliche Bedeutung. Die Jugend mußte also darin bleiben mit allen ihren Fehlern."

Nach diesen Aeußerungen über eigene Werke, die durch Tieck's Brief angeregt worden, fragte er mich viel nach diesem, nach seiner Lebensweise, was er jetzt schreibe, zunächst beabsichtige, ob sein Werk über Shakspeare nicht bald erscheinen werde, über welches Alles ich ihm, soweit ich vermochte, Auskunft gab. — „Ein solcher Mann, wie

Tieck", schloß er, „fehlt mir hier; er gerade wäre Der, mit welchem ich über so Vieles sprechen könnte, was ich jetzt allein verarbeiten muß. Das ist der Fehler eines so kleinen Orts wie Baireuth, doch hat er auf der andern Seite wieder große Vorzüge. Aber Tieck sollte hier wohnen!"

Er fragte ferner nach Schleiermacher, Hegel, ihrem persönlichen Verhältniß zueinander, und erwähnte dabei gelegentlich Manches über sein früheres zu Fichte, was ich indeß, theils, weil mir das Genauere entfallen ist, theils, weil es zu abgerissen war, und hauptsächlich, weil es im engsten Vertrauen geäußert wurde, nicht näher berühren will. — Alle berühmten Männer der Universität mischten sich in unser Gespräch, doch weniger in wissenschaftlicher Beziehung, als wie man nach alten Freunden fragt, über die ein Augenzeuge das Neueste berichten soll.

Zwischen diesen Gesprächen richtete Jean Paul oft freundlich scherzende Worte an die jungen Mädchen, und verflocht sie auf die zwangloseste und angemessenste Weise in unsere Unterhaltung. Ich habe die Einzelheiten bis auf eine, die in ihrer Form auch echt Jean Paulisch ist, vergessen. Er fragte die junge Freundin seiner Tochter, da gerade von der Lust der Mädchen am Spiegel die Rede war: „Sehen Sie nicht gern in den Spiegel?" — „Nicht allzu gern, und nicht ohne Noth." — „Aber doch wenn Sie gerade vorübergehen, haschen Sie gern einen flüchtigen Blick?" — „O nein." — „Auch nicht wenn Sie schwarzen Kaffee trinken? Spiegeln Sie sich da nicht ein wenig in der Tasse?" — Die Antwort war eine lächelnde: „Das ist mir noch nicht eingefallen." — Ich weiß nicht, ob es Andern ebenso geht, allein ich fand in dieser seltsamen Wahl eines Spiegels einen bezeichnenden Zug von der Neigung unsers Dichters, besonders physikalische Eigenschaften und Verhältnisse der Dinge als Hebel der Charakteristik oder der Wendung der Ereignisse zu benutzen.

Die Stunde, welche mir Jean Paul schenkte, war schnell verflossen. Er verließ plötzlich das Zimmer, ohne ein Wort zu sagen; ich glaubte anfangs, es sei nur augenblicklich und er werde bald wieder eintreten; doch da eine Viertelstunde und länger vergangen war und er sich mir noch nicht wieder zeigte, sah ich wol, daß es seine Art sei, sich ohne Abschied wieder an seine Arbeit zu begeben und seiner Tochter den Ueberrest der geselligen Pflichten zu überlassen.

Ich mochte die jungen Mädchen durch mein Bleiben, ohne daß ich eigentlich recht bei ihnen war, wol in einige Verlegenheit setzen; doch ich war noch zu neu im Hause, um geradehin zu fragen, ob der Vater zurückkommen werde, und da das Gehen im Verneinungsfalle auch nach gewöhnlichen geselligen Convenienzen ziemlich unartig gegen die Damen gewesen sein würde, so zog sich wol noch eine Stunde in diesem etwas peinlichen Zustande hin. Indessen gab die Musik uns ein Aushülfsmittel; in der Hoffnung, daß diese vielleicht Jean Paul, der eine große Neigung zu derselben hatte, wieder ins Zimmer locken möchte, gab ich der Auffoderung gern Gehör, mein wenig bedeutendes, damals aber doch noch einigermaßen im Gang befindliches Geschick als Klavierspieler zu zeigen. Ich phantasirte, oder besser, präludirte etwas und spielte dann, ich weiß nicht mehr was, aber wahrscheinlich irgend etwas von Beethoven, Ludwig Berger, Dussek, Maria Weber, oder was mir sonst eben geläufig sein mochte. Ich versuchte auch, die Tochter Jean Paul's zum Gesang zu überreden, doch sie besiegte ihre Befangenheit nicht und es blieb bei der Unterhaltung über einige Compositionen, die sie liebte. Ich übernahm es, sie mit einigen Liedern von Berger und Bernhard Klein bekannt

zu machen, und versprach, da sie ihr gefielen, ihr dieselben
aufzuschreiben. Damit hatte ich zugleich einen Anknüpfungspunkt für meinen zweiten Besuch gewonnen, denn unmöglich konnte ich mich mit diesem ersten genügen lassen. Jean
Paul hatte mir zwar gesagt, er denke, da ich acht Tage
in Baireuth bleiben wolle, mich noch öfter zu sehen und
ausführlicher mit mir zu sprechen; allein er hatte an diese
allgemeine Einladung nichts näher Bestimmendes geknüpft,
weder in Beziehung auf den Tag noch auf die Tageszeit,
wo ich ihn etwa besuchen dürfte. So wurde mir denn der
kleine musikalische Dienst eine willkommene Hülfe, den nächsten Besuch einzuleiten, und bei dieser Aussicht gewann ich
es leichter über mich, dem Hause, welches ein Kleinod von
so unendlichem Werth für mich in sich schloß, endlich das
erste Lebewohl zu sagen. Ich schied mit der eintretenden
Dämmerung. Jean Paul's Gattin hatte ich an diesem Tage
nicht gesehen; sie war nicht zu Hause gewesen.

Einen Tag glaubte ich verstreichen lassen zu müssen,
bevor ich wieder an die Pforte Jean Paul's klopfte. Ich
benutzte denselben zu einem Ausflug nach Fantaisie, das in
dem romantischen Zauberlichte vor meiner Seele stand, in
welchem es uns in den „Blumen-, Frucht- und Dornenstücken" erscheint, geheiligt durch die, wenn auch nur dichterisch geträumte Heimatlichkeit Leibgeber's, Siebenkäs' und
Nataliens daselbst. Hier blieb nun freilich die Wirklichkeit
weit hinter dem schönen Bilde der Phantasie von Fantaisie
zurück. Ich sah nur einen verwilderten Garten, ein halb
verödetes Schloß und die Ueberreste einiger, vormaligen
Glanz und Reichthum bekundenden Anlagen im altfranzö-
sischen Geschmack, z. B. die ausgetrockneten steinernen Bassins
der Springbrunnen, jetzt mit wildem Gesträpp halb über-
wachsen, und Aehnliches mehr. Doch mochte die Melancholie

eines trüben, grauen Augusttages und meine mißmuthig
niedergeschlagene Stimmung, daß ich Jean Paul so nah und
doch so getrennt von ihm war, Vieles dazuthun, den Eindruck des berühmten Parks an mir abgleiten zu lassen.
Einige Theile desselben sind jedoch schon durch ihre Lage,
indem sich der Garten zwischen Thal und Höhen hinzieht,
schön zu nennen; doch mit dem besten Willen war weder
die Wunderwelt der geschilderten Fantaisie, noch die dichterisch auf den Grundlagen dieser wirklichen geschaffene eines
Lilar auf irgend eine Weise hier zu erkennen. Die Armuth
des Wirklichen wurde jedoch zu einem Prüfstein der reichen
Schöpfungskraft unsers gefeierten Dichters. — Merkwürdig
war mir eine uralte Linde, die ich auf dem Rückwege rechts
an der Chaussee wahrnahm. Der Stamm derselben hatte
den stärksten Umfang, den ich je gesehen, und zeugte von einem
kaum zu ermessenden Alter des Baumes. Obwol im Ab-
sterben, denn er war halb·gehöhlt, entwickelte er doch noch
eine Pracht der Krone, der üppigen, weithingestreckten
Zweige, daß ich mich nicht entsinne, später jemals einen
Baum dieser Gattung gesehen zu haben, der den Vergleich
mit diesem ausgehalten hätte, dessen Stamm dicht über der
Wurzel wol dreißig Fuß im Umfange haben mochte.

Am folgenden Tage, es war ein Sonntag, ging ich,
meine möglichst sauber aufgeschriebenen Lieder in der Hand,
Nachmittags wieder zu Jean Paul. Es war auch diesmal
seine Tochter, welche mich empfing; sie sagte mir in den
ersten Worten unsers Gesprächs aus einer Art von verlegener
Uebereilung, daß sie den Abend nicht zu Haus zubringen
würden. Es würde zwar das höchste Ziel meiner Wünsche
erfüllt haben, wenn ich in dem sonst so einsamen, fremden
Ort, wo ich mich keiner Seele anders anschließen konnte,
einen Abend in dem Familienkreise des Verehrten zugebracht

hätte; allein ich hatte meine Hoffnungen nicht so weit ausgebehnt, sondern sah ein reiches Maß der Erfüllung schon darin, wenn ich wieder eine kostbare Stunde, gleich der neulichen, gewönne. Deshalb war diese Andeutung nicht zurückschreckend oder niederschlagend für mich; doch mit der beklemmenden Besorgniß, eine verneinende Antwort zu erhalten, fragte ich, ob es erlaubt sein werde, den Vater um einige Augenblicke zu bringen. Ich bat dringend, falls mein Besuch unerwünscht komme, mich zu anderer Zeit wieder zu bescheiden; doch die Tochter (der ich ja wol das richtige Urtheil zutrauen durfte, wie weit sie bei dem Vater gehen könne) war freundlich bereit, ihm mein Kommen anzusagen, und wenige Minuten darauf trat er ins Zimmer.

Sein Empfang war wieder sehr wohlwollend, aber diesmal nicht so unverkennbar freudig und herzlich. Er schien mir etwas aufgeregt vom Arbeiten, was sich auch auf seine Art zu sprechen übertrug. Dies wurde vortheilhaft für mich, denn er wandte sich heute mit mehr Antheil und Stetigkeit solchen Gesprächen zu, welche die innersten Beziehungen meines Lebens berührten. Er sprach von vielen literarischen Verhältnissen, von Büchern, Zeiten und Menschen, und gab diesmal fast nur, statt, wie neulich, fast nur zu verlangen. Das erste mal hatte ich zu ihm gesprochen, jetzt sprach er zu mir, und ich horchte mit gespannter Theilnahme. Den Inhalt dieses und der weitern Gespräche mit dem außerordentlichen Manne legte ich gleich damals in dem schon erwähnten Briefe nieder, der zu meinem innersten Bedauern verloren gegangen ist. Das mir vorliegende gleichzeitige Schreiben gibt nur einige allgemeine Andeutungen, die ich aus dem Gedächtniß mit dem Bestreben möglichster Treue zu ergänzen suchen werde. Doch an dem manchen Andern, was die Jahre aus meiner Erinnerung verwischt haben, ob-

gleich ich die Eindrücke damals mit einer Lebhaftigkeit aufnahm, die sie mir als unvergänglich erscheinen ließ, erkenne
ich, daß ich einen unsichern Weg gehe, nur Unzulängliches
liefern kann, und also mehr die Gunst des Lesers für mein
aufrichtiges Wollen erbitten muß, als auf seinen Dank für
ein wirkliches Geben Anspruch machen darf. — Einige Ent-
schädigung dafür findet sich jedoch in der Erwägung, daß
die erste Wärme der Aufregung auch nur ein mangelhaftes
Bild der Wirklichkeit herstellt, welches andere Fehler zu
haben pflegt, als das später nach festgehaltenen Grundzügen
entworfene, indem bei jenem häufig zu zahlreiche Einzelnheiten die klare Auszeichnung der Hauptumrisse verwirren.

Jean Paul erwiderte auf meine in hergebrachter Weise
geäußerte Befürchtung, ob ich ihn störe, mit den Worten:
„Nicht mehr als jemals; ich arbeite immer, wenn ich zu
Hause bin, also stört man mich stets oder nie. Ich freue
mich aber sehr, daß Sie gekommen sind, denn wir haben
noch Vieles zusammen zu sprechen; es thut mir nur leid,
daß ich gerade jetzt, da ich bald abreisen will, so von Geschäften gedrängt bin. Doch müssen wir noch einmal recht
ausführlich miteinander reden, von Ihren Gedichten und
von vielem Andern.“

Ich bat ihn, mir die Stunde eines solchen Gesprächs
selbst zu bestimmen, damit ich nicht zur ungelegensten komme;
meine Zeit in Baireuth gehöre ihm allein, und es sei mir
daher jede Bestimmung gleich willkommen. Er versprach,
mich mit Nächstem wissen zu lassen, wann er hinreichende
Muße dazu habe. „Ich muß Ihre Gedichte erst wieder
durchsehen, und habe sie schon dazu herausgelegt“, knüpfte
er den Faden des Gesprächs bei einem speciellen Gegenstande
an. „Es ist zu lange her, daß ich sie gelesen habe, und

daher sind meine Erinnerungen nur unbestimmt. Doch hat mir die Andromache sehr zugesagt."

Das Gedicht ist eines meiner frühesten; es ist nur der Wiederklang einer fremden Poesie, wovon meine jugendliche Seele ganz erfüllt war. Es hat, da zu jener Zeit meine Beharrlichkeit in der Bearbeitung des Verses nach meinem Grundsätzen über Rhythmus und Prosodie wirklich sehr groß war, in dieser Beziehung wol einige Verdienste. Im Uebrigen ist noch kein eigener Schöpfungskeim darin lebendig, sondern das Ganze gewissermaßen ein Porträt nach der Antike zu nennen, wobei mir Schiller's formelle Auffassung, seine Eurhythmie, der ideale Aether, in dem seine dichterischen Anschauungen überhaupt leben, besonders als nachahmungswürdiges Vorbild erschienen sind. Der schöne, reine Sinn, mit welchem der Jüngling die göttlichen Gestalten der Antike verehrt, bevor die völlige Entwickelung eigener Lebenskräfte ihn dem lebendig Sinnlichen näher geführt, wobei größere Wärme durch ein Herabsteigen von reinern Höhen erkauft wird, dieser Sinn möchte das werthvollste Element jenes Gedichts bilden. Jean Paul's tiefer Blick hatte dies erkannt und hielt sich, ohne näher auf den Bau der Dichtung einzugehen, vorzüglich an diese Grundstimmung, der sie entsprungen war. Er lobte mich wegen meiner Liebe für die Antike und ermahnte mich, an dem fleißigen Studium und Lesen der Alten festzuhalten, weil sie stets der leitende Compaß bleiben, um sich in dem Gedränge mannichfaltiger, verworrener Gestaltungen der neuern Poesie nicht zu verlieren oder auf Abwege bringen zu lassen. „Das ist das Verdienst der Schlegel", warf er hin, „daß sie bei ihren romantischen Flügen sich stets von dem festen Boden der Antike erheben. Hätten sie die Alten nicht so gut gekannt, sie würden sich noch viel weiter verirrt haben."

2*

Dieſes „viel weiter" brach eine neue Bahn für das Geſpräch. Es wandte ſich auf die Leiſtungen der ſogenannten romantiſchen Schule, auf Tieck und die Schlegel überhaupt. — Ich habe es ſowol durch meine Handlungen im Leben (wie ich durch andere Mittheilungen wol darthun kann), als durch häufig in meinen Werken ausgeſprochene Geſinnungen und Urtheile hinlänglich bewieſen, daß ich den hier genannten Männern tiefe Verehrung widme, welche Jeder ihnen ſchuldet, der ſich bewußt iſt, durch welche Hände die uns überkommenen Schäße des geläuterten Urtheils, der geadelten literariſchen Bildung, zuerſt gegraben wurden, weſſen Gäſte wir eigentlich an einem reich beſeßten Tiſche ſind, wo Mancher ſich in dem Wahn verliert, Früchte eines ſelbſt angebauten Feldes zu genießen, nur weil er von Jugend auf darin ſpazieren ging und ſeiner Erzeugniſſe theilhaftig wurde. Wenn ich alſo Urtheile eines andern, der höchſten Ehrfurcht würdigen Mannes niederlege, die ſich Manchem, was Jene unternommen, ſcharf gegenüberſtellen, ſo wird Niemand den Sinn einer ſolchen Mittheilung verkennen.

Ich hatte, mich ſelbſt tadelnd, geäußert, meine Lecture ſei noch zu lückenhaft, und ich hätte nicht einmal ſämmtliche kritiſchen Werke der Schlegel geleſen, die mir durch Das, was ich von ihnen genauer kenne, doch ſo belehrend geweſen ſeien; einen gewiſſen Sinn jenes Wortes „noch weiter" müſſe ich indeſſen wol zugeben, da Manches in den productiven Leiſtungen dieſer Männer auch mir nicht ganz zuſage. — Jean Paul erwiderte, nicht ohne einigermaßen gereizt zu ſein: „Sie brauchen auch die kritiſchen Werke der Schlegel nicht zu ſtudiren, Sie würden auf weitere Irrwege geführt werden." Er ereiferte ſich hierauf lebhaft gegen die beiden berühmten Brüder, beſonders aber gegen Friedrich

Schlegel, deſſen damalige Stellung zur katholiſchen Kirche er auf das entſchiedenſte angriff. Sein Unwille war übrigens mehr ein ſittlicher als ein äſthetiſcher. Ihm, der das Princip der erhabenſten Sittenlehre überall in Kunſt und Leben zur lebendigen Gültigkeit gefördert, es zum Mittelpunkt ſeines Daſeins gemacht hatte, dem unter allen Menſchen das wärmſte, reinſte, größte Herz in der Bruſt ſchlug, war es wohl geſtattet — aber auch vielleicht ihm allein —, ſeinen Angriff von dieſem Punkt aus zu unternehmen. Er be- ſchloß ſeine lebhafte Rede mit den Worten: „Meine Un- ſterblichkeit, von der man mir oft ſpricht, iſt eine ganz andere, als die Leute meinen. Die der Schlegel aber iſt eine viel ſterblichere: ſie iſt ſchon geſtorben; höchſtens das Biſſige an ihnen, die Zähne werden ſich erhalten, wie nach den Phyſiologen die Zähne derjenige Ueberreſt des Men- ſchen ſind, der am längſten der Zeit widerſteht." Wer mag die echt Jean Paul'ſche Schlußwendung verkennen? Wer aber auch die Würde ſeines Urtheils, wenn er bedenkt, in welchem Licht dieſer Sanct-Paulus voll Feuereifer für ſittliche Reinheit und Größe die widerwärtigen literariſchen Parteikämpfe, und vollends die öffentlich gewordenen Per- ſonalverhältniſſe anſtößiger Art betrachten mußte, deren Bild ſich unwillkürlich zwiſchen die Namen dieſer und mehrer andern Schriftſteller drängte, die zu ihrem nächſten Kreiſe gehörten? Dies waren aber damals nicht allein Erinne- rungen an ältere Begebenheiten aus der Jugend jener be- rühmten Männer, welche verblaßt und faſt erloſchen unter der glänzenden Hülle einiger Jahrzehnde voll Verdienſt und Ruhm lagen, ſondern es fanden ſich friſche Eindrücke man- cherlei Art geweckt, die ich näher zu bezeichnen mich hier nicht berufen fühle. Im Gegenſatz zu der Art, wie Jean Paul ſeine Lebensſtellung, ſein Ziel, ſeinen Beruf auffaßte, mußte der Abstand um so größer erscheinen, und so mag es leicht entschuldigt werden, daß sich sein sittliches Urtheil nicht immer ganz rein von dem künstlerischen schied, zumal da das Kunstwerk selbst ja niemals die ethischen und ästhetischen Zeugungskräfte absolut trennen kann, sondern ewig die Thatsache einer Legirung der einen durch die andern nachweisen wird.

Die Voß'sche Uebersetzung des Shakspeare war damals noch eine Neuigkeit, die man viel besprach. Jean Paul fragte mich, was Tieck davon halte. Dieser hatte sie höchlichst getadelt; Jean Paul war nicht mit dieser Meinung einverstanden, sagte aber das geistreiche und merkwürdige Wort: „Das glaube ich wol, Tieck muß sie tadeln, aber die Ursache dazu ist er selber, weil er Besseres leisten könnte. Für ihn ist die Uroersetzung auch nicht gut, die uns gefallen darf."

Ueberhaupt, nachdem sich sein angeregter Eifer gegen Tadelnswerthes ausgelassen hatte, kehrte er aus natürlichem Wohlwollen und reiner Unparteilichkeit von selbst zu verdienstlichern Seiten zurück und verweilte mit sichtlicher Liebe dabei. Er kam beharrlich auf den schon oben angeführten Wunsch zurück, daß ein so kunstgebildeter Geist wie Tieck in seiner Nähe leben möge, und räumte frei ein, worin er sich ihm unterordnen, von ihm empfangen würde, ohne dabei seinem eigenen Standpunkt Etwas zu vergeben."

Ueber Voß's Uebersetzung und Uebersetzungen (der Singularis bezeichnet die des Shakspeare durch den Sohn, der Pluralis die des Homer, Virgil, Horaz u. s. w. durch den Vater) äußerte er sich noch mehrfältig und zeigte eine große Vorliebe für dieselben, die in vieler Hinsicht gewiß begründet ist, wenngleich das nahe Freundschaftsverhältniß zu beiden verdienten Männern, das sich wenige Wochen darauf noch enger schließen sollte, da Jean Paul in Heidelberg bei ihnen wohnte, nicht ohne Einfluß sein mochte. Besonders machte er es für Johann Heinrich Voß als ein bleibendes Verdienst geltend, daß er die antike Welt heimisch in der deutschen Literatur gemacht habe; was davon in Schiller's und Goethe's Werke übergegangen sei, komme zum Theil gleichfalls auf Rechnung der durch Voß gegebenen Anregungen. Er nannte ihn den Reiniger der deutschen Literatur durch die alte. — Abermals wandte sich Jean Paul zu Tieck's Verdiensten um das Verständniß des Shakspeare und seine Verbreitung. Dabei brach er aufs neue in die Klage aus, daß dessen so oft angekündigtes Werk über den großen britischen Dichter nicht endlich zu Tage komme; er erwartete sehr viel davon. „Wenn ich", sagte er komisch zürnend, „den Meßkatalog in die Hand bekomme, ärgert mich Tieck jedesmal; denn eines der ersten Bücher, wonach ich suche, ist seines über Shakspeare, und jedesmal finde ich es, statt vorn unter den erschienenen Werken, hinten unter denen, die noch erscheinen sollen." — Ich entgegnete ihm darauf, daß Tieck einen ähnlichen Zorn gegen ihn über seine unvollendeten Bücher, die „Unsichtbare Loge" und „Flegeljahre" hege, zu dem wenigstens ebenso viel Ursache vorhanden sei; Jean Paul erwiderte darauf ungefähr Dasselbe, was er mir am ersten Tage über diese Bücher gesagt hatte, sodaß sich in diesem Punkte unser erstes Gespräch nur ausführlicher wiederholte.

Nach einer längern Pause in seiner literarischen Thätigkeit war Tieck damals wieder als Novellendichter aufgetreten. „Die Gemälde" hatten als die erste Dichtung in dieser Gattung jene glänzende Reihe begonnen, die nach und nach zu einem so reichen Schatz der deutschen Literatur angewachsen ist. Jean Paul sprach mit großer Freude davon, daß sich hier Tieck ein neues Feld eröffne, auf dem er Sieger und

Vorbild sein werde. Er begrüßte sein klares, einer geläuterten Kunst entsprossenes Erzeugniß, welches die brennenden Farben, schroffen Contraste und ätzenden Stoffe entschieden verschmähte, mit welchen damals Hoffmann die Nerven des ästhetischen Geschmacks bis zur Abstumpfung und völligen Tödtung überreizt hatte, als einen wahren Genius des Heils für diese Gattung, der sie vor dem Sturz in einen Abgrund, dem sie entschieden zudrängte, zu retten bestimmt sei. Ueber Hoffmann selbst und einige andere beliebte Schriftsteller des Tages äußerte sich Jean Paul in einer spätern Unterredung mit mir, die ich im Verfolg schildern werde, ausführlicher. Ich muß aber in Beziehung auf das eben Gesagte hier bemerken, daß ich zwar Dessen gewiß bin, was Jean Paul über Tieck's Gemälde gesagt hat, die Zeit, in der er es sagte, aber nicht mehr ganz sicher bestimmen kann. Mein Brief verläßt mich an dieser Stelle, und einer andern Erinnerung nach, die mir vorschwebt, hätte ich dies Gespräch zwei Jahre später mit ihm geführt, als ich ihn bei der Rückkehr von einer Schweizerreise auf einige flüchtige Stunden besuchte. Sehr möglich ist es, daß wir zu beiden Zeiten denselben Gegenstand besprachen und daher sich die Fäden der Erinnerung kreuzen.

Die Stunde war rasch vorübergegangen. Jean Paul selbst gab, plötzlich aufstehend, das Zeichen zum Aufbruch. Da fragte seine Tochter mich noch mit anmuthiger Freundlichkeit, ob mir der Criminalrath Hitzig und dessen Tochter Eugenie in Berlin bekannt seien. Ich hatte es kaum bejaht, als Jean Paul mit wahrer Herzensfreude ausrief: „Da hast du einen gescheiten Einfall gehabt, Emma; nach diesen Freunden hätten wir uns schon längst erkundigen sollen." Und nun strömte sein Mund über von freundschaftlichen Aeußerungen über den trefflichen Mann und seine anmuthige

Tochter, die vor kurzem, glaube ich, einen Besuch in Baireuth gemacht hatten. Bei der Hochachtung und Liebe, die
ich diesem verdienstvollen Freunde der Literatur selbst widme,
erquickten mich diese Aeußerungen der Freundschaft und innigsten Theilnahme doppelt. Ich gab Auskunft, so gut ich
vermochte, und durch diesen, dem Freundesherzen Jean
Paul's so eingehenden Gegenstand verlängerte sich unser Gespräch, das schon abgebrochen war, noch um ein Ansehn-
liches. Im Eifer, den Freund in Berlin durch einen Berliner
lebendig und warm begrüßen zu lassen, vergaß man es, daß
ich selbst meinen Weg nicht zur Heimat zurückwenden wollte,
sondern noch Jahre lang davon entfernt zu bleiben gedachte. — Endlich schied ich, im Geist erhoben, und noch
mehr im Herzen erquickt, baldigen Stunden der Wiederkehr
mit Sehnsucht entgegensehend.

Den Tag nach meinem zweiten Besuche bei Jean Paul
brachte ich ganz einsam in Baireuth zu. Ich benutzte ihn
zu einem Spaziergang nach der Eremitage, einem Park,
dem gleiche Reize dichterischer Weihe durch Jean Paul ver-
liehen sind, wie dem von Fantaisie. Meine Seele war indessen so überwiegend mit dem Dichter selbst beschäftigt,
daß der Gegenstand, dem er seine hohe Gabe verklärender
Darstellung öfters gewidmet, mir wenig Erinnerungen zurückgelassen hat. Ich vermag jetzt nach siebzehn Jahren
kaum noch eine dunkle Vorstellung von dem Park in mir
zu erwecken. Ein ungleich lebhafteres Interesse erregte mir
dagegen sogleich das Häuschen der Frau Rollwenzel, das
mir durch den folgenden Tag vollends unvergeßlich werden
sollte. Es ist ein unscheinbares Wirthshaus an der Straße
von Baireuth nach Eremitage. Ich besuchte es, weil ich
es als einen der Punkte kannte, wo Jean Paul öfters ar-

2**

beitete, und weil mein Verwandter, Freund und literarischer
Genosse W. Häring (Wilibald Alexis), welcher zwei Jahre
zuvor, auf einer Universitätsreise, da Jean Paul gerade
nicht in Baireuth anwesend war, dieses Haus als einen der
heiligen Oerter daselbst besuchte, uns in einem ausführlich
schildernden Briefe die originelle Gestalt der Frau Rollwenzel aufs lebendigste vor Augen geführt und ihre Erzählungen von Jean Paul, seinen Gewohnheiten, seinem
Hunde, mit ämsiger Treue wieder berichtet und dadurch den
Antheil für sie in hohem Maße geweckt hatte. Jean Paul
hatte von diesem Besuche durch die Frau Rollwenzel gehört,
und sprach mir davon, weil er infolge meines später an
ihn gerichteten Briefes glaubte, ich selbst sei dort einge-
sprochen und habe so dringliche und sorgfältige Erkundigungen über ihn eingezogen. Der Ernst, ich möchte sagen
die Huldigungen, mit der mich Jean Paul's Nähe, das
unmittelbare persönliche Verkehren mit diesem erhabenen
Geist erfüllte, machte mich, was ich sonst nicht bin, blöde.
Es kam mir vor, als habe ich kein Recht, heimliche Erkundigungen über Den einzuziehen, dem ich schon selbst entgegengetreten war. Daher brachte ich die mancherlei Fragen,
die ich an die Frau Rollwenzel richten wollte, nicht über
die Zunge und begnügte mich, ihr ganz einfach häusliches
Verkehren zu beobachten, während ich meinen Schoppen
Wein trank. Gewiß bleibt es eine äußerst merkwürdige Erscheinung, daß diese einfache Frau, deren Bildungs- und Le-
benskreise mit den Geschäften einer Gastwirthin an der Landstraße völlig abgeschlossen waren, von einer so unbegrenzten
Liebe und Verehrung zu einem Manne durchdrungen werden
konnte, dessen geistige Bedeutung sie unmöglich zu fassen
vermochte. Es kann nichts Anderes gewesen sein als die
Macht des sittlichen Uebergewichts, welche sie in liebender

Unterwürfigkeit an ihn bannte. Er war ihr, ist der Vergleich nicht zu kühn, wie Christus dem Volk; die Strahlen seines hohen Geistes berührten, wie von einem andern Gestirn her, ihr dunkles Innere, sie wurde von etwas Göttlichem erfüllt, ohne dessen Natur zu fassen. In der Ahnung seiner hehren Bedeutung, im Glauben, nicht im Erkennen und Begreifen lag das Geheimniß ihrer verehrenden Liebe. — Ich erhielt später, außer Dem, was Jean Paul selbst später darüber äußerte, rührende Beweise davon.

Mittags kehrte ich nach Baireuth zurück. An der Wirthstafel sprachen einige Herren viel von Wunsiedel und seiner reizenden Lage. Man fragte mich, wie es mir dort gefallen habe. Ich erwiderte in einem Ton, der nicht viel Gewicht darauf legte: „es sei recht hübsch"; späterhin sollte ich erfahren, daß dieses arglose Wort mir übel gebeutet wurde. — Der Nachmittag war regnicht; ich machte einige Kreuz- und Querwege um die Stadt, ohne rechte Lust daran zu haben. Mein Sinn war auf das Verkehren mit Jean Paul gerichtet, und ich fühlte mich, wie neulich in Fantaisie, unmuthig und niedergeschlagen, daß ich, so in seiner Nähe, doch so in der Ferne bleiben mußte.

Im jugendlichen Alter gleicht die Verehrung eines hohen Geistes der Liebe; sie ist von derselben Unruhe, dem peinigenden Wechsel von Lust und Schmerz begleitet, ja es gesellt sich auch eine Art von Eifersucht dazu. Man geht an dem Hause des großen Mannes vorüber wie vor dem der Geliebten, in der Hoffnung, ihn am Fenster zu erblicken, oder ihm gar vielleicht in der Nähe seiner Wohnung zu begegnen. Ich durchstrich die Gassen Baireuths wol zehnmal nach verschiedenen Richtungen, und immer wieder wählte ich den Weg so, um an Jean Paul's Hause vorbeizukommen. Doch sah ich ihn nicht an diesem Tage und ging

endlich unmuthig nach Hause, ohne Kraft zum Arbeiten,
Briefschreiben oder sonst Etwas, das meine Stimmung geändert hätte. So verfiel ich, wie oft der Mensch in solchen
halben Zuständen, auf das Müßigste und Verkehrteste, nämlich ich las einen der abgeschmacktesten Romane aus der
Ritterperiode des Cramer und Spieß, den ich in der Wirths-
stube gefunden, von vorn bis hinten durch, und freute mich
nur, daß ich mit den Seiten auch die Minuten hinter mich
bekam. Hier sah ich aber, wie man dem nächsten Zeitvertreib verfallen kann, denn das schale Interesse der Neugier
hielt mich zuletzt fest; ich las noch Abends nach Tisch im
Bett und hörte nicht eher auf, als bis ich auf der letzten
Seite des saft- und geschmacklosen Products war. Natürlich konnte mich eine solche Tödtung der Zeit nur mit Ver-
druß und Widerwillen an mir selbst erfüllen, ohne daß ich
den Muth aufgebracht hätte, mich herauszureißen. Wer
hätte nicht solche Zustände an sich erlebt?

Wenig verdient hatte ich es wahrlich und fühlte mich
auch im Innern beschämt darüber, am andern Morgen durch
die größte Freude überrascht zu werden. Träg von der halb-
durchwachten Nacht, lag ich noch im Bett, als es um sieben
Uhr an meine Thür pochte und der Kellner mir ein Billet
brachte. Die Worte: „Ein Brief vom Herrn Legationsrath
Richter“ hatten eine elektrische Wirkung auf Körper und
Geist, ich sprang rasch auf und öffnete mit freudiger Hast
das Briefchen (ich besitze es noch), welches so lautet:

Baireuth, den 28. August 1821.

„Da ich noch so viel mit Ihnen zu sprechen wünsche
und doch übermorgen meine lange Reise antrete, so würden
Sie mir nach der langen Ihrigen einen Gefallen mit einer
halbstündigen erweisen, wenn Sie diesen Abend gegen drei

ober vier Uhr bei der Frau Rollwenzel (ein auf der Weg-
mitte nach Eremitage gelegenes Gasthäuschen, wo ich diesen
Vormittag schreibe) einsprechen wollten. Wir hätten dann
dort und unterwegs Zeit und Raum zu jedem Wort

J. P. Friedrich Richter."

Ich war umgeschaffen durch diese Zeilen; das größte
Glück lag vor mir wie ein heiterer Himmel, ein sonniger
Tag. Auch dieser gesellte sich dazu, und der schönste Au-
gustmorgen sollte das Seinige zu meiner überglücklichen
Stimmung beitragen. Daß ich jetzt vor Unruhe nicht schreiben
oder arbeiten mochte, vergab ich mir leicht. Ich kleidete
mich rasch an, um ins Freie zu gehen. Da erklangen fröhliche kriegerische Töne in der Straße; es war die Schützen-
gilde von Baireuth, welche heranzog. Ich lehnte mich ins
Fenster und sah der marschirenden stattlichen Compagnie entgegen, der, wie dies in kleinen Städten zu sein pflegt, auf
beiden Seiten der Straße eine muntere Schar von Knaben
und Mädchen voranzog, immer halb mit den Köpfen rückwärts nach dem festlichen Schauspiel gewandt. Plötzlich
rief aus der bewegten Menge eine Stimme zu mir herauf.
„Guten Morgen!" Es war Jean Paul, der mitten unter
der fröhlichen Jugend vorüberzog. Er hatte einen gelb-
brauner Ueberrock an, einen schwarzen Strohhut auf und
trug eine Art von Reisetasche über den Schultern, in der
er seine Manuscripte bewahrte. Sein treuer gelehriger Pudel,
Ponto, von dem ich noch später zu erzählen habe, sprang
neben ihm her. Dieses „Guten Morgen" tönte mir freudiger bewegend ins Ohr als der frische Kriegsmarsch der
Schützen; ich erwiderte es heiter grüßend zwei, drei mal.
Halb ungewandt rief mir Jean Paul noch zu: „Nun heute
Nachmittag sehen wir uns!" und zog dann mit der Menge

weiter, balb burch biese und ben militärischen Zug meinem Nachschauen entrückt.

Endlich hatten wir abgegessen und ich machte mich auf die Wanderung. Im Billet stand drei ober vier Uhr; ich wählte, um nicht durch den frühesten Termin zu bringend, durch ben spätesten säumig zu erscheinen, bie Mitte, und stand mit dem Schlag halb vier Uhr in der Thür bes Gasthäuschens ber Frau Rollwenzel. Diese selbst fragte ich nach bem Legationsrath Richter. „Sind Sie der Herr, ben ber Herr Legationsrath erwartet?" erwiderte bie Frau. „Sie kommen schon zu spät", setzte sie mit ber Stimme und dem Ton hinzu, woburch man Jemandem ausbrückt, daß er sehr gefehlt habe; „der Herr Legationsrath hat schon zwei mal nach Ihnen gefragt." Dieser Tadel beunruhigte mich nicht, benn ich hielt mich, militärisch gewöhnt, an meine Ordre; im Gegentheil erfreute er mich, weil so viel richtiges Verständniß der Frau darin lag, bie es als eine große Verletzung der Ehrerbietung gegen einen solchen Mann wie Jean Paul betrachtete, baß man ihn habe warten lassen. Es wurde mir darauf bas Zimmer geöffnet, in dem Jean Paul geschrieben, aber seine Arbeiten schon zusammengepackt hatte, und er trat mir mit bem Manuscript einer von mir gebichteten Oper, „Dido", in ber Hand entgegen. Nach freundlichem Gruß begann er: „Ich habe dies Werk bisher nur flüchtig angesehen, aber jetzt im Hinausgehen es aufmerksam ganz durchgelesen, und finde nun, daß es Ihr bestes ist."

Das Herz pochte mir freubig bei biesem Eingang. In ber That bin ich noch jetzt, nachdem ich eine große Anzahl von Bänden bem Druck übergeben habe (damals noch kein Blatt), bie sich zum Theil bie Gunst ber Leser und öffentlicher Urtheile erworben, nicht unzufrieden mit dieser Dichng, bie, so wenig wie bie an außerordentlichen Schön

heiten reiche Composition Bernhard Klein's, kein Glück im
Publicum machte. Durch Adel der Sprache, musikalische
Behandlung des Stoffs, einfache Gruppirung der Scenen,
folgerechte Entwickelung der Ereignisse glaube ich darin geleistet zu haben, was man von der antiken Oper fodern
darf; nur daß diese ganze Gattung schon damals dem Publicum völlig entfremdet war, und es jetzt noch viel mehr
ist, wo sogar Gluck mit den großartigen dramatischen Stoffen,
denen er seine hohe Muse geweiht, die Zahl Derer, die ihn
verehren, täglich abnehmen sieht, weil Die, welche ihn verstehen, immer seltener werden. Als ich die Oper „Dido" für
Bernhard Klein schrieb, hatte ich eine ideale Welt vor mir,
ohne die reale zu kennen; und hätte ich sie gekannt, so
würde ich ihr mit jugendlicher Heftigkeit Trotz geboten haben,
statt mich ihren Foderungen zu bequemen. Sonst hätte ich
(wie ich es jetzt wol zu verstehen mich rühmen darf, das
Urtheil der Menge einigermaßen richtig voraus zu erwägen)
ebenso sicher gewußt, daß sie sich an solchem Werk nicht erheben oder erwärmen würde, wie ich über den Werth, den
dasselbe in dem einsichtigen Urtheil haben dürfte, nicht in
Zweifel war *) und noch heute nicht bin. — Doch zwischen
der Anerkennung Derer, mit denen wir uns geistig gleich-
stellen oder gar über sie setzen zu dürfen glauben, und der
eines Mannes, der uns als Vorbild des höchsten Erreich-
baren in der Dichtkunst gilt, ist ein Unterschied. Auf jene
machen wir Ansprüche, diese betrachten wir als einen Son-

---

*) Erst wenige Wochen zuvor hatte mich in Dresden Maria
von Weber's vollwichtige Zustimmung in meinem Recht bestätigt.
(Vergl. den nähern Bericht darüber in der Schilderung meiner
Bekanntschaft mit demselben in meinen „Vermischten Schriften",
Berlin bei Duncker und Humblot.)

nenstrahl höherer Gunst, als eine Würdigung und Erhebung, die uns nur Verpflichtungen auflegt, mit verdoppelten Kräften zu verdienen, was man uns als ein überreiches Geschenk spendet. So wirkte die Anerkennung Jean Paul's auf mich.

Jean Paul ging hierauf das Gedicht bis in die kleinen Einzelnheiten des Versbaues mit mir durch und besprach sowol den Gedanken desselben, die größern Verhältnisse der dramatischen Anordnung, der Charaktere, als die Mängel und Vorzüge der Sprache. Da es fast keinem der Leser bekannt sein möchte, kann ich auf das Nähere hier nicht mit der Hoffnung eingehen, auch nur einen Theil des Interesses zu erwecken, das sich für mich daran knüpfte. — Mit so ehrfurchtsvoller Gesinnung ich Lobsprüche wie Zurechtweisungen hinnahm, so konnte doch in einigen Punkten selbst die Autorität eines solchen Urtheils mich nicht aus meinem dichterischen Recht vertreiben. Ich war besonders in einem Hauptpunkt, den Schluß des Gedichts betreffend, durchaus entgegengesetzter Meinung mit Jean Paul, und vertheidigte mich, wenngleich bescheiden, in der Form des Zweifels, doch lebhaft. Vielleicht waren wir Beide im Recht. Das Verhältniß war folgendes: In der Verzweiflung über die Treulosigkeit des Aeneas bricht Dido in Verwünschungen der Menschen und Götter aus und tritt in offene Empörung zu den Lenkern des Geschicks. So stürzt sie sich in die Flammen des Scheiterhaufens und stirbt mit dem Liebesausruf „Aeneas!" Jean Paul fand diesen Schluß zu schneidend; er wollte die Auflösung der Dissonanz, einen versöhnenden Ausgang. Ich wandte ihm ein, daß die mythische That, deren Abänderung nicht in meiner Macht stehe, diesem Ansinnen in sofern widerspreche, als die Versöhnung nicht durch eine Handlung möglich sei. In der Gesinnung aber bewerkstellige sie sich durch die Rückkehr zu der Liebe, indem Dido mit keinem Fluch, sondern mit dem Namen des Geliebten auf der Lippe vom Leben scheide. Doch Jean Paul wollte mir das nicht gelten lassen und wurde sogar etwas eifrig über meinen Widerspruch, sodaß ich, wiewol unüberzeugt, schwieg, noch jetzt unüberzeugt bin. Ja; mir wäre der Einwand noch heute unbegreiflich, wenn ich nicht später auf die Lösung des scheinbar so harten Widerspruchs gekommen wäre. Jean Paul hatte nämlich ganz übersehen, daß das Gedicht für die Musik bestimmt sei, mithin noch einer zweiten Kunst bedürfe, um zur Wahrheit der Erscheinung zu kommen. Ueberraschend und schmeichelnd zugleich war mir, nachdem wir so lange darüber gesprochen, diese Entdeckung. Er hatte es für ein selbständiges Drama, der antiken Form mit Chören nachgebildet, gehalten. Ein größeres Lob konnte er mir nicht ertheilen als dieses unwillkürliche. Wir waren, da dies zur Sprache kam, ganz von dem Punkt, über den er mich nicht überzeugen konnte, abgekommen. Daher fiel mir erst hinterher ein, was muthmaßlich unsere Meinungen vereinigt hätte, daß Jean Paul bei seiner Voraussetzung dem Wort der Liebe: „Aeneas", welchem Klein durch die ganze Wendung der Musik die vollste, eindringendste Kraft weicher Hingebung und Versöhnung gegeben hatte, gar nicht jenen vorwaltenden Gedanken leihen konnte. Er ergänzte die Lücke nicht, welche der zweiten Kunst zur Ausfüllung gelassen war, deren Wirkung ich aber meinestheils gar nicht mehr von meinem Gedicht trennen konnte.

Genug, bis auf diesen Punkt fiel sein Urtheil über alle Hoffnung günstig aus; er fand sich — wie hätte ich mir jemals eine solche Wirkung auf einen so viel höher organisirten Geist zugetraut! — von Manchem sogar dichterisch gerührt und erschüttert, nannte es schön und gab mir das

Manuscript mit den Worten: „Sub Apollinis auspiciis", die er auf den Titel geschrieben, zurück. Von nun an war es mir eine Reliquie. Doch wie man Das, was uns das Liebste ist, opfern soll, so that ich es auch später mit dieser Abschrift meines Gedichts. In einem Gespräch mit Tieck über das Wesen der antiken Oper äußerte dieser, er würde sich wol sogleich zu einer romantischen Oper mit einem Componisten wie Maria Weber vereinigen können, allein für eine antike würde er gar nicht wissen, wie er das Werk angreifen sollte, so fremd sei ihm der Gedanke. Ich dagegen erklärte mich vertrauter mit dieser Gattung, und da er, gewiß nur aus Höflichkeit, den Wunsch äußerte, eine meiner Arbeiten in der Art kennen zu lernen, brachte ich ihm das von Jean Paul bezeichnete Manuscript der „Dido", mit der Bitte, es als Geschenk anzunehmen, in dem jugendlichen Glauben, es könne für ihn einen ähnlichen Werth haben wie für mich. — Ich gestehe, daß ich es jetzt gern wieder besäße, um es als ein schönes Gedenkzeichen jener, unvergeßlichen Tage in Baireuth aufzubewahren *).

---

*) Habent sua fata libelli! — Einige Monate nach Tieck's Tode, also 30 Jahre nach der hier geschilderten Zeit, empfing ich einen Brief von dem Ordner der von Tieck nachgelassenen Bibliothek, Professor Köpke, und beigeschlossen dieses Manuscript! Es war mir, als ob ich plötzlich einen Blick auf die schönen sonnigen Jünglingstage zurückthäte! Dreißig Jahre hatte das kleine Heftchen verborgen, doch unverloren, in dem Besitz des hochverehrten Dichters, der gleichfalls meiner beginnenden literarischen Laufbahn so liebreich fördernd und schützend entgegengetreten war, zugebracht! Trotz seines Umzugs von Dresden nach Berlin unverloren! Das ist mehr Ordnung, als ich von mir rühmen dürfte, und vielleicht auch mehr Glück, als ich verdiene. Mit einem Operntert, „Drest", den ich in Beethoven's Hand gelassen (nicht um ihn zu compo-

Jean Paul sprach nun wieder vieles Andere mit mir über meine Gedichte: „Andromache", „Blücher's Gedächtniß" und andere. Dem Leser wird es aber wichtiger sein, einige andere Urtheile über damals in der Literatur hervortretende Zustände und Personen zu hören.

Um gemüthlicher zu sprechen, lud er mich ein, mich zu ihm zu setzen und einen Krug des ihm so wohlthuenden baireuther Biers mit ihm zu leeren. Er hatte es kein Hehl, daß er dieses Getränks wegen in Baireuth wohne, da er es nirgend anders seinem Körper und Geist so zusagend finde. „Es nährt, stärkt mir die Nerven und macht mich heiter", sagte er; „jedes andere macht mich stumpfsinnig, träg, schwer, benommen. Nur dies ist meiner Gesundheit zuträglich, und da diese mir zu meiner Arbeit unentbehrlich ist, bleibe ich in Baireuth, das ich sonst wol verlassen würde." — Als wir uns gesetzt hatten und die Gläser eingeschenkt waren, stieß er deutsch und herzlich mit mir an. Ich erinnerte ihn daran, daß heute ein merkwürdiger Tag

---

niren, sondern nur um ihm einen Maßstab Dessen, was ich vielleicht für ihn leisten könnte, zu geben), erging es mir ähnlich. Diesen brachte mir nach einem Vierteljahrhundert der Kapellmeister Lachner in München, der ihn aus Beethoven's Nachlaß erhalten, zurück, als er zur Aufführung seiner Oper „Katharina Cornaro" nach Berlin kam. — Ebenso erhielt ich aus diesem Nachlaß durch den verdienstvollen Professor Schindler einzelne Blättchen mit Gedichten im Jahre 1845 zurück (21 Jahre später), die Beethoven (siehe den Aufsatz über diesen) gleichfalls von mir empfangen, und da er sich selbst zu krank fühlte, sie Franz Schubert zur Composition empfohlen hatte. Daher zu meinem Erstaunen das Erscheinen einiger dieser Lieder der Jugend in Schubert's frühesten Gesangscompositionen, bevor sie durch mich dem Druck übergeben waren. Z. B. das durch alle Welt gesungene „Ständchen", das düstere „Rauschender Strom, starrender Fels" und andere mehr.

für Deutschland sei, Goethe's Geburtstag; dies erfreute ihn
lebhaft und wir tranken auf das Wohl des Dichters, den
Jean Paul aufs höchste verehrte, wenngleich in dem Gespräch über ihn sich Nichts von dem Schauder der Verehrung bemerkbar machte, den Varnhagen (im dritten Bande
seiner „Denkwürdigkeiten", die mir, während ich dies arbeite,
zu Gesicht gekommen sind) wahrgenommen haben will. Im
Gegentheil sagte Jean Paul, da wir von den eben erschienenen „Wanderjahren" sprachen: „So sehr ich ihn verehre,
hier hat er mich wahrhaft geärgert. Wie kann er in dem
Buch ohne irgend ein anderes Motiv, als daß Jemand Etwas
erzählen soll, alle die kleinen Novellen oder Märchen zusammenbringen, die einzeln im Cotta'schen Kalender gestanden
haben? So Etwas sollte Goethe nicht thun! Er gibt damit das schlimmste Beispiel für die flüchtige Literatur unserer Tage." Auch über vieles Andere in den „Wanderjahren"
äußerte er sich tadelnd, besonders über die seltsamen Erzie-
hungsprincipien, Theorien oder Phantasien, wie man das
dahin Einschlagende dieses Buchs nennen mag. Er pro-
phezeite dem Werk kein gutes Schicksal; es werde, wie
manches Andere von Goethe, nur durch seinen Namen Zusammenhang mit seiner Wirksamkeit behalten und von der
Bildung und dem Interesse der Zeit abgleiten, sobald die
Periode vorüber sei, die jetzt jeden Gebildeten nöthige, von
einem neuen Werk Goethe's Notiz zu nehmen. — Ich glaube,
diese Prophezeiung ist in Erfüllung gegangen und wird nur
von Denjenigen für eine falsche erklärt werden, welchen die
sonst so schöne Liebe zu dem großen Dichter auch ihr At-
tribut, die Binde, vor die Augen gelegt hat, statt der Binde
der kritischen Themis.

Zu einigen Tagesschriftstellern übergehend, wurde zuerst
E. T. Hoffmann genannt. Ueber diesen äußerte er sich

ziemlich unwillig. Er sprach zuerst im Allgemeinen von den neuern Berühmtheiten: sie müßten so gar wenig in sich haben, weil der geringe Ruhm sie gleich so aufblase, daß sich ihr inneres Feuer ganz luftartig verdünne. (Eigene Worte.) „Die meisten sind ewig abwärts sinkende Sonnen, die bei ihren Aufgängen culminirt haben. So auch Hoffmann. Ich führte ihn durch eine Vorrede ins Publicum ein und machte, daß er in Deutschland gelesen wurde. Ich war aber der Meinung, sein erstes Werk werde nicht die Spitze seines Geistes sein, sondern er werde höher steigen. Als das eines jungen Autors war es lobenswerth, wiewol nicht von selbständigem Gehalt, mit Ausnahme der Ansichten über Musik, weil er diese Kunst gründlich studirt hat, Andere daher nicht so eingehend über sie zu schreiben wissen. Sonst aber ist in dem ersten wie in den folgenden Werken das Beste Nachahmung und Plünderung, besonders von Tieck und mir. Jetzt, wo der Autor seinem Ruhme gewachsen sein soll, sieht man schon, wie er ihn untergräbt. Er wiederholt sich selbst und steigert seine Ausartungen, sodaß ich jetzt einen ordentlichen Widerwillen an seinen Büchern habe."

Ich befragte Jean Paul um seine Meinung über Walter Scott; er ging kurz darüber hin, lobte im Allgemeinen und verwies auf ein gedrucktes Urtheil von ihm, das ich jedoch nicht gelesen, und leider bis heute nicht. Von Lord Byron sagte er, seine Stellung in der Welt verderbe seine Stellung in der Kunst. Doch sprach er auch über ihn nur obenhin.

Dresden lag sowol wegen meines Dortherkommens als wegen eines Aufenthalts, den er selbst dort zu nehmen seit lange aufgefodert war, der Wendung des Gesprächs sehr nahe. Jean Paul nannte und kannte fast alle dort oder in Sachsen überhaupt lebenden Schriftsteller, wie Friedrich

Kind, Theodor Hell, Apel, Laun, Gustav Schilling u. s. w., ein Beweis, daß er es nicht verschmähte, sich um Alles, was irgend einen Namen in der Literatur gewonnen hatte, zu bekümmern, und zu prüfen, auf welchen Ursachen Ruf oder Ruhm begründet waren. Man erlasse mir's, das Urtheil Jean Paul's über die Einzelnen des dresdener Kreises zu wiederholen; bestimmter charakterisirende Züge sind mir ohnehin entfallen. Es war jedoch im Ganzen durchaus billig, ohne daß irgend die Stufe verkannt oder erhöht worden wäre, welche man der Gattung literarischen Verkehrs einräumen durfte, die von diesen Männern vertreten wurde. Am meisten tadelte er die geringe Individualität des Stils an diesen vielbekannten Novellisten und Romanschreibern, und die ganz generelle Physiognomie ihrer Charaktere, die sich fast nie zu einer Besonderheit gestalteten. Dagegen gab er für die Meisten ein leicht gestaltendes Talent für die Verknüpfung der behandelten Ereignisse zu, und ging sogar so weit, sich Einiges davon zu wünschen. „Am schlechtesten — dieses Ausspruchs erinnere ich mich bestimmt — gelingt diesen Schriftstellern, was freilich das Schwerste ist, die Tugend zu zeichnen." Zumal Schilling's tugendhafte Frauenzimmer wollte er durchaus nicht gelten lassen; er verschloß ihnen mit sarkastischer Schärfe jeden Himmel der Unsterblichkeit, sowol den dichterischen als den christlichen. „Wenn man sie genau betrachtet und zergliedert, so gehören die besten seiner tugendhaften Heldinnen doch eigentlich ins Spinnhaus", so beschloß er seinen satirischen Ausfall darüber.

„Mich zieht Vieles nach Dresden", wandte er sich wieder den allgemeinen Redepunkten zu, „die Galerie, die Antiken, die Musiken in der katholischen Kirche, die schönen Spaziergänge, auch einige Menschen, z. B. Tieck. Allein

vor den andern Schriftstellern scheue ich mich, und in ihren
Liederkranz, oder wie sie ihren Verein heißen, mag ich
vollends nicht hinein." So viel ich weiß, war Jean Paul's
Besorgniß in dieser Hinsicht viel zu groß, und die Dinge
gestalteten sich bei seinem Aufenthalt in Dresden viel be-
haglicher, als er meinte. Gerade in diesem Kreise fand er
herzlichste Liebe und Verehrung, während sich in die andern
Beziehungen mancher unbegründete Dünkel, auf Verhältnisse oder vermeintliche Geistesbedeutsamkeit gestützt, ein-
mischte, oder sonstige Unbequemlichkeiten störend wurden.

So streng Jean Paul war, so genau er wußte, welchen
Platz er Jedem anzuweisen hatte, so war doch sein Urtheil
eigentlich niemals hart, geschweige lieblos. Nur über
Müllner, der ihm entschieden sittlich zuwider war, dessen
kritische Unredlichkeit er nur allzu begründet haßte, dessen
Hochmuth dagegen in demselben Maße unbegründet war,
nur über diesen sprach er mit Schärfe. Und dennoch ließ
er das Verdienstliche in ihm gelten, achtete eine gewisse bestimmte, wenn auch nicht tief einschneidende Verstandesrich-
tung in ihm, und in seinen dramatischen Werken die glücklichen Einzelnheiten. Tragisches Talent sprach er ihm entschieden ab; seine Lustspiele fand er gelungener, und dies
um so mehr, je mehr sie mit der Lebenssphäre des Autors
verwandt waren. — Grillparzer, der neben Müllner damals
nicht unerwähnt bleiben konnte, stand ungleich günstiger in
der Meinung Jean Paul's. Er sprach mit vielem Lobe
von der weichen Seite seiner Dichtkunst, von dem sinnvollen
Einzelnen in Diction, Charakterzeichnung und Erfindung
der Situationen. Sinn für wahrhaft tragische Größe aber
vermißte er an ihm; nicht nur an den damals bekannten
Werken dieses Dichters, der das plötzlich helle Aufglänzen
eines nicht genügend motivirten Ruhms durch desto rascheres

Verlöschen zu theuer büßte, sondern überhaupt, weil er in diesen ersten Arbeiten die Gelegenheit, jenen höhern Sinn zu bewähren, überall, wo sie sich darbot, versäumt habe. Das Prognostikon, welches Jean Paul der fernern Laufbahn dieses Autors stellte, ist so vollkommen eingetroffen, daß wir die Thatsache statt seiner Worte zeugen lassen dürfen.

Nachdem auf solche Weise fast alle literarischen Zustände, die damals die öffentliche Meinung beschäftigten, besprochen waren, wendeten wir uns allgemeinern Gegenständen zu. Eine lange Unterredung entspann sich zwischen uns über das Verhältniß der Mathematik zur Philosophie, oder vielmehr über die Anwendung der letztern auf mathematische Gegenstände. Ein sich dergestalt auf den Schärfen abstracter Begriffe schwebend erhaltendes Gespräch ist zu verflüchtigt geistiger Natur, um in seinen Wendungen auch nur mit einiger Genauigkeit festgehalten werden zu können. Wir hätten es vielleicht in der nämlichen Stunde nicht so zu wiederholen, noch schwerer es unmittelbar danach schriftlich zu reproduciren vermocht. Der einsichtige Leser würde daher gewiß den Kopf schütteln, wenn ich auch nur den Versuch machte, es nach so vielen Jahren nur in seinen Grundzügen wieder herzustellen. Doch ist mir die Erinnerung fest geblieben, welchen lebendigen Eifer Jean Paul für die mathematischen Principien, wenn ich so sagen darf, an den Tag legte, obwol es mir schien, als sei ihm der mathematische Stoff, der mir, so weit ich ihn jemals inne gehabt, damals von meinem Offizierstande her noch frisch im Gedächtniß war, nicht mehr geläufig. Eine einzige Specialität ist mir theils so, theils durch die in meinen damaligen Aufzeichnungen enthaltenen Notizen erinnerlich, daß er die Lehre von den unendlichen Größen aus philosophischem Standpunkte vorgetragen wissen wollte.

Die Politik war ein Lieblingsthema des Gesprächs für Jean Paul, das er auch gleich in unserer ersten Unterredung mit Wärme aufnahm. Wie edel und großartig (unendlich erhaben über die egoistische Entfremdung von allen öffentlichen Interessen, die man während der ganzen Zeit der Unterdrückung Deutschlands in einem andern Kreise antraf, der sich um einen der größten Männer gebildet hatte), wie edel und großartig Jean Paul in dieser Beziehung dachte, ist aus tausend Stellen seiner Werke und Briefe zu ersehen. Damals war es Griechenlands Schicksal, welches, seit die vaterländischen Angelegenheiten nach außen geschlichtet und die innern Gährungen (das Wartburgfest, Sand's That u. s. w.) einigermaßen beschwichtigt oder vielmehr zurückgedrängt waren, die wärmste Theilnahme Aller, die im Ganzen — nicht auf dem Isolirstuhl des Ichs — lebten, in Anspruch nahm. Für das Schicksal dieses Volks schlug Jean Paul's Herz ebenso groß wie für das seines Vaterlandes. Wahrhaft begeistert sprach er seine Hoffnungen für die Wendung des Kampfes aus. Leider waren seine Prophezeiungen hier nicht so glücklich als hinsichtlich der literarischen Verhältnisse; denn bei diesen gründeten sie sich auf ein Wissen und Durchschauen, bei jenen auf einen Glauben, der ihn nur zu sehr — und nicht ihn allein — täuschte. Von einer so großartigen, aus den höchsten sittlichen Anschauungen hervorgehenden Politik, wie Jean Paul sie voraussetzte, weiß freilich die Geschichte bis jetzt nichts, oder bietet uns höchstens einige vereinzelte Züge dar, die wie göttliche Blitze in das verworrene Chaos irdischer Zwecke und Bestrebungen hineinleuchten, wodurch die Maschinenfäden und das Räderwerk der großen Angelegenheiten der Menschheit bisher getrieben worden sind. Doch diese elektrischen Zuckungen reinigten nur auf Augenblicke den schwülen

Dunſtkreis; dem Aufgang einer dauernd leuchtenden, wär-
menden, belebenden Sonne harren wir entgegen, wenigſtens
beſcheint ſie die Erdbreiten, unter denen Deutſchland ſich
ausdehnt, noch nicht, wenn uns auch ſchon ſeit einem halben Jahrhundert ein bald ſtärker, bald ſchwächer ſchimmern-
des Morgenroth ſchöne Träume der Verheißung malt. Es
ſcheint aber, daß wir in politiſcher Hinſicht leben, wie in
geographiſcher die Bewohner der Polarländer, ˙denen auch
die Morgenröthe Wochen und Monde lang die Tageshelle
verſpricht; aber ſie hält wenigſtens, wenn auch ſpät, doch
ſicher Wort.

Ich bekenne es indeſſen gern, daß, ſo mächtig politiſche
Intereſſen mit dem ganzen Drang meines Innern verwach-
ſen ſind, in jenem Augenblick die Spitze aller Richtungen
meiner Theilnahme dennoch Jean Paul ſelbſt blieb. Gern
ſah ich es daher, daß ſich das Geſpräch auf ſolche Gegen-
ſtände zurückwandte, für die er ſelbſt den eigentlichen Mittelpunkt bildete. Zuletzt erreichte ich nach manchen Wendungen eben dieſen, und ſuchte mich, freimüthig fragend,
durch ihn ſelbſt über ihn ſelbſt näher zu unterrichten. Der
Leſer vergeſſe nicht, daß wir damals weder „Jean Paul's
Leben von ihm ſelbſt geſchrieben‟, noch die nach ſeinem Tode
erſchienenen, durch ihm lange nahegeſtellte Perſonen ver-
anſtalteten reichen Sammlungen von Briefen, Auszügen
aus ſeinen Tagebüchern, Mittheilungen über ſeine Art zu
leben und zu arbeiten u. ſ. w. beſaßen. Jenes ganze Material zur Darlegung und Erklärung (ſoweit eine ſolche
möglich iſt) ſeines geiſtigen Organismus und der Art, wie
derſelbe thätig war, fehlte noch in der Literatur, mir mußten daher die einzelnen Notizen, die ich erhielt, von großer
Wichtigkeit ſein. Ich gebe ſie, um das Bild jener Tage,
und die freien, vertrauenden Mittheilungen des erhabenen

Mannes möglichst zu vollenden, so getreu und vollständig wieder, als ich sie im Gedächtniß und auf dem Papier besitze.

Er sagte mir über seine Lebens- und Arbeitsweise etwa Folgendes: „Vormittags arbeite ich schaffend, schreibe, wenn es irgend zulässig ist, im Freien, entweder im Garten hinter meiner Wohnung in der Stadt, oder noch lieber hier draußen bei der Frau Rollwenzel, die mit unermüdlicher Sorgfalt, oft selbst mit Aufopferung ihres eigenen Interesses, dafür sorgt, daß Alles entfernt bleibe, was mich stören könnte. Selbst im Winter arbeite ich oft im Freien, indem ich auf und nieder gehe, meinen Stoff scharf im Gedanken behandle, und dann, was ich in mir vollendet, so rasch als möglich im Gartenhause niederschreibe. — Dabei trinke ich im Sommer und Winter Wein, doch höchstens eine Flasche, meist weniger. (Burgunder war es, den Jean Paul, wie ich mich aus seinen eigenen Worten zu erinnern glaube, am liebsten bei der Arbeit genoß.) Nach Tisch trinke ich Bier, doch selten mehr als einen Krug. Nachmittags schreibe ich nur zuweilen; ich studire dann meistens, am liebsten und eifrigsten philosophische Werke; außerdem medicinische, und von diesen wiederum die philosophischen, namentlich physiologischen, vorzugsweise, dann mathematische, astronomische, historische u. s. f. Was ich Bemerkenswerthes bei meiner Lecture finde, schreibe ich sogleich auf und ordne meine Excerpte nach verschiedenen Rubriken.

„Außer meinen Studien", fuhr Jean Paul fort, „habe ich noch allerlei Nebenliebhabereien und Eigenheiten (er bezeichnete sie, über sich selbst scherzend, als Thorheiten und Lieblingstollheiten), z. B. die Wetterprophezeiungen und das Halten von Vögeln und Hunden. In meinem Zimmer,

3 *

wohin ich Sie doch auch noch führen muß (leider bin ich nicht dahin gekommen), sollen Sie meine Wettergläser, Wetterspinnen, Laubfrösche, Kanarienvögel, die frei umherfliegen und mir doch nichts beschmuzen *), und ähnliche Steckenpferde mehr sehen. — Meine liebsten Momente habe ich im Winter, in der Dämmerstunde, wo ich die Sonne aus meinen Fenstern über dem Schnee untergehen sehen kann. Alsdann liege ich auf dem Sopha, spiele mit den Vögeln, dem Hunde (diesem, einem gelehrigen Pudel, werde ich noch ein besonderes Anhangscapitel widmen) und (eigene Worte) hecke dabei allerlei wunderliche Gedanken aus, worüber die Welt nachher lacht oder, wie es fällt, sich daran begeistert."

Unter diesen Gesprächen waren wir, da wir sie anfangs im Gaststübchen, dann im Gärtchen vor dem Hause, endlich auf dem Heimwege geführt hatten, bis nahe an Baireuth gekommen, wo die belebtere Heerstraße, später die vom abendsommerlichen Verkehr im Freien lauten Gassen der Stadt selbst, eine zusammenhängendere Unterredung nicht mehr zuließen.

Einige Knaben bettelten uns an; ich war viel zu glücklich und froh, um nicht zu geben. Jean Paul tadelte mich; er sagte: „Sie kennen diese Art des Bettelns hier nicht; die meisten dieser Knaben taugen nichts. Man bestärkt sie in Müßiggang und Nichtsnutzigkeit." Ich konnte mir das leicht denken, denn ich war aus einer großen Stadt, wo die bettelnden Knaben schwerlich von besserm Schlage sind. Doch erwiderte ich: „Es mag so sein, allein wir sind unter

---

*) Das Letztere war doch nicht ganz der Fall, denn ich fand auf dem mehrerwähnten Manuscript der Oper „Dido" die Spuren von Befleckung durch Vögel.

allen Umständen so viel besser daran, daß ich dennoch zuweilen der Neigung zu schenken nicht' widerstehen mag." Jean Paul befragte hierauf die beiden Knaben, die von mir bereits empfangen hatten und von ihm noch Etwas begehrten, genau und deckte allerdings mit Leichtigkeit Widersprüche in ihren Aussagen auf, worauf er sie ausschalt und zu mir sagte: „Sehen Sie wol, daß ich Recht habe?"

Jetzt standen wir vor seiner Hausthür und ich mußte mich endlich von ihm trennen, wie gern ich auch noch stundenlang bei ihm verweilt hätte.

In diesen Tag hatte sich Ziel und Bedeutung meines Aufenthalts in Baireuth zusammengedrängt. Was ich dort gewollt, war entschieden, gewissermaßen wie eine Hauptschlacht einen Feldzug entscheidet, wenngleich noch manches im Gefolge derselben von Wichtigkeit ist. So fielen auch mir noch einige glückliche Augenblicke zu.

Noch an der Schwelle seines Hauses hatte ich Jean Paul die Bitte vorgelegt, mir ein Blatt für mein Stammbuch zu schenken. Er erwiderte darauf: „Sie haben ja meine Briefe, das sind ja Stammbuchblätter." Das Ablehnen, das in diesen Worten lag, ließ mich zwar die Hoffnung, meinen Wunsch erfüllt zu sehen, innerlich aufgeben, indessen gestattete ich mir doch noch die Erwiderung, daß in Blättern, dem bestimmten Zweck persönlicher Erinnerung gewidmet, ein besonderes Heiligthum für mich wohne und ich überdies jede fernere Zeile seiner Hand als einen neuen, köstlichen Erwerb betrachte. Jean Paul erwiderte nichts darauf, und damit war das Nein wol entschieden. Seine Aeußerung, daß mir die empfangenen Briefe Stammbuchblätter sein möchten, konnte mich nicht ganz entschädigen. In der That schien mir ein Brief, aus anderer Veranlassung geschrieben, wenn auch noch so hohen Werthes an sich,

doch diesen besonders gesammelten Blättern nicht recht an-
gehörig. Nur der Wille des Gebers sollte die Gemeinschaft dieser Gedächtnißblätter von ganz entschiedener Bedeutung bestimmen. Einen Brief, den ich nicht in dieser
Absicht und Voraussetzung erhalten, hinzuzulegen, wäre mir
immer wie eine Art unrechtmäßigen Besitzthums vorgekommen. Und gewiß ist es auch etwas Anderes, ein Blatt
zu empfangen, welches der Erinnerung, der Freundschaft
vielleicht, gewidmet ist, als eines, auf dem sich noch so
wohlwollende Gesinnungen nur allgemein ausgesprochen finden. So mußte ich denn, immer noch überglücklich in dem
Besitz Dessen, was mir geworden war, dem höher gestellten
Wunsch entsagen, so groß mir auch die Freude gewesen wäre,
diesen verehrten Mann andern verehrten, wie Tieck und
Maria Weber, die mir wenige Wochen zuvor diese hochge-
haltene Gabe zugewendet hatten, beizugesellen. Später
hätte ich nur einen von gleicher Bedeutung, doch in einem
völlig andern Gebiet, ihm an die Seite zu stellen gehabt,
Beethoven.

———

In dem sichern Gefühl, daß ich, was Baireuth mir
gewähren sollte, empfangen habe, dachte ich nur an meine
Abreise, die ich gleichzeitig mit der Jean Paul's, den 30.
August, festsetzte, um ja nicht einen Tag aufzugeben, der
mich vielleicht noch mit ihm zusammenführen könnte. Noch
von ihm und seiner Familie Abschied zu nehmen, hatte er
mir erlaubt. Ich ging daher am andern Nachmittage hin,
ihm, fast so pochenden Herzens wie den ersten Gruß, das
Lebewohl zu sagen. Er war überaus heiter und freundlich;
schon ganz erfüllt von dem Gedanken an seine Reise, zeigte
er auch einen lebhaften Antheil an der meinigen, besonders

da sie nach Weimar, durch Hof ging und somit die Gegenden berührte, die so lange seine Heimat gebildet hatten. Mit liebenswürdigem Eifer schilderte er mir die anziehendsten Punkte der Landschaft, die ich andern Tages durchstreifen sollte, bezeichnete mir die sehenswürdigen Stellen, pries mich glücklich, daß ich zu Fuß gehe. Er sprach von Berneck, Gefrees, diesen kleinen, reizend gelegenen Orten, die mir aus den „Frucht- und Dornenstücken" durch Leibgeber's und Siebenkäs' Wanderung eine geheiligte Bedeutung gewonnen hatten. Auch Frau und Tochter mischten sich lebhaft, ja herzlich ins Gespräch; es dünkte mich wirklich, als sei ich, vielleicht durch meine wahrhafte Begeisterung für Jean Paul, der Familie desselben lieb geworden. Ein gewisses Anrecht dazu hatte ich auch als Landsmann der Gattin Jean Paul's, die bekanntlich aus Berlin gebürtig ist. Zwar hatte ich geäußert, ich werde nach dem Rhein gehen und in Heidelberg vielleicht abermals mit Jean Paul, der eben dahin reiste, zusammentreffen. Doch mein Geburtsort ließ einen steten Zusammenhang mit demselben voraussetzen, und so war es natürlich, daß die Tochter mit ihrer angenehmen Lebhaftigkeit bat, wenn ich nach Berlin schreibe, oder dahin komme, doch ja ihre Grüße an Eugenie Hitzig *) und deren Vater nicht zu vergessen. Wie das erste mal, stimmte auch jetzt Jean Paul mit Freudigkeit ein, und ich sah mit wahrer Freude, wie herzlich sich seine Gesinnung diesen meinen Landsleuten zugewendet hatte, und daß die Erkundigungen nach ihnen beim ersten Besuch mehr als ein

---

*) Auch sie ruht längst unter den Todten. Sie war die Gattin des jetzigen preußischen Generals Bayer. Eine Schwestertochter derselben ist kürzlich die Gattin des Dichters Paul Heyse geworden.

bloßer Anknüpfungspunkt des Gesprächs, oder eine leichte Erinnerung an ein kürzliches Lebensereigniß waren. Die Freundschaft junger Mädchen ist eine ungemein liebliche Erscheinung, weil sich dabei das sonst jungfräuliche zurückgezogene Herz zuerst in dem Recht fühlt, sich frei zu öffnen; und dieses reine Gefühl blickte so hell aus den Augen der Tochter Jean Paul's, wenn sie ihre Freundin Eugenie nannte, daß sie mir beim Aussprechen dieses Namens doppelt liebenswerth erschien.

Ich reichte endlich Jean Paul zum letzten mal die Hand und ging, von den herzlichsten Wünschen begleitet. — Der reizendste Morgen sah mich am andern Tage auf der Wanderung nach Hof.

Zwei Jahre später kam ich wieder durch Baireuth, auf der Rückkehr von einer Schweizerreise; ich konnte nur einige Stunden verweilen, doch es gelang mir, von diesen eine ganze bei Jean Paul zuzubringen, dem ich seitdem öfters geschrieben und ihm auch das erste von mir im Druck erschienene Werkchen, eine Sammlung Gedichte: „Griechenlands Morgenröthe", zugesendet hatte. Die kleine Gabe war freundlich aufgenommen worden und trug mir jetzt mündliche Lobsprüche über Verdienst ein, wol zunächst, weil die politische Gesinnung, die sich in diesen Gedichten ausspricht, ganz die Jean Paul's war, dessen Gespräche über Griechenlands Freiheitskämpfe meine Glut für die Auferstehung dieses Volks aus seiner zweitausendjährigen Asche damals noch mächtiger entflammt hatte. Besonders aber mußte ich viel von der ·Schweiz und ihren Wundern erzählen, wobei ihm die Schilderung einer herrlichen Staublavine, die ich unfern Grindelwald gesehen, etwas ganz Neues war. Er rief lebhaft aus: „Die Schweiz ist unerschöpflich! Es ist doch noch Niemand von dort zu mir

gekommen, der mir nicht etwas ganz Neues davon erzählt
hätte!" Er hatte und hat sie nie gesehen! Bei diesem
Anlaß sprach er sehr viel Geistreiches, sowol über sein wenig
oder gar nicht gereist sein, als über das Zuvielreisen, und
namentlich das übermäßige Zusammenhäufen von Reisege-
nüssen, was, wie er sich ausdrückte, eine wahre Verstopfung
der Phantasie sei. Meine Gabe, im Sprechen lebendig,
fließend darzustellen (eine Fertigkeit, die Jean Paul nicht
hatte, hauptsächlich gewiß, weil eine so tiefe Gedankenbil-
dung, wie die seinige — gewissermaßen eine riesige For-
mation in der Gedankenwelt — sich nicht mit den flüchtig
anschießenden Krystallen momentaner Darstellungen vereinigen
läßt, weshalb z. B. auch Hegel so mühsam sprach), erfreute ihn; er nannte sie dichterisch schaffend. Ich erwiderte
ihm: ich sei ja nur der Rückgeber eines Empfangenen.
Darauf rief er lebhaft: „Das sind wir Alle nur; wir
geben nur ein Empfangenes; alle Production ist höchstens
eine Umbildung oder Formung gegebener Stoffe. Der
Dichter ist nur Haushaltführer der Natur, und je getreuer,
um so verdienstlicher." — Ich darf nicht hinzusetzen, daß
die einsichtigen Leser das entscheidend wahre Element in
diesem Ausspruch, von dem Irrthum, wozu er leicht führen
kann, wenn man ihn nur buchstäblich, nicht im Sinn und
Geist auffassen wollte, zu sondern wissen werden.

Diese Stunde des Wiedersehens verrann nur allzu schnell.
Ein drittes mal, als ich durch Baireuth kam, hatte ich
den Schmerz, nicht von mir selbst abhängig, durchreisen zu
müssen und nur im Goldenen Anker zu Mittag zu speisen,
ohne meinen Fuß in die Wohnung des Verehrten setzen zu
können. Hätte ich aber gewußt, daß er ein Jahr später
nicht mehr unter den Lebenden sein würde, so hätte nichts
mich abhalten können, noch eine unschätzbare Stunde seines

3**

Daseins für mich zu gewinnen. So opfert man nur zu
häufig das Wichtigere, Wesentliche, Ewigbedeutende den im
Grunde völlig gleichgültigen Verhältnissen auf, die sich gerade im Augenblick geltend machen! Wie oft begeht man
ein Unrecht, um keine Unhöflichkeit zu begehen!

Das sind die geistigen Beziehungen *), die ich persönlich
zu einem der größten Geister aller Zeiten und Nationen
gehabt habe, der in seinen literarischen Schöpfungen noch
nirgend seinen ebenbürtigen Vorgänger oder Nachfolger gefunden hat. Wer Sterne für Jean Paul's Vorbild hält
und ihn mit diesem auf ähnliche Höhe stellen will, der hat
schwerlich irgend ein Maß für einen von Beiden. Sie
sind sich nur formell ähnlich, kaum so nahe wie Bergkrystall
und Diamant. Sein dichterisches Uebergewicht ganz außer
Acht gelassen, so hat sich Jean Paul auf einen Gipfel
sittlicher Erhabenheit gestellt, von dem er seine Zeit um so
mächtiger überragt, als die Mehrheit des mitlebenden und
nachfolgenden Geschlechts, im Irrwahn selbstsüchtiger Bestrebungen, diese Alles tragende Tempelsäule der Kunst
täglich tiefer unterhöhlt. Doch Irrthum ist Sünde, und
dieser folgt überall eine unabweisbare Nemesis im Gebiet
des Schönen unter der Gestalt zerstäubender Nichtigkeit. Wie
vielen Gebilden des Tages wird dieses Loos beschieden sein!

Ich habe dem Leser ein kleines Anhangscapitel über
Jean Paul's Hund, einen weißen Pudel, Ponto genannt,

---

*) Ein theures Andenken, eine wehmüthige Erinnerung an ihn
empfing ich noch eine Reihe von Jahren später. Eine Freundin
brachte mir von einer Reise Grün und Blumen von seinem Grabe
mit. Ich bewahre sie auf mit einem Eichenzweige, den ich mir
selbst auf Walter Scott's Landsitz, Abbotsford, gepflückt.

versprochen, von dessen Geschick und Verständigkeit der
Herr mich gleich bei meinem ersten Besuch mit einem ge=
wissen freudigen Stolz Proben sehen ließ. Früher hatte
Jean Paul einen Spitz gehabt, dessen Haar die Damen
abschnitten, um es gelockt in Ringen und Medaillons zu
tragen; auch Häring erzählte nach Berichten der Frau Roll=
wenzel in seinen Briefen viel von diesem Spitz. Ihn habe
ich nicht mehr kennen gelernt, und weiß von seinen letzten
Schicksalen nichts; allein der muntere gelehrige Pudel Ponto
ist mir treu im Gedächtniß geblieben. Er mischte sich so=
gleich zutraulich durch Knurren, Anspringen und Wedeln
ins Gespräch und erhielt die ihm verständlichen Antworten
durch allerlei Liebkosungen und freundliche Zurufe. „Ich
beschäftige mich gern und viel mit Thieren, und besonders
mit Hunden‟, sagte mir Jean Paul, indem er mir seinen
Ponto gewissermaßen vorstellte; „sie sind viel verständiger
und feiner organisirt, als man glaubt. Geben Sie nur Acht,
wie fein z. B. das Ohr dieses Thieres unterscheidet.‟ Er
bot ihm darauf einen Bissen dar, mit dem Laut „va‟
(kurz gesprochen). Ponto rührte ihn nicht an. Der Herr
sagte ebenso kurz „da‟, und der Pudel schnappte vergnügt
zu. „Es liegt nicht im Ton‟, erklärte Jean Paul, „denn
ich spreche eins so freundlich wie das andere, ja ich will
das „va‟ freundlich und das „da‟ zurückweisend sprechen,
der Hund wird sich nicht irren.‟ Wirklich zeigte Ponto,
daß er seiner Sache gewiß sei und verschnappte sich im
buchstäblichen Sinne des Worts auch nicht ein einziges mal,
wie vielfältig sein Herr auch mit dem „da‟ und „va‟ wech=
selte. Man hätte ein ganzes Stück wie „Nein‟ und
„Komm her‟ auf das da und va schreiben können, der Pudel
wäre gewiß nicht aus der Rolle gefallen.

Da mich das Spiel ergötzte, nahm der Herr plötzlich

eine ernsthafte Miene an und sprach sanft verweisend: „Ponto! was hast du angestellt?" Sogleich zog der arme Ponto, ein Sünder wider Willen (wie viele Menschen auch), den Schweif ein und kroch scheu, mit bestürzter Physiognomie unter den Ofen. „Dort bleibt er liegen, bis ich ihm Verzeihung angedeihen lasse", sagte Jean Paul. Ich fragte, ob der Hund lange dabei ausharre; „Stunden lang, halbe Tage", war die Antwort. Wirklich blieb Ponto mit dem aufgenöthigten bösen Gewissen unbeweglich und traurig unter dem Ofen liegen, bis endlich der Herr die Worte der Amnestie sprach: „Es ist schon gut, komm nur her." Da sprang der Begnabigte freudig bellend und knurrend hervor und wußte sich im Uebermaß seines Glückes kaum zu fassen.

Nach dem Häuschen der Frau Rollwenzel hatte Ponto seinen Herrn, als wir an jenem Nachmittage dort zusammenkamen, ebenfalls begleitet. Wenn das Gespräch auf unserm Rückwege sich nach einer Richtung hin ausgelaufen hatte, und eine augenblickliche Stockung eintrat, füllte Ponto mit seinen Künsten die Zwischenacte aus. Jean Paul beschäftigte sich mit ihm so beiläufig, wie etwa ein gelehrter Raucher mit dem Ausklopfen oder Anzünden seiner Pfeife unter der angestrengtesten Arbeit. Natürlich gab das freie Feld dem Hunde mehr Spielraum, seine Künste zu zeigen. Manche habe ich vergessen, so überraschend sie zum Theil auch waren, doch eines blieb mir im Gedächtniß. Auf ein ernstes Wort von seinem Herrn ging Ponto ehrsam zwei Schritte von seinem Stiefel neben ihm hin, ohne ihn auch nur durch den geringsten Seitensprung zu verlassen. Er marschirte streng im Gliede wie ein Soldat. Sowie jedoch der Herr die Worte „Ponto, Saffa!" aussprach, schoß der Hund mit eiligen Sprüngen in weiten Bogen ins Feld und umschweifte seinen Herrn in entfernten Kreisen, unter lautem, fröhlichem Gebell, die gestattete Freiheit ordentlich mit Uebermuth genießend. Doch mitten in die fröhlichen, burlesken Sprünge hinein erscholl seines Herrn Wort (es ist mir hier gegangen wie dem Zauberlehrling, das Bannwort der Rückkehr zum Gehorsam habe ich vergessen) und auf der Stelle trabte der gehorsame Ponto wieder zwei Schritt seitwärts von dem linken Stiefel seines Gebieters, ehrsam und ernsthaft dahin, und Nichts, weder ein anbellender College, noch selbst ein vorbeischlüpfendes Kätzchen unterbrach seine Subordination auch nur auf einen Augenblick.

Die andern Künste habe ich, wie gesagt, vergessen, oder erinnere mich ihrer wenigstens nicht genau genug. Die Wetterfrösche, die Wetterspinnen, Vögel u. s. w., die Jean Paul's Zimmer bevölkerten, lernte ich nicht kennen. Es that mir sehr leid, denn selbst alle diese kleinen Züge waren mir vom höchsten Interesse, und ich glaube mich nicht in dem Leser zu irren, wenn ich dasselbe bei ihm voraussetze. Es war Alles so natürlich, so menschlich, so kindlich! Und wenn Sanct-Paulus mit einem Rebhuhn spielte, sollte Jean Paul sich nicht mit seinem Ponto, seinen Laubfröschen und Vögeln unterhalten?

Beethoven.

Ein Bild der Erinnerung aus meinem Leben.

Erstes Capitel.

Die Reise nach Wien war beschlossen. Mit welchen Hoffnungen, mit welcher Zuversicht auf Genuß, und mit welcher gesunden Freude daran geht ein Jüngling, zumal ein Schriftsteller, der eben die ersten Schritte in die Oeffentlichkeit gethan, im kleinern Kreise die Genugthuung einiger Anerkennung gefunden, einem solchen Ziel entgegen! Was sind Vergangenheit und ferne Zukunft, einer so nahen, und einer solchen Gegenwart gegenüber!

Doch von Allem, was ich in und von der Kaiserstadt erwartete, war es Eins, das der begeisterten Seele des Jünglings entschieden als das Höchste vorschwebte. Die Hoffnung, Beethoven zu sehen! Wahrlich nur mit dem Anblick des im Tiefsten verehrten Mannes wäre ein unendlicher Wunsch meines Herzens erfüllt gewesen; doch im Stillen träumte ich noch viel Größeres, das allerdings ein wenig den luftigen Feenschlössern glich. Ich nährte die freilich nur schwach dämmernde Hoffnung, seinen Antheil für eine Oper, die ich ihm dichten möchte, zu gewinnen. So unerreichbar, so unglaublich mir, wenn ich es als etwas Festes, Wirkliches ins Auge faßte, dieses Ziel auch schien, so wollte ich doch das „Magna voluisse" auf meiner Seite behalten. Deshalb hatte ich alle die Schritte gethan, die mir in meiner Stellung nützlich und geeignet schienen, um das Vorhaben einzuleiten. Einige Kraft und Berechtigung durfte ich wol dazu fühlen; denn hochverdiente Männer hatten dieser Gattung meiner Dichtungen einen Antheil geschenkt, der bis zur That ging. Bernhard Klein hatte eine Oper von mir vollendet, eine zweite in der Arbeit. Maria Weber hatte schon vor Jahren, auf eine gleiche Unternehmung ernstlich eingehend, Briefe darüber mit mir gewechselt, gründete sein Zutrauen zu mir sowol auf die bereits fertigen Versuche, die ich ihm gezeigt, wie auf die Ansichten, die ich ihm gesprächsweise über diese Gattung der Dichtung entwickelt. Ein Verhältniß, über welches ich in einem, schon vor einer Reihe von Jahren zuerst in Gottfried Weber's musikalischer Zeitschrift „Cäcilia", dann in meinen „Gesammelten kleinern Schriften" abgedruckten Aufsatz, nähere Mittheilungen gemacht. — Endlich hatte Ludwig Berger, dessen schöpferischen Genius ich noch heut unter diesen Dreien am höchsten stelle, wiewol er nie zur Anerkennung der Welt gekommen *), unter allen den jüngern Dichtern, die sich zu ihm drängten, sich

---

*) Ich erinnere hierbei an die eben jetzt von Hofmeister bewerkstelligte Gesammtausgabe seiner Werke, auch der nachgelassenen, die später zu Stande kam, als dieser Aufsatz geschrieben ist.

vorzugsweise mit mir beschäftigte, um den Plan, eine
Oper zu schreiben, zur Ausführung zu bringen. Es blieb
leider, wie fast alle dieses, von hypochondrischer Un-
schlüssigkeit zerrissenen, großen Talents und Charakters un-
ausgeführt!

Dies waren meine Berechtigungen. Nicht daß ich in
dem eiteln Wahn gestanden, mich zu Beethoven's Größe
gesellen zu dürfen; aber ich fühlte die Kraft, mich zu Denen in die Schranken zu stellen, unter welchen er die Wahl
haben konnte.

Wie aber sollte ich sein Zutrauen gewinnen? Ein
Gespräch war mit dem von dem schwersten Unheil Betrof-
fenen, welches die Schickung gerade über ihn verhängen
konnte, nur sehr schwer zu führen. Ihm zuvor zu schreiben? Wie viele Briefe mußte er nicht erhalten haben, die
nur von thörichter Hand ausgingen! Und überhaupt, das
Lesen war nicht die Sache des Musikers, nicht die Weise
Beethoven's! Ein Name von Gewicht mußte eine Bahn
brechen. In Berlin war es allein Zelter, der in musikalischer Beziehung durch seinen Ruf als Theoretiker, und
anderweitig sowol durch seine frühere Bekanntschaft mit
Beethoven selbst, den Standpunkt einnahm, von dem aus
er mir einen einführenden Brief an den großen Meister
mitgeben konnte. Und hier habe ich eine große heilige
Schuld der Dankbarkeit gegen Zelter abzutragen, dem ich
in andern Beziehungen späterhin oft gegenübertreten
mußte, weil sein häufiges nicht zu rechtfertigendes Thun,
sein geistig musikalischer Absolutismus, im Namen der
Wahrheit und des Rechts, mich in meiner kritischen Stellung dazu herausfoderten. Nicht daß er mir den Brief
an Beethoven gab, sondern wie er ihn gab, wie er ihn
in Beziehung auf Beethoven gab, verpflichtet mich zum

Dank, und noch mehr zum Ausdruck der Verehrung. Denn
er that es, als wenn er an einen Heiligen des Him-
mels schriebe. Er, der im Gespräch oft die Weise anzunehmen pflegte, als habe er vor allen Größen der Kunst,
Mozart, Haydn, Beethoven, eben gar keine sonderliche Ehrfurcht, und dürfe mit ihnen nur so ganz wie mit aller
Welt obenhin umspringen; er nahm jetzt, da er zu einer
That schreiten sollte, nicht aus irgend einer gemachten
Empfindung oder Scheinheiligkeit, sondern aus wahrhaftig-
ster Kunstwärme eine, ich kann es kaum anders nennen,
anbetende Stellung an; er fühlte, daß er zu einem Hohen-
priester sprach, und seine Demuth wurde wahre Größe
seines Sinnes. Genial, wie so oft in einzeln aufblitzenden
Lebensmomenten, war er auch bei diesem Briefe, schon in
der Aufschrift. Denn er schrieb nicht, wie Jeder gethan,
an Herrn Ludwig van Beethoven, sondern: „An den edeln,
berühmten, großen Ludwig van Beethoven." — Un-
verzeihlich muß ich es nennen, daß ich mir den Brief, den
ich späterhin bei Beethoven las, nicht sofort abgeschrieben,
denn er war in vier oder fünf Zeilen ein wahres Kunstwerk, schöpferisch hervorgegangen aus der Glut der Verehrung *). Keine fade Schmeichelei, keine unangenehm be-
rührende Unterwürfigkeit (wie oft in den Briefen an Goethe),
sondern nur edle, großherzige Worte, und doch dabei treu,
schlicht, deutsch, Worte der Freundschaft, aber einer be-

---

*) Vielleicht hat ihn der Biograph Beethoven's, Herr Schind-
ler, im Nachlaß gefunden, wo er sogar meine Papiere, auf die
ich späterhin kommen werde, noch vorfand. Auch Schindler's
Buch erschien nach Abfassung dieses Aufsatzes, und macht daher
jetzt einige Bemerkungen nöthig.

geisterten, endlich der dringende Wunsch meines Herzens, der Hauptzweck meines Besuchs klar und warm ausgesprochen, dem hohen Meister ans Herz gelegt.

Dieser Brief war des Aufbewahrens werth! Er hätte als ein Juwel geprangt in der starken Bändezahl des Briefwechsels zwischen Goethe und Zelter! Er würde vieles Dunkle darin (nämlich was im Dunkel hätte bleiben sollen) durch seinen Glanz überschimmert haben! — Genug ich war im Besitz des Briefs, wenigstens in dem der Aufschrift, die mir so warm aus der Seele genommen war, daß ich sie mit immer erneutem Staunen und Herzklopfen betrachtete. — Was hatte ich nun noch viel für meine Reiseausrüstung zu sorgen! Die Hauptsache besaß ich; die andern Kleinigkeiten und Nebendinge, wie z. B. Geld, werden sich ja finden, wenn ich auch noch nicht recht wußte, wie und wo? Sie fanden sich auch durch das freundliche Wohlwollen eines ältern, reichen Gönners, der mir mit seinem Reisewagen und seiner Reisebörse aushalf, wogegen ich sein Bedürfniß nach froher, wohlgemutheter Unterhaltung befriedigte. Wahrlich, so dankbar ich mich ihm damals fühlte, ich weiß nicht, ob, wie ich's jetzt betrachte, meine Bilanz nicht noch vortheilhaft gegen die seinige stand in unserm Reisefreuden-Conto! Gewiß gab ich mehr in unsere Kasse, doch es glich sich dadurch völlig aus, daß ich auch unendlich mehr herausnahm. —

Am 21. März des Jahres 1825, also am Tage des Aequinoctium, wo die Wohlthat der rückkehrenden Sonne beginnt, an Jean Paul's Geburtstag (damals überging ich so wichtige Festtage im Jahre niemals) traten wir die Reise an. Noch waren die Felder rings mit Schnee bedeckt, die Luft eisig rauh! Dennoch, wie erquickend schien es dem jugendlichen Sinn, die öden Fluren und grauen

Dörfer vorüberfliegen zu sehen, sich von dem rauhen winterlichen Hauch anwehen zu lassen. — An der Ermattung unserer Kräfte zu Lust und Genuß können wir viel entschiedener wahrnehmen, daß wir altern, als an der Abnahme unserer Körper- und sonstigen Geisteskräfte! Die Freude ist eine Frühlingsblume, mit jedem Herbsttage werden ihre Farben blasser. — Mein Gefährte hatte sich indessen in dieser Beziehung, obwol er doppelt so viel Jahre zählte als ich, seine Jugend frisch genug erhalten. Heiter rollten wir miteinander dahin; Meilen und Stunden entflohen pfeilschnell; ehe wir's dachten, waren wir in Dresden, dem ersten Zielpunkt.

Mein Reisegefährte, dem die Ueberlast der Geschäftsverbindungen in Berlin die Arbeit überaus erschwerte, hatte sich Dresden ersehen, nur um dort zwei Tage ungestört im Gasthof arbeiten zu können. Völlig mir selbst überlassen hatte ich desto mehr Muße, die Gaben der schönen Stadt, die auch im Winter und Vorfrühling hold und reich sind, zu genießen. Ich übergehe Alles und hebe nur Das, was die Musik angeht, heraus. Schon vierzehn Tage zuvor hatte ich an Maria von Weber die schriftliche Bitte gerichtet, uns während unserer Anwesenheit, wenn es möglich sei, mit einer Aufführung der „Euryanthe" zu erfreuen, die damals außer in Wien noch nirgend gegeben war, da Spontini die Darstellung derselben in Berlin nach Kräften hinderte, gewiß aus der reinsten, künstlerischen Ueberzeugung, daß das Werk nicht würdig genug sei, um in die Welt geführt zu werden! Weber hatte auf meine Bitte mit der Uebersendung einer Karte geantwortet, auf der ihm die einige Tage zuvor erfolgte Entbindung der Schröder-Devrient (die Euryanthe Dresdens) angezeigt war. Durch dieses glücklich-unglückliche Ereigniß lag die

Oper überhaupt ziemlich unthätig danieder. Dies ver=
schaffte mir aber den Vortheil, daß Weber weniger beschäf=
tigt war, und ich ihn in diesen zwei Tagen öfter sehen
konnte, als ich sonst irgend hoffen durfte. Er bereitete
sich gerade vor, nach England zu gehen, um den „Oberon"
zu componiren. Dies gab uns viel Anlaß zu Gesprächen;
doch ließ ich die Gelegenheit nicht vorübergehen, um auch
für meine Zwecke Weber's Mithülfe zu gewinnen. Auf
meine Bitte um einen Brief antwortete er: „Beethoven
liebt die vielen Briefe nicht. Sie zu lesen und zu schrei=
ben ist ihm eine lästige Sache. Aber grüßen Sie ihn
mündlich aufs herzlichste und ehrfurchtsvollste von mir.
Nach der Art und Weise, wie er mich bei meiner vorjäh=
rigen Anwesenheit in Wien aufgenommen, darf ich vor=
aussetzen, daß er sich meiner mit Freundlichkeit und Liebe
erinnern wird." — Jetzt machte mir Weber eine Schil=
derung von seinem letzten Besuch bei Beethoven, der ich
natürlich mit der gespanntesten Aufmerksamkeit zuhörte.
„Wir waren", erzählte er, „mehrmals bei ihm gewesen,
doch er hatte sich immer nicht sprechen lassen. Er war
unwohl, menschenscheu, trübsinnig. Endlich gelang es
uns, eine günstige Stunde zu treffen. Wir traten ein;
er saß am Arbeitstisch; nicht eben freundlich stand er
auf. Er hatte mich vor Jahren schon gut gekannt,
und so kamen wir bald in trauliches Gespräch. Da
trat er plötzlich dicht vor mich hin, legte beide Hände
auf meine Schultern, schüttelte mich kräftig und herz=
lich, und rief: «Du bist ein braver Kerl geworden!»
und dann küßte er mich mit wahrer Freundschaft und
Liebe. Von Allem, was mir an Beifall, Glanz und
Ehre in Wien zu Theil geworden, hat mich nichts so

im Tiefsten ergriffen als dieser brüderliche Kuß Beethoven's." *)

Solche Erzählungen aus dem Munde eines selbst so
hoch in dem Ruhme der Welt gestellten Mannes wie
Weber, mußten begreiflicherweise meine Verehrung Beethoven's und die beklommene Spannung, mit der ich dem
Augenblick entgegenging, wo ich ihm unter die Augen
treten sollte, noch immer steigern. — Ganz durchglüht
von dem Gedanken an Das, was mir bevorstand, nahm
ich Abschied von Weber, und am andern Tage verließen
wir Dresden, im schönsten Sonnenschein.

Zweites Capitel.

Wie unbeschreiblich schön die Tage waren, die ich von
jetzt an im seligsten Genuß einer hohen, bedeutungsvollen

*) Diese Mittheilung, aus Weber's eigenem Munde ge-
schöpft, mir in lebendigster Erinnerung und über Jahr und Tag
vor der Erscheinung des Schindler'schen Buches niedergeschrieben,
hat mich natürlich vorzugsweise bestimmen müssen, mich miß-
billigend und zweifelnd über die Art und Weise auszusprechen,
in der dort von Weber's Verhältniß zu Beethoven die Rede ist.
Indessen mag die Substanz der Schindler'schen Mittheilungen
ebenfalls richtig sein, da sie sich mit Beethoven's hypochondrisch
wechselnden Launen wohl verträgt. Desto mehr Ehre aber macht
es Weber, daß er des großen Mannes nur mit der innigsten
Verehrung gedachte.

Zukunft lebte, das vermag nur ein begeistertes Jünglings-
herz nachzufühlen, welchem jemals das unschätzbare Glück
zu Theil geworden, sich dem Zauberkreis nähern zu können, der einen wirklich großen, unsterblichen Mann um-
gibt. Kaum, mit Wehmuth spreche ich es aus, ist jetzt
noch die Möglichkeit dazu vorhanden; denn von einem
hochverdienten, berühmten Manne (deren wir Viele haben)
bis zu einem wirklich großen, ewig unerreichbaren —
welche Kluft!

Dürfte ich in dieser Schilderung noch andere Saiten
meines Lebens und meines Innern erklingen lassen als
musikalische, so hätte ich jetzt Anlaß, meine und die damaligen Zustände überhaupt, in Vergleich zu denen unserer
heutigen künstlerischen Jugend, welcher zwei die Brust zum
Heiligen erhebende Empfindungen fast ganz fehlen, Demuth vor und Begeisterung an großen Männern,
schärfer zu betrachten, ihre Ursachen und Folgen tiefer
zu ergründen. So mag es mit dieser Andeutung genug
sein!

Um aber wenigstens den äußern Faden meiner Darstellung nicht ganz abzureißen, spinne ich ihn auf der Landstraße nach Wien fort, und webe daraus einen landschaft-
lichen Hintergrund für mein musikalisches Charakterbild,
der nicht mehr bedeuten und nicht mehr Raum einnehmen
soll, als eine Landschaft hinter einem Bildniß pflegt.

Der reinste blaue Frühlingshimmel spannte sich über
uns aus; die Luft hauchte uns lau, süß abspannend an.
So erreichten wir das erhabene böhmische Gebirg. Hier
nahm uns der Winter noch einmal in Gefangenschaft, denn
die Höhen waren rings mit Schnee bedeckt, der bei der
Helle der Frühlingsmittagssonne so mächtig blendete, daß
wir fast durchweg mit geschlossenen Augen über dieses

Polarparadies hinwegreiseten. Jenseits war beinahe Sommer. Die Sträucher knospten und grünten in dem schwarzen Boden der Gärten. Teplitz glich einer südlichen Stadt, so lebte und verkehrte Alles auf den Straßen, und die schwarzen lebendigen Augen der Böhminnen konnten uns auch an italienische erinnern. — Spät in der Nacht erreichten wir Prag, diese wunderbarste, prachtvollste aller europäischen Städte. Wir erwachten dort an einem Sonntage! Am schönsten wurde er von der Natur gefeiert, mit fast heißem Sonnenglanz, doch von lauen, duftigen Frühlingslüften gemildert. Viele Tausende von Menschen wogten auf den Bergen dem Hradschin gegenüber nach dem Muttergottesbilde empor. Auf allen Stationen des Calvarienberges lagen die Gruppen wandernder, wenn auch nicht heiliger Familien zerstreut; eine unübersehbare Schar munterer Kinder hüpfte auf dem Rasen, jagte sich fröhlich zwischen den knospenden Hecken. — Concert und Theater in Prag lasse ich unberührt; wenn man zu dem Tempel, wo das Allerheiligste bewahrt wird, wallt, darf man in keiner profanen Vorhalle geringern Göttern opfern. So fuhren wir denn nächsten Tages der Kaiserstadt weiter entgegen, bis tief in die laue Mondscheinnacht hinein. Wir übernachteten in einem kleinen böhmischen Städtchen. Hier, wo der slawische Stamm des Volkes ausgebildeter ist, hört der Reiz der südlich lebendigen Physiognomien fast ganz auf; man sieht nur starke Backenknochen, stumpfe Formen, matte Augen. — Wie diese Schönheit, so war auch am andern Morgen der ganze Frühling wie ein Traum verschwunden. Eine Eisluft hauchte uns an, als wir in den Wagen stiegen. Kaum eine Viertelstunde gefahren, sahen wir in einem Graben an der Chaussee zu unserer höchsten Verwunde-

rung, nach dem heißen Sommertage in Prag, noch Schnee
liegen. Bald darauf wieder ein Fleckchen, dann ein größeres, dann eine lange Strecke, und nach einer Stunde
schon streckten sich die Schneefelder aus, soweit das Auge
reichte, und wurden nur durch düstere Fichtenwälder unterbrochen, welche auch die weiße Last auf dem Haupte trugen. Die Ursache dieser uns schauerlich überraschenden
Veränderung? Wir befanden uns auf dem mährischen
Gebirgsplateau, das unmerklich, ohne eingeschnittene Thä-
ler und hervortretende Höhen, aufsteigend, sich doch nach
und nach in diese kältern Regionen erhebt.

Uns war zu Muth wie Einem, der schon das weiße
Tuch der Begnadigung wehen sah, und dem nun doch
plötzlich der Stab gebrochen wird! Spät am Abend erreichten wir Iglau; am folgenden Tage mußten wir Wien
sehen. Unvergeßlich wird mir die Erinnerung an das Gefühl bleiben, mit dem ich zuerst den grauen, riesigen Ste-
phansthurm hinter dem Gebirgsrücken, den wir umfuhren,
hervortreten, und mächtig den Horizont beherrschen sah,
während die Stadt noch unter demselben verborgen bleibt.
Er schien uns zuzurufen: Wanderer, hier liegt Wien!“
Und was knüpfte sich an diesen Ruf? Für mich in diesem ersten Augenblick nur der Klang des einen hohen Namens: „Beethoven“. Ich rief es laut und begeistert
aus, trotz meines lächelnden, kopfschüttelnden Reisegefährten.
Alles was die berühmte Kaiserstadt an Schätzen der Kunst
und des Wissens, an großen Männern, Denkmälern, Anstalten in sich birgt, wiegt mir diesen einen Namen nicht
auf. Und hätte ich die Wahl, auf der einen Seite Alles,
auf der andern nur Ihn aufzugeben, freudig ließe ich Alles, um zu ihm zu wallfahrten, der vielleicht vergessen, als
finsterer Sonderling gemieden, in einer düstern abgele-

genen Straße mitten im Glanz dieser taumelnd genießen-
den Welt einsam und verlassen sitzt, — aber von erhabenen Geistern umgeben, und von Wundern, die er selbst
erschafft!

Drittes Capitel.

— — Obgleich mir, nachdem wir in Wien ange-
kommen, nichts näher am Herzen lag, als Beethoven aufzusuchen, so glaubte ich doch zuvor einige Erkundigungen
über die Art und Weise, wie es geschehen könne, einziehen
zu müssen. Bei dem unschätzbaren Werth, den ein Besuch
dieser Art für mich hatte, war es begreiflich, daß ich eine
ähnliche Gesinnung bei vielen Tausenden in Wien voraussetzte und darauf die Meinung gründete, daß der Zutritt
zu dem großen Manne mit Schwierigkeiten aller Art umgeben sein würde, wie der zu Goethe. Ich suchte daher
zuerst einige Personen auf, von denen ich wußte, daß sie
in Beziehungen zu ihm standen oder gestanden hatten,
z. B. Grillparzer. Wo ich auch anfragte, erhielt ich den
Rath, nur gerades Wegs zu ihm zu gehen. „Wenn Sie
ihn gerade in der schlimmen Stunde treffen", sagte mir
einer seiner Freunde, „so möchten Sie der Kaiser sein, er
würde Sie nicht vorlassen; Vorbereitungen helfen nichts.
Redlich geradezu, und frei heraus, sind die besten Empfehlungen ihm gegenüber! Und lassen Sie sich durch einen
mürrischen Empfang nicht abschrecken; gehen Sie zum zweiten mal, und er macht dann vielleicht doppelt gut, was er

beim ersten mal gegen Sie versehen." — So faßte ich denn eines Morgens unter Herzklopfen den Entschluß, den Weg nach der Grugerstraße Nr. 767 im vierten Stockwerk, wo Beethoven damals wohnte, anzutreten.

Diese Straße ist keine abgelegene, sondern nur eine der minder geräuschvollen Seitenstraßen, die die belebtern Hauptstraßen der innern Stadt durchschneiden. Daß ein Künstler eine solche Wohnung, muß er einmal in der Stadt selbst sein, eher sucht als meidet, begreift sich leicht. Das vierte Stockwerk möge auch Niemand durch den Gedan-ken der Aermlichkeit erschrecken. Es ist in Wien bei den sechs, sieben, acht Stockwerke hohen Häusern ein so gewöhn-liches Höhenmaaß, daß der Mittelstand selten darunter bleibt. Im zweiten Stockwerk wohnt man der engen dunkeln Gas-sen halber sogar lieber als im ersten, das häufig noch zu Geschäftslocalen, Comptoiren u. dgl. benutzt wird.

Als ich die ansehnliche Zahl steinerner Stufen empor-gestiegen war, fand ich zur Linken einen Glockenzug mit einem halb verwischten Namen; doch glaubte ich Beethoven herauslesen zu können. Ich schellte; Tritte ließen sich hö-ren; man öffnete; meine Pulse flogen; ich weiß wahrlich nicht mehr zu sagen, ob es eine Magd war, die mir öff-nete, oder ein junger Mann, Beethoven's Neffe, der damals bei ihm wohnte, und den ich später einige mal sah. Die hohe Spannung meines Innern hatte mir die Achtsamkeit auf die Außendinge ganz geraubt. Nur erinnere ich mich, daß es mir gar nicht über die Zunge wollte, zu fragen: „Wohnt hier Herr Beethoven?" Wie zerschlägt das Rie-sengewicht eines so großen Namens die pygmäischen Schran-ken und Gesetze der Convention, hinter denen die unermeß-liche Alltäglichkeit ihre eiteln Rechte sicher stellt! —

Indeß diese Formen wollten ihr kleinliches Recht auch

hier nicht aufgeben, ich wurde gemeldet, gab meinen Brief von Zelter als Einlaßkarte mit, und stand harrend im Vorzimmer. Noch könnte ich es malen, in seiner wüsten halb Leere, halb Unordnung. Auf dem Fußboden standen eine Menge geleerter Flaschen; auf einem schlichten Tisch einige Teller, zwei Gläser, eins halb gefüllt. Sollte Beethoven dies halbe Glas zurückgelassen haben? dachte ich. Und es kam mich die Lust an, den Ueberrest zu trinken, gleichsam ein heimlicher Raub der Herzens-Brüderschaft, wie die deutsche Sitte sie knüpft.

Die Thür des Nebenzimmers öffnete sich; ich wurde aufgefodert einzutreten. Als ich den schüchternen Schritt über die heilige Schwelle that, schlug mir das Herz hörbar! Ich hatte schon vor einigen großen Männern gestanden, die der dichtende Jüngling in gleicher, unermeßlicher Höhe über sich sah; ich nenne nur Goethe und Jean Paul. Doch diese Art der Empfindung hatte ich Beiden gegenüber nicht gehabt. Ich will nicht anmaßlich sagen, daß es ein halbes anch' io son pittore war, welches mir zu Jenen den Zugang freier machte, die Brücke des geistigen Verkehrs leichter schlug: allein ich gehörte doch zu demselben Reich, das sie beherrschten, wir redeten eine gleiche Sprache, ich hatte ein stärkeres Recht zu einer Erwiderung, ich konnte sie sicherer begründen; es woben sich endlich im Gebiet des dichterischen Gedankens mehr Fäden zwischen uns her- und hinüber; der bittern Hemmung will ich gar nicht gedenken, welche Beethoven's verschlossenes Ohr jeder Annäherung wärmerer Theilnahme fast unüberwindlich entgegenstellte! Und doch, was im ersten Augenblick zu trennen schien, die Verschiedenheit unserer Lebensgebiete brachte uns später näher aneinander. Ein mittelmäßiger Musiker wäre vielleicht für Beethoven das gleich-

gültigste, das lästigste Ding der Welt gewesen; ein Dichter mit leiblichem Talent gab ihm doch immer Etwas, was
er selbst nicht hatte, und doch schätzte und liebte.

Mein erster Blick beim Eintreten traf auf ihn. Er
saß lässig auf einem ungeordneten Bett an der Rückwand
des Zimmers, auf dem er eben zuvor noch gelegen zu
haben schien. Den Brief von Zelter hielt er in der einen
Hand, die andere reichte er mir freundlich entgegen, mit
einem solchen Blick der Güte, und zugleich des Leidens,
daß plötzlich jede Scheidewand der Beklemmung fiel, und
ich dem im Tiefsten Verehrten mit der ganzen Wärme
meiner Liebe entgegenschritt. Er stand auf, reichte mir die
Hand, drückte sie herzlich, deutsch, und sagte: „Sie haben
mir einen schönen Brief von Zelter gebracht! Er ist ein
würdiger Beschützer der echten Kunst!" — Gewohnt,
selbst am meisten zu sprechen, da er die Gegenrede nur
schwer vernehmen konnte, fuhr er fort: „Ich bin nicht
ganz wohl; ich bin recht krank gewesen! — Sie werden sich schlecht mit mir unterhalten, denn ich höre sehr
schwer!"

Was ich antwortete, ob ich antwortete, — ich weiß
es wahrlich nicht! Zumeist werden wol meine Blicke, der
wiederholte Druck meiner Hand, Das ausgedrückt haben,
wozu mir vielleicht die Worte gefehlt hätten, auch wenn
ich hier wie zu Andern hätte sprechen können.

Beethoven lud mich ein, mich zu setzen: er selbst nahm
seinen Platz auf einem Stuhl vor dem Bett, und rückte
ihn an einen Tisch, der, zwei Schritte davon, ganz mit
Schätzen bedeckt war, mit Noten von Beethoven's Hand,
mit den Arbeiten, die ihn eben jetzt beschäftigten. Ich
nahm einen Stuhl neben dem seinigen. Schnell werfe
ich noch einen Blick über das Zimmer. Es ist so groß

wie das Vorzimmer, hat zwei Fenster. Unter diesen steht ein Flügel. Sonst ist Nichts darin zu entdecken, was irgend Behaglichkeit, Bequemlichkeit, vollends Glanz oder Luxus verriethe. Ein Schreibschrank, einige Stühle und Tische, weiße Wände mit alten, verstaubten Tapeten, — das ist Beethoven's Gemach. — Was kümmert er sich um Bronzen, Spiegelwände, Divans, Gold und Silber! Er, dem alle Pracht dieser Erde Tand, Staub und Asche ist, gegen einen göttlichen Funken, der Alles überstrahlend aus seinem Innern aufleuchtet!

So saß ich denn neben dem kranken, schwermüthigen Dulder. Das fast durchweg graue Haar erhob sich buschig, ungeordnet auf seinem Scheitel, nicht glatt, nicht kraus, nicht starr, ein Gemisch aus Allem. Die Züge erschienen auf den ersten Blick wenig bedeutend; das Gesicht war viel kleiner, als ich es mir nach den in eine gewaltsam geniale Wildheit gezwängten Bildnissen vorgestellt hatte. Nichts drückte jene Schroffheit, jene stürmische Fessellosigkeit aus, die man seiner Physiognomie geliehen, um sie in Uebereinstimmung mit seinen Werken zu bringen. Weshalb sollte denn aber auch Beethoven's Angesicht aussehen wie seine Partituren? Seine Farbe war bräunlich, doch nicht jenes gesunde kräftige Braun, das sich der Jäger erwirbt, sondern mit einem gelblich kränkelnden Ton versetzt. Die Nase schmal, scharf, der Mund wohlwollend, das Auge klein, blaßgrau, doch sprechend. Wehmuth, Leiden, Güte las ich auf seinem Angesicht; doch, ich wiederhole es, nicht ein Zug der Härte, nicht einer der mächtigen Kühnheit, die den Schwung seines Geistes bezeichnet, war auch nur vorübergehend zu bemerken. Ich will hier den Leser nicht durch eine Dichtung täuschen, sondern die Wahrheit geben, ein treuer Spiegel eines theuern Bild-

niſſes ſein. Er büßte, trotz allem eben Geſagten, nichts
von der geheimnißvoll anziehenden Kraft ein, die uns ſo
unwiderſtehlich an das Aeußere großer Menſchen feſſelt.
Denn das Leiden, der ſtumme, ſchwere Schmerz, der ſich
darin ausdrückte, war nicht die Folge des augenblicklichen
Unwohlſeins, da ich dieſen Ausdruck auch nach Wochen,
wo ſich Beethoven viel geſunder fühlte, immer wieder
fand, — ſondern das Ergebniß ſeines ganzen, einzigen
Lebensgeſchicks, welches die höchſte Gewähr der Beſtätigung
mit der grauſamſten Prüfung des Verſagens verſchmolz.
Bevor wir nicht von einem in der Friſche der Lebenskraft
erblindeten Raphael zu erzählen haben, wird Beethoven
ſeines Gleichen an Heil und Unheil in der Kunſt-,
wie in der Weltgeſchichte nicht finden! Denn auf
ſolcher Höhe wird die Kunſtgeſchichte zur Weltgeſchichte.

Deshalb ergriff der Anblick dieſes ſtillen tiefen Grams,
der auf ſeiner wehmuthvollen Stirn, in ſeinen milden Augen lag, mit namenloſer Rührung. Es gehörte ſtarke
Kraft der Selbſtüberwindung dazu, ihm gegenüber zu
ſitzen und die hervordrängende Thräne zurückzuhalten.

Viertes Capitel.

Nachdem wir uns geſetzt hatten, reichte mir Beethoven eine Schreibtafel und einen Bleiſtift, indem er ſagte:
„Sie dürfen mir nur die Hauptſachen aufſchreiben, ich
weiß mich dann ſchon zu finden; ich bin es nun ſchon

viele Jahre gewohnt." — Ich nahm, da er mich fragend
ansah, die Schreibtafel zur Hand und wollte die Worte
aufschreiben: „Ich bat Zelter, Ihnen zu schreiben, daß ich
Ihnen eine Oper zu dichten wünschte."*) Beethoven sah

---

*) Ich muß hier, was im ersten Abdruck dieses Aufsatzes
versäumt ist, bemerken, daß ich denselben nach meinen Briefen
aus jener Zeit, nach Tagebuchsnotizen und Erinnerungen arbeitete, die mir zwar im Allgemeinen sichere Anhaltspunkte gewährten, doch für Einzelnes nicht völlig ausreichten. Deshalb
kann ich auch nicht für die genaue Reihenfolge und bestimmte
Wiedergabe meiner aufgeschriebenen Phrasen einstehen, sondern
man möge sie nur als die hauptsächlichsten, im Allgemeinen richtigen, Momente betrachten, woran das Gespräch, für dessen innere, vollständige Treue ich einstehen kann, sich fortknüpfte. Nach
zwanzig Jahren ist mir zwar die lebendigste Erinnerung des
Ganzen geblieben, doch im Einzelnen kann ich fehlen. Uebrigens
haben sich die Gesprächsbücher, wie mir Beethoven's mehrgenann-
ter Biograph, Herr Professor Schindler, mündlich gesagt, in
seinem Nachlaß noch vorgefunden, und darin auch die Spuren
meiner Unterredungen mit dem großen Manne. Es dürfte mir
indessen einestheils schwer sein, aus diesen Documenten, die nur
meine Fragen und Bemerkungen, nicht Beethoven's Antworten
enthalten, etwas Genaueres herzustellen, als durch meine eigenen Briefe und Tagebücher möglich war, die allerdings nur die
Umrisse, diese aber möglichst genau, liefern; andererseits bewahren jene Bücher auch unsere Gespräche wol nur theilweise, denn
irre ich mich nicht, so bediente ich mich zum Aufschreiben bei
spätern Unterredungen öfters meiner eigenen Schreibtafel, auch
dächte ich eine Schiefertafel auf Beethovens Tisch gefunden zu
haben, die häufig zu gleichem Zweck benutzt wurde. Nebenum-
stände, deren ich mich jedoch nicht völlig genau erinnere. Wäre der
Herr Besitzer, Professor Schindler, nicht zu weit entfernt von meinem
Wohnorte, so würde ich bei diesem Wiederabdruck natürlich gern
jene Originale zur Vervollständigung und größern Genauigkeit

mir dabei auf die Hand, und mit schneller Errathungsgabe
fiel er ein, da ich noch nicht halb vollendet hatte: „Zelter
schreibt mir das!" Dabei reichte er mir den Brief. Jetzt
erst las ich ihn, und die hohe, würdige Sprache, tiefste
Verehrung, die kurze Gedrungenheit des Ausdrucks, ergriffen mich in der heiligen Gegenwart Dessen, an den er gerichtet war, mit doppelter Kraft. Beethoven schien zu
ahnen, was ich empfand, denn auch auf ihn hatte der Brief
unfehlbar einen tiefern Eindruck gemacht, den ich aus seinem Empfang abnehmen konnte. Er wiederholte daher,
was er mir zur ersten Begrüßung gesagt hatte. „Das ist
ein schöner Brief! Zelter ist ein würdiger Beschützer der
wahren Kunst! Grüßen Sie ihn herzlich von mir, wenn
Sie zurückkehren! — Sie wollen mir eine Oper schreiben",
fuhr er fort, „das würde mir eine große Freude sein! Es
ist so schwer, ein gutes Gedicht zu finden! Grillparzer
hat mir eins versprochen; er hat es schon gemacht; doch
wir können uns noch nicht recht verstehen. Ich will
ganz anders wie er! Sie werden Ihre Noth mit mir
haben!"

Ich versuchte ihm mimisch anzudeuten, daß ich keine
Arbeit für zu schwer halten würde, ihm zu genügen. Er
nickte freundlich, zum Zeichen, daß er mich verstanden. —
Ich nahm die Schreibtafel wieder zur Hand und wollte
aufschreiben: „Welche Gattung des Gedichts wäre Ihnen
die liebste?" Doch schon bei dem Worte Gattung nahm
Beethoven das Gespräch wieder auf. „Auf die Gattung
käme mir's wenig an, wenn der Stoff mich anzieht. Doch

---

meiner Mittheilungen eingesehen haben. So dünkte mich die
Wichtigkeit dieser Bearbeitung nicht mit der Schwierigkeit ihrer
Ausführung im Verhältniß zu stehen.

ich muß mit Liebe und Innigkeit darangehen können. Opern wie «Don Juan» und «Figaro» könnte ich nicht componiren. Dagegen habe ich einen Widerwillen."

Um keinen Preis möchte ich das merkwürdige Wort aus dem Schatz meiner Erinnerungen missen, das mir plötzlich einen Aufschluß über das ganze schöpferische Wesen dieses Genius, über seine nothwendigsten Lebensbedingungen gab. Jedermann hätte sich freilich diesen Aufschluß über des erhabenen Meisters Werke selbst geben können; die Wahrheit lag offen zu Tage, und das Unbegreifliche war nur, daß man sie nicht längst gesehen und ausgesprochen hatte! Und dennoch war es das Ei des Columbus, und bis auf den heutigen Tag habe ich nirgend diesen Grundgedanken der Beethoven'schen Schöpfungen von einem Kritiker mit Bewußtsein hingestellt gefunden: daß eine edle sittliche Erhebung unerschütterlich hindurchgeht, und so tief eingehend darin lebt, um bis in die kleinsten Einzelheiten seiner Melodik und Harmonik einzudringen. Die unübersteigliche Kluft zwischen ihm und Mozart lag durch dieses eine Wort plötzlich tief aufgerissen vor mir. Das dunkle Bewußtsein, die Ahnung davon hat Jeder gehabt, besonders im Einzelgenuß der Werke beider Meister; doch ich fodere Denjenigen heraus, der mir zeigen kann, daß er schon früher mit sicherer Bestimmtheit diesen, nicht blos wesentlichen, sondern ich möchte sagen, einzigen, das Grundgesetz beider Naturen bildenden Unterschied herausgehoben und hingestellt habe. Das unnennbare Etwas der Erhebung, das ich so oft bei Beethoven's Melodien empfunden, das Geheimniß, wodurch sie in eine Sphäre hinübergreifen, aus der zu Mozart zurückzukehren, trotz der Anerkennung seiner Ueberlegenheit im Schaffen und Bilden, doch oft fast unmöglich wurde, ja Unruhe und Wider-

4 * *

willen erregte, dieses Mysterium war mir nun entschleiert. Ein sinnliches Element, das in Mozart's Gebilden durch und durch mit voller Kraft und dem vollen Recht der Natur in allen Pulsen schlägt und athmet, ein sinnliches Element ist in Beethoven nirgend aufzufinden. Das ist sein **Mehr** und sein **Weniger** als Mozart! Man verfolge dieses Grundprincip nur durch alle seine Werke, durch jede Gattung derselben. — Nie wird er flach, trivial, oder gar gemein, — wie das der streng sittliche Mensch auch nicht werden kann, wol aber zu Zeiten der sinnliche, wenn die geistige Spannung seiner Sinnlichkeit nachläßt, und er daher matter erscheint. Beethoven's Schwächen, seine Fehler sind anderer Art; er wird bisweilen hohl, bizarr, vielleicht schwülstig; gleichfalls Schwächen, die sich mit strenger Sittlichkeit vertragen. Aber selbst im Scherz behält er einen Zug des Ernstes, der höhern Weihe; niemals streift er an das Leichtfertige auch nur hin, was sich dagegen in Mozart durch eine vergeistigte Sinnlichkeit oft mit so hinreißender Liebenswürdigkeit entfaltet. — Und vollends, wo sich die Gattung in Uebereinstimmung mit diesem Grundprincip setzt: wie wirken da alle Kräfte bei Beethoven zusammen! Man denke an seine ernsten, elegischen Gesangscompositionen, an seine Oper „Fidelio", in der sittliche Größe und Aufopferung die Lebenspulse des ganzen Werkes bilden, — endlich in der Instrumentalmusik sein Adagio, was schon durch die Form den Charakter dieser reinen, zum Höhern aufstrebenden Gesinnung erfodert! Wie hoch, wie übermächtig, wie schöpferisch weiterfördernd steht er hier vor uns! Das ist der Boden, auf dem er als Sieger Mozart's dasteht. Er bildet, wie Gluck das höchste sittliche Element in der Antike der Musik erreicht, so das höchste in der Romantik. In diesem Sinn gehören Beide

zueinander und ihre Bildsäulen müßten gepaart am Eingange des innersten Heiligthums stehen, die eine die edle
Götterwelt der Hellenen vertretend, die andere den geläuterten Himmel romantischer Kunst versinnlichend.

Zurück von dieser Abschweifung.

„Ich hätte solche Stoffe nicht wählen können", fuhr
er fort; „sie sind mir zu leichtfertig!" — Er sah dabei
aus, als wolle er sagen: „Ich bin zu schwer unglücklich,
mein Leben hüllt sich in zu düstere Schleier, um mich so
eitler Lust hinzugeben!" — In mir bewegte sich eine neu
erschlossene Gedankenwelt zu mächtig, als daß ich ihm
schnell hätte antworten können. Auch lauschte ich darauf,
mehr von ihm über Mozart zu hören. Welche Kleinodien
wären Beethoven's Worte über ihn gewesen, wenn er sich
freiwillig, der Stimmung, dem innern Drang der Wahrheit folgend, ausgesprochen hätte; denn eine abgefragte
Meinung wäre nichts dagegen. Allein er schwieg, und
schien zu erwarten, daß ich mich jetzt äußere.

Es war sehr schwer für mich, über ein Thema, bei
welchem es Mühe kostet, sich mündlich ohne Mißverständ-
nisse einander klar zu machen, durch bloße schriftliche Apho-
rismen eine innerste Meinung auszudrücken. Indessen fiel
mir ein Ausweg ein, der für den vorliegenden Fall sehr
praktisch zu sein schien. Ich schrieb die Zeile: „Ich werde
Ihnen Stoffe nennen."

Beethoven nickte freundlich.

Für diesen Fall war ich nicht unvorbereitet. Schon in
der Absicht für Weber zu wählen, hatte ich mir nachge-
rade eine Menge von Opernstoffen gesammelt, historische,
antike, mythische, romantische u. s. w. Von diesen schrieb
ich die Titel nieder, als „Attila" (wobei ich dessen furchtbare Brautnacht und die Verbindung mit den Ereignissen

des Nibelungenliedes im Sinn hatte), „Antigone", „Belisar", „Orestes" und mehre andere, die mir jetzt entfallen sind. Beethoven las die einzelnen Namen, wiegte bei jedem sinnend das Haupt, murmelte einige Worte, und hieß mich dann weiterschreiben.

Nachdem dies einige Minuten gedauert, sprach er wie zuvor: „Ich mache Ihnen viel Mühe! Es wird Ihnen schwer werden, mit mir zurechtzukommen!"

Es brannte mir in der Seele, ihm nun mit schneller, fortreißender Rede einen oder den andern Stoff zu entwickeln, ihm, wie ich es Weber gegenüber gethan, eine Art Scenarium zu improvisiren, ihn für die Hauptcharaktere und Hauptsituationen durch Schilderung zu gewinnen: doch was vermochte man dem so hart vom Schicksal Geschlagenen gegenüber! Wie tief empfand ich jetzt sein Leiden an der Rückwirkung auf mich selbst! Von welchen Quellen des Lebens, den nächsten, unmittelbaren Mittheilungen des Geistes zum Geist, des Herzens zum Herzen, war er abgeschnitten! Welch eine furchtbare Vereinsamung! Und doch wie wenig noch gegen Das, was ihm, dem die Welt das Ohr nach einer andern Richtung noch seine innerste und eigenste blieb, geraubt wurde!

Der Kampf in meiner Seele schien ihm nicht zu entgehen; doch, sei es, daß er ermüdet war, sei es, daß es ihm, dem ein solches Verhältniß sich vielleicht täglich wiederholte, widerstrebte, sich in tausendfachster Wiederholung darüber auszusprechen: er schwieg.

Ich nahm die Bleifeder und schrieb:

„Ich werde Ihnen Proben geben, um Ihr Zutrauen zu gewinnen!"

Ein Schimmer der Freude überflog sein Gesicht, er höchste mir zu, reichte mir die Hand; wir standen auf. Ich

sah ihm die Erschöpfung an und griff daher nach meinem
Hut. Er sagte, meine Absicht zu gehen zwar fördernd, aber
doch in freundlich offener Weise: „Ich bin heut so unwohl,
so müde und abgespannt! Aber Sie müssen recht bald
wiederkommen." Und so bot er mir zum Abschied die
Hand, erwiderte meinen warmen Druck voll Herzlichkeit,
und ich ging! Mit welchen Gefühlen! Ein inneres Jauchzen
über meinen funkelnden Glücksstern, und zugleich eine Erschütterung der Wehmuth, wie ich sie nie empfunden! Eine
Aufstürmung der Kräfte, einen drängenden Beruf zur
That, ein schöpferisches Machtgefühl, dem nichts unmöglich,
nichts unerreichbar schien: und doch wiederum die lebendige
Verwirklichung dieser Hoffnung ein unmöglicher Traum,
so unerreichbar — wie sie in der That unerreicht geblieben ist.

Das war erste Besuch bei Beethoven.

———

Fünftes Capitel.

———

Ich hatte bereits für den Fall vorgesorgt, der jetzt eingetreten war. Nicht nur Abschriften meiner Operngedichte,
sondern auch — denn damals war noch fast nichts von
mir gedruckt — derjenigen meiner kleinen lyrischen Erzeugnisse, die ich für die besten hielt, hatte ich mitgenommen, um sie Beethoven vorzulegen. Durch Freunde, die
ihn genauer kannten, belehrt, daß vieles Lesen ihm nicht
behage, daß es lange dauere, bevor er daran gehe, daß
er bei der äußern Unordnung, die in allen seinen Angele-

genheiten, besonders aber in seinen Papieren herrschte, gar leicht die Dinge so in Verworrenheit brachte, daß ein Buch, ein Heft in Jahr und Tag nicht wieder zum Vorschein kam: durch alle diese Erwägungen bestimmt, sandte ich ihm die Abschriften der Operngedichte noch nicht, sondern wählte mir etwa acht oder zehn der lyrischen Gedichte aus, jedes auf ein besonderes Blättchen sauber geschrieben. Hier genügte ein Blick; die Blätter konnten zerstreut unter den hundert andern in seinem Zimmer umherliegen; verlor er eins, so blieb ihm doch das andere; jeden Augenblick ließ sich der Verlust ersetzen; die Gedichte bewegten sich in verschiedenen Stimmungen; vielleicht traf doch eins derselben ein mal mit der seinigen glücklich zusammen, und regte ihm die Lust an, die vorüberfliegende Bewegung seiner Brust in ewige Töne zu hauchen! Und war ein Lied Beethoven's mehr nicht schon ein überreicher Gewinn meiner Reise nach Wien? — Wenn jeder ähnliche Anlaß eine ähnliche Folge mitgeführt hätte, um wie viel schöne Liederhefte wären wir reicher! *)

---

*) Diese Blättchen sind nicht verloren gegangen; Herr Professor Schindler hat sie mir vor einigen Jahren aus Beethoven's Nachlaß zurückgestellt. Einige waren mit Bleistiftzeichen versehen, von Beethoven's eigener Hand; es waren diejenigen, welche ihm am besten gefielen, und die er damals an Schubert zur Composition gegeben, weil er selbst sich zu unwohl fühlte. In dessen Gesangscompositionen finden sie sich auch, und einige davon sind ganz allgemein bekannt geworden. Mit Rührung empfing ich die Blättchen zurück, die einen so eigenthümlichen, aber der Kunst fruchtbar gewordenen Weg gemacht hatten, bis sie wieder zu mir zurückkehrten. (Vergl. die Anmerkung zu dem Aufsatz über meine persönliche Zusammenkunft mit Jean Paul.)

So packte ich denn die Blättchen sorgfältig ein, schrieb einige Zeilen an Beethoven, wie meine Gesinnung für ihn sie mir nur eingeben mochte, und trug dann Beides selbst in seine Wohnung, weil ich die mir so wichtige Angelegenheit keiner fremden Hand anvertrauen mochte.

Einige Tage glaubte ich verstreichen lassen zu müssen, bevor ich einen zweiten Besuch bei Beethoven machen durfte; so sehr ich mich danach sehnte, so wird man es doch natürlich finden, daß einem jungen lebenslustigen Manne die fremde prachtvolle Stadt Genüsse und Zerstreuungen genug bieten konnte, um diese Zeit schnell vorüberfliehen zu lassen. Endlich stand ich wieder an der geheiligten Pforte. Ich schellte, mir wurde aufgethan, doch die Antwort auf meine Anfrage lautete: „Der Herr ist so unwohl, daß er Niemand sprechen kann!" — Diesen Fall hatte ich mir nicht vorausgedacht! Ich war äußerst betroffen, und muß gestehen, daß die Eigensucht des Menschen, mit der er leider geboren ist, mir einen recht übeln Streich spielte. Denn die natürlichste Empfindung wäre doch Sorge und Theilnahme um ein so unschätzbares Leben gewesen; und doch hatte ich, wenn ich mich selbst aufrichtig frage, nur das Gefühl meiner eigenen, vereitelten Hoffnung. — Trübselig ging ich langsam die achtzig oder neunzig Steinstufen wieder hinab. Auf der Gasse traf ich einen Bekannten, der mich aus Beethoven's Hausthür hatte kommen sehen. Er rief mir von weitem zu: „Sie waren bei Beethoven? Haben Sie ihn gesprochen?" Natürlich erzählte ich ihm meinen Vorfall. Er erwiderte: „Ich kann Ihnen einigen Trost dafür anbieten. Heute Abend wird, zwar gegen ein Eintrittsgeld, aber doch nur für einen kleinern vertrauten Kreis echter Musikfreunde, eines der neuesten Quartette von Beethoven, die noch Manu-

script, aber von **Steiner** (dem Besitzer der jetzigen Has-
linger'schen Musikhandlung) angekauft sind, gespielt werden. Ich werde Sie abholen und dorthin führen." —
Mit Freuden nahm ich das Erbieten an.

Gegen sieben Uhr Abends befanden wir uns in einem
kleinen Local am Graben, das nicht einmal Privatsalon,
höchstens ein großes Zimmer zu nennen war, woselbst sich
aber schon eine ansehnliche Menge von Zuhörern einge-
funden hatte, unter denen ich auch die ersten Musiker
Wiens, soviel ich derselben bis dahin kennen gelernt hatte,
antraf. Zum Sitzen war nicht Raum, weder in diesem,
noch in dem anstoßenden kleinen Vorgemach; nur einige
einzelne Stühle waren gestellt. Die vier Quartettspieler
hatten eben nur Raum zu ihren Pulten und Plätzen; Alles
umstand sie dicht. Es waren einige der ausgezeichnetsten
jüngern Virtuosen Wiens, sie hatten sich der wichtigen
Aufgabe mit dem ganzen Enthusiasmus der Jugend gewidmet und siebzehn (oder gar noch mehr) Proben gemacht, bevor sie es wagten, das neue räthselhafte Werk
vor einer Anzahl von Kennern, nur halb öffentlich zu
spielen. Und so unüberwindlich und unerforschlich erschienen damals noch die Schwierigkeiten und Geheimnisse der
letzten Quartette Beethoven's, daß nur diese jungen begeisterten Männer sich zusammengefunden hatten, um den
Versuch zu wagen, während die ältern und berühmtern
Spieler die Ausführung schlechthin für unmöglich erklärten.
Es war das Quartett in Es-dur Opus 127, welches man
spielte. Wie aber die Spieler zu lernen und zu arbeiten
hatten, bis sie die steile Höhe hinanklimmten, so durften es
auch die Hörer nicht zu leicht nehmen, — und in dieser
Voraussetzung war es gleich von vornherein bestimmt, daß
das Werk zwei mal hintereinander vorgetragen werden sollte. —

Man begann. Es herrschte die gespannteste Stille, eine heilige Aufmerksamkeit. Natürlich! denn nicht nur daß bei dieser Auswahl von Zuhörern die Menge, deren beschränktem Sinn das Höchste und Tiefste in gleichen Dimensionen wie das Oberflächlichste erscheint, ganz fehlte, und somit Jeder wußte, was er hörte, Jeder den Andern verstand, was eine viel bedeutungsvollere Gemeinsamkeit der Stimmung erzeugen muß: sondern auch der Gedanke wirkte wunderbar ergreifend mit, daß der Schöpfer des tiefsinnigen Werks noch lebte, daß er in der Nähe weilte, daß er im einsamen düstern Krankenzimmer sich vielleicht an neuen unsterblichen Gedanken zu erheben suchte aus der trüben Wehmuth, dem angstvollen Druck des Lebens. Unstreitig war sein Geist einwirkender, näher unter uns, als es an irgend einem andern Orte wie gerade in Wien, als es vollends heute der Fall sein könnte. Mich wenigstens verließ, da ich die frischesten Eindrücke davon in mir trug, sein Bild, und das seiner ganzen Umgebung, keinen Augenblick, und dadurch erhielt der Genuß eine Weihe, eine Heiligung, die jeder Künstler, der von wahrhafter Hingebung und Verehrung gegen den größten schöpferischen Geist unserer Zeit durchdrungen ist, nachfühlen muß.

Es ist hier nicht der geeignete Ort, ein Urtheil über das Werk auszusprechen, welches wir, um ihm eine bestimmtere Bezeichnung zu geben, das des schwermüthigen Ernstes, der nur selten einmal leichthin lächelt, nennen möchten. Doch der Eindruck desselben war für Alle durchaus der gleiche. Ehrfurcht vor Dem, der es geschaffen, erfüllte sie Alle; vielleicht hatte Keiner das echte volle Verständniß der Arbeit gewonnen (hat doch noch die ganze Zeit damit zu ringen), vielleicht hatte Jeder etwas Anderes daraus entnommen; doch wie es der Charakter des

Großen, Erhabenen ist, daß es auch unverstanden, in dunkler Uebermacht der Ahnung, uns ergreift, erhebt, fortstürmt: so war es auch hier der Fall. Das eine Bewußtsein war Jedem, wenn auch aus den verschiedensten Anregungen aufgegangen, daß er es mit etwas über ihm, über seiner Fassungs-, vollends über seiner selbstschaffenden Kraft zu thun gehabt.

Als man zum zweiten male geendet hatte, machten sich die Ansichten in Gesprächen Luft; die Flachen sprachen am meisten, die Ergriffensten hatten genug mit Dem was in ihrem Innern vorging, zu thun, um äußere Ergießungen zu suchen.

Ich, als Fremder, wurde durch meinen Begleiter mit mehren ausgezeichneten Musikern und sonst Männern von hervortretender Bedeutung bekannt gemacht. Plötzlich aber überraschte mich ein Name; man sagte mir, indem man mich einem elegant gekleideten Herrn im Oberrock vorstellte: „Herr Beethoven". Es war der Bruder des Componisten *). Er begann sogleich von diesem zu sprechen, und erzählte mir viel von Dem, was Alles geschehen sei, um ihm den Gebrauch des Ohrs wieder zu verschaffen. „Zehntausend Gulden Belohnung habe ich dem Arzt versprochen, der ihn heilt!" rief er aus. — Mich erfreute dieser rege Antheil an dem Schicksal des Bruders, der, wie natürlich er sich erklärt, doch nach den leider allgemeinen Zuständen in der Welt, selten genannt werden muß. — Beethoven's Bruder fragte mich allerlei, nach Berlin, was man dort von seinem Bruder halte, ob man seine Werke häufig zur Aufführung bringe, und Aehnliches

---

. *) Derselbe, dessen Schindler so viel erwähnt.

mehr. Glücklicherweise konnte ich ihm erwidern, daß der große Genius sich dort einer regern Anerkennung zu erfreuen habe als vielleicht in Wien selbst; daß stehende Aufführungen seiner Symphonien und Quartetten stattfänden, daß „Fidelio" nie vom Repertoire verschwinde (was leider in Wien der Fall war) und in den Kreisen der gebildeten Liebhaber Beethoven, wenn nicht einzig, doch am höchsten verehrt werde. — Hierauf ließ sich Herr Beethoven klagend vernehmen, daß dem in Wien nicht so sei. Dagegen pries er eine damals neu erschienene musikalische Zeitschrift, deren Redacteur in emphatischer Weise Beethoven's Lobredner war, bei dem aber, nach meiner Meinung, die Bewunderung aus sehr verworrenen Quellen floß, und daher auch meistentheils in jene Verkehrtheiten ausartete, die sich aus dem Versuch, die unverstandenen Räthsel des großen Geistes zu lösen, so vielfach in unserer Zeit erzeugt, und so viel Verirrungen in der Nachahmung seiner Weise veranlaßt haben. Dieser Eifer für die nichtige, unverständige Bewunderung seines großen Bruders gab mir ein leises Gefühl — des Mißtrauens will ich nicht sagen, aber der Unbehaglichkeit, dieser neuen Bekanntschaft gegenüber. Wir werden sehen, inwiefern dieselbe sich rechtfertigte.

So beschloß sich dieser Abend. Hatte ich nun auch Beethoven nicht gesehen, so hatte ich ihn doch gehört, hatte (denn das Quartett war erst ganz vor kurzem fertig geworden) die jüngste Kunde von seinen seltsam wunderbaren Schöpfungen erhalten, in denen sich sein arbeitender Geist jetzt bewegte; fast war es, als habe ich den unmittelbaren Erguß seines erfindenden Geistes empfangen. Welche neuen Anknüpfungspunkte ergaben sich daraus für das persönliche Verhältniß zu ihm, und insbesondere für den Zweck, den ich hatte. Soviel ich auch an jenem Tage eingebüßt, welche Hoffnung mir unerfüllt geblieben, es war mir doch genug gewährt worden, um im Innersten dankbar zu sein!

Sechstes Capitel.

Beethoven's Unwohlsein hielt an, denn der April war unfreundlich. Die Zeit, wo ich Wien verlassen mußte, rückte indessen näher und näher, und die Besorgniß, daß ich ihn vielleicht nicht mehr sehen sollte, fing an, mich zu beunruhigen.

Mochte ich auch nicht täglich an seiner Thür schellen, um zu erfragen, wie er sich befinde, so erhielt ich doch fortdauernd bald durch diesen bald durch jenen Vermittler Nachricht. Es war keine ausgesprochene Krankheit, an der er litt, sondern, was noch schlimmer ist, ein fortdauerndes Kränkeln, wodurch seine hypochondrische Stimmung sich natürlich steigern mußte. — In dieser Zwischenzeit führte mich der Zufall einmal mit dem jungen Manne, Beethoven's Neffen *), der bei ihm wohnte, zusammen. Dieser sagte mir unaufgefodert: „Sie haben meinem Oheim sehr schöne Gedichte geschickt; er dankt Ihnen sehr dafür und hat geäußert, er werde sie in Musik setzen." — Daß mich diese Nachricht, wenn sie auch vielleicht nur eine höf-

---

*) Man sehe Schindler über diesen Unglücklichen.

liche Wendung war, in die freudigste Wallung versetzte,
wird auch Der leicht begreifen, der weder selbst Dichter ist
noch die Verehrung Beethoven's so nachzuempfinden vermag. Konnte ich auch nur halb daran glauben, so war
doch schon diese Hälfte, dieses Schwanken zwischen „Ob"
und „Ob nicht" eine Quelle reicher innerer Genüsse, und
ein ganzer Blütenbaum von Hoffnungen entfaltete seine
Pracht vor meinem geistigen Auge.

Endlich, nach mehr als vierzehntägiger Pause, beschloß
ich wieder einen Besuch zu wagen. Ich schellte, mit dem
alten Herzpochen, an der wohlbekannten Thür, sie öffnete
sich, und — Beethoven selbst stand vor mir, eine Ueberraschung, die mich so völlig unvorbereitet traf, daß ich in
der That keine Wendung wußte, um sie geschickt aufzunehmen. Wer hätte aber auch geglaubt, daß Beethoven, wie
jeder andere schlichte Bürger Wiens, seine Thür selbst öffnen könne, wenn irgend ein Fremder an derselben poche
oder schelle! Doch sein gutmüthig freundliches Wesen half
mir über alle Klippen hinweg. Denn er sprach, wiewol
er anfangs unmuthig über den unwillkommenen Störer
ausgesehen, sehr freundlich: „Ach! Sind Sie es! Sie
haben mich recht lange nicht besucht! Ich dachte gar, Sie
wären schon abgereist!" — Die Worte mußten mich in
Verwunderung setzen, doch da man ihm nur schriftlich antworten konnte, begnügte ich mich, meine verneinende Bewegung des Kopfes mit einer der Hände zu begleiten, die
ihm ausdrücken sollte, daß das eine Unmöglichkeit für mich
sei, wenn ich nicht von ihm Abschied genommen. Es wenigstens schriftlich zu thun, hätte mich ja nichts in der
Welt hindern können!

Beethoven führte mich in sein Zimmer und lud mich,
indem er mir zugleich die immer bereit liegende Schreib-

tafel reichte, ein, mich zu setzen. Ich schrieb auf: „Ihre Krankheit hat mich abgehalten zu kommen."

„Ach!" rief er den Kopf schüttelnd, „das hätte Sie nicht abhalten sollen. Wie ich mich in der letzten Zeit befand, befinde ich mich fast immer im Winter. Mir wird erst wohl, wenn ich im Sommer aufs Land ziehe. Wer hat Ihnen gesagt, daß ich so krank gewesen sei?" — Ich berichtete ihm schriftlich in der Kürze wie mir's ergangen. — Er schüttelte wieder den Kopf. „Ich habe öfters trübe Stunden", fuhr er fort, „wo ich den Leuten um mich sage, sie sollen Niemand vorlassen! Aber sie wissen gar keinen Unterschied zu machen! Es kommt so viel lästiger Besuch! Vornehme Leute! Dazu tauge ich nicht!" —

„Haben Sie meine Gedichte erhalten?" schrieb ich ihm, da er eine Pause machte, auf.

Er nickte und deutete auf den Tisch, wo unter vielen andern Papieren einige Blätter derselben zerstreut lagen. „Sie gefallen mir sehr", sprach er, „wenn ich wohl bin, denke ich einige davon zu componiren!"

Ich ergriff seine Hand, und drückte sie mit aller Wärme! Es war, däucht mir, deutlicher, als wenn ich den kalten Bleistift genommen, und die steifen Worte geschrieben hätte: „das würde mein größtes Glück sein!" Beethoven verstand auch, wie ich's meinte; das sagte mir sein erwidernder Händedruck und sein Blick.

„Im Winter", hub er nach einigen Augenblicken an, „thue ich jetzt wenig; ich schreibe dann nur auf und setze in Partitur, was ich im Sommer gemacht. Das nimmt aber doch viel Zeit fort. Jetzt habe ich noch an einer Messe zu arbeiten. Wenn ich erst wieder auf dem Lande bin, dann habe ich Lust zu Allem."

Da er schwieg und zu erwarten schien, daß ich wieder

beginne, schrieb ich auf: „In voriger Woche habe ich Ihren
Bruder kennen gelernt.“

Die Worte machten keinen guten Eindruck. Ein halb
mißmüthiger, halb wehmüthiger Zug wurde in Beethoven's
Antliß sichtbar. „Ach, mein Bruder“, sprach er endlich,
„der schwäßt viel *), der wird Sie recht gelangweilt
haben!“

Es war augenscheinlich, daß Beethoven mit dieser,
eine Nebensache oder Eigenschaft berührenden Bemerkung
bittere Gefühle ableiten wollte, die er nicht auszusprechen
Lust hatte. Späterhin hat man mir erzählt, daß er sich
sehr übel mit diesem Bruder stand; ob mit Recht oder
Unrecht, lassen wir ganz dahingestellt sein; doch wenn
ich von dessen Aeußerung sprach, dem Arzt, der Beet
hoven das Gehör zurückgeben würde, 10,000 Gulden versprochen zu haben, wollte man diesem großmüthigen Eifer
wenigstens auch keinen rechten Glauben schenken. — **)
Doch wie gesagt, ich erzähle nur die Thatsachen, streng
nach der Wahrheit, so treu sie irgend in meinen Notizen
und meinem Gedächtniß bewahrt sind, und enthalte mich
jedes Urtheils, besonders da es bei Beethoven's Charakter
auch schwer war, ein dauernd ungetrübtes persönliches
Verhältniß zu ihm zu erhalten. Um aber für jetzt den
unangenehmen Eindruck, den ich unschuldig veranlaßt, vorübergehen zu machen, nahm ich die Schreibtafel, und

---

*) Die rheinische Form für schwaßt.

**) Der Leser vergesse nicht, daß dieser ganze Aufsatz vor
der Schindler'schen Biographie geschrieben ist, die uns so viele
anziehende, wenngleich traurige Aufschlüsse über Beethoven's Fa-
milienverhältnisse gibt.

schrieb auf, daß ich das Quartett in Es-dur gehört. Ein freudiges Leuchten belebte seinen matten Blick, als er die Worte las; doch es war eben nur ein Augenblick, dann sprach er, wie sich selbst tadelnd: „Das ist so schwer! Man wird es schlecht gespielt haben. — Ging es denn?"

Meine schriftliche Antwort lautete in gedrängtester Kürze: „Es war sorgfältig eingeübt, und wurde gleich zwei mal gespielt."

„Das ist gut. Man muß das öfter hören! — Wie hat es Ihnen gefallen?"

Die Antwort auf diese Frage setzte mich in nicht geringe Verlegenheit, sie wäre mündlich schwer gewesen, in der lakonischen Schriftsprache aber, die mir die Schreibtafel auferlegte, wurde sie doppelt schwierig. Denn mit einer bloßen unempfundenen Versicherung konnte ich mich nicht entschließen, dem Hochverehrten gegenüberzutreten, und wie sollte ich ihm klar machen, wie mir das Werk erschienen sei? — Noch heute trage ich Bedenken vor mir selbst, meine Ueberzeugung auszusprechen, daß in diesem räthselhaften letzten Werke Beethoven's nur die Trümmer jener jugendlichen Schönheit und männlichen Erhabenheit seines Genius zu finden, daß sie oft tief unter wüstem Schutt vergraben sind: noch jetzt also trage ich Bedenken vor mir selbst, und falle oft in Zweifel, ob es nicht vielmehr ein mangelhaftes Verstehen ist, was diesen Eindruck erzeugt? Was sollte ich damals sagen? — Doch ich durfte ja eine Wahrheit unbedingt aussprechen, die, wenn nicht die Verherrlichung dieses Werkes, doch die des Meisters kund that, die der Stimmung, in welche mich das Ganze versetzt hatte. Ich schrieb also: „Ich war im Innersten tief und heilig erschüttert!" Und ich war es in diesem Augenblick wieder. Beethoven las, und blieb stumm; wir sahen einander an, und schwiegen Beide, doch eine Welt von Empfindungen überdrängte meine Brust. Auch Beethoven war unverkennbar bewegt. Er stand auf und ging gegen das Fenster, wo er neben seinem Flügel stehen blieb. Ihn diesem so nahe zu sehen, erzeugte einen Gedanken in mir, den ich zuvor niemals gewagt hatte. Wenn er — ach er durfte sich ja nur halb umwenden, so stand er vor der Claviatur — wenn er sich niedersetzen, seine Stimmung in Tönen ergießen wollte wollte! In bang' seliger Hoffnung ging ich ihm nach, trat nahe zu ihm und legte die Hand auf das Instrument. Es war ein englischer Flügel von Broadwood. Ich gab mit der Linken leise einen Accord an, um zu veranlassen, daß sich Beethoven umwende; doch er schien ihn nicht gehört zu haben. Einige Augenblicke später drehte er sich jedoch zu mir hin, und da er sah, daß ich das Auge auf das In- strument geheftet hatte, sagte er: „Das ist ein schöner Flügel! Ich habe ihn aus London zum Geschenk bekom- men. Sehen Sie da die Namen!“ Er deutete mit dem Finger auf den Querbalken über der Claviatur. Ich sah hier in der That mehre Namen aufgeschrieben, die ich zu- vor noch nicht bemerkt hatte. Es waren Moscheles, Kalk- brenner, Cramer, Clementi, Broadwood selbst. Der Um- stand war ergreifend. Der reiche, kunstsinnige Verfertiger hatte für ein Instrument, das ihm ganz besonders gelun- gen schien, kein würdigeres Ziel finden können, als es Beethoven zum Geschenk zu machen. Die genannten gro- ßen Künstler hatten, gewissermaßen als Taufzeugen dieses Gedankens, ihre Namen ehrfurchtsvoll unterzeichnet, und so war das eigenthümliche Stammbuchblatt weit über See gezogen, um dem Höchsten, Berühmtesten die Huldigungen der Berühmten zu Füßen zu legen. „Das ist ein schönes Geschenk", sprach Beethoven, indem er mich ansah; und es hat einen so schönen Ton", fuhr er fort, und wandte sich mit den Händen nach der Claviatur, ohne jedoch das Auge von mir zu wenden. Er schlug einen Accord sanft an! Niemals wird mir wieder einer so wehmüthig, so herzzerreißend in die Seele bringen! Er hatte in der rechten Hand C-dur gegriffen, und schlug im Baß H dazu an, und sah mich unverwandt an, wiederholte, um den milden Ton des Instruments recht klingen zu lassen, den unrichtigen Accord mehrmals, und — der größte Musiker der Erde hörte diese Dissonanz nicht!

Siebentes Capitel.

Ob Beethoven seinen Irrthum bemerkt hat, weiß ich nicht; doch als er das Haupt von mir weg, und gegen das Instrument wandte, griff er einige Accordsätze vollkommen richtig, wie sie in gewohnter Hand liegen, hörte aber dann sogleich auf zu spielen. Das war Alles, was ich unmittelbar durch ihn hörte!

Es wurde früher und später öfters behauptet, daß Beethoven's Gehör nicht so völlig zerstört sei; daß er zwar den Zuruf nicht verstehe, und selbst heftiges Geräusch nicht vernehme, aber doch musikalische Töne sehr wohl zu unterscheiden wisse. *)

---

*) Schindler's Buch widerlegt diese Behauptung, und gibt Zeugniß für die Wahrheit meines Erlebnisses.

Auch sollten seine Zustände einem sehr merklichen Wechsel
unterworfen sein, und er zu Zeiten überraschend gut hören, was die Hoffnung einer dereinstigen völligen Heilung
immer neu in ihm erwecke. Dem mag so sein, und ich
kann das Alles weder bekräftigen noch ableugnen. Doch
das von mir erzählte Factum ist völlig wahr. Hatte seine
Krankheit, hatten Verstimmung, Zerstreuung die Hörfähig-
keit noch vermindert, oder haben seine Umgebungen ähnliche Erfahrungen gemacht, — ich weiß es nicht. Bei
einem so großen Klavierspieler, wie Beethoven früher gewesen, muß der ganze Fall eines Fehlgriffs bei einfachster
Accordlage äußerst selten sein, und kann sich kaum unter
andern Umständen als den berichteten erzeugen. So wäre
ich vielleicht einer der Wenigen, denen ein solches herbstes
Zeugniß von dem unermeßlichen Unglück, das ihn betroffen, geworden ist! Unvergeßlich wird mir die Empfindung, die ich dabei hatte, aber mein ganzes Leben hindurch
bleiben.

Indem ich dies schreibe, fällt mir ein anderer Umstand
ein, den mir Ferdinand Ries, Beethoven's langjähriger
Schüler und Freund, erzählt hat. Ich kann nicht unterlassen, ihn hier mitzutheilen, da er theils meine Wahrnehmung einigermaßen bestätigt, theils an sich von großem
Interesse ist, besonders weil er im Zusammenhange mit der
Entstehung einer der wunderwürdigsten Schöpfungen des
großen Genius steht.

„Ich kam", erzählt Ries, „eines Morgens im Sommer, als Beethoven in Baden wohnte, zu ihm, um Unterricht zu nehmen. Als ich ins Haus trat, hörte ich ihn
in seinem Zimmer phantasiren. Um ihn nicht dabei zu
stören, blieb ich lauschend an der Thür stehen und bemerkte, daß er nicht eigentlich phantasire, sondern rhapso-

5 *

bisch einzelne Gänge hinwarf, und sie bald auf diese, bald auf jene Weise zu versuchen schien. Nach einigen Augenblicken stand er auf vom Instrument und öffnete das Fenster. Jetzt trat ich ein. Er grüßte mich in sehr fröhlicher Stimmung, sagte aber: «Wir wollen heute nicht Unterricht nehmen; wir wollen lieber zusammen spazieren gehen, der Morgen ist so herrlich.» — Es war Beethoven's große Lust, auf einsamen, oft ungebahnten Pfaden durch Wald, Thal und Berg zu streifen. Freudig gingen wir denn zusammen hinaus, und befanden uns bald mitten im einsamen Walde an den schönen Bergabhängen von Baden. Ich bemerkte, daß Beethoven innerlich sehr beschäftigt war, und vor sich hin summte; aus Erfahrung wußte ich, daß er in solchen Augenblicken am mächtigsten zum Schaffen aufgeregt war, und hütete mich daher wohl, ihn zu stören, sondern ging stumm neben ihm hin. In den einzelnen Phrasen, die er vor sich hin summte, glaubte ich eine Aehnlichkeit mit Dem, was er zuvor in seinem Zimmer gespielt hatte, zu erkennen. Es war zuverlässig, daß er sich mit einem größern Werk beschäftigte. Nachdem wir etwa eine Stunde gegangen waren, setzten wir uns auf den Rasen nieder. Plötzlich tönte von den jenseitigen Bergen das Thal herüber eine Schalmei, deren unvermutheter Klang unter dem hellen, blauen Frühlingshimmel, in der tiefsten Einsamkeit des Waldes, eine wunderbare Wirkung auf mich that. Ich konnte mich nicht enthalten, Beethoven, der im Nachdenken versunken neben mir saß, und nichts davon zu hören schien, darauf aufmerksam zu machen. Er horchte auf, doch an seiner Miene bemerkte ich, daß er die Töne, obgleich sie fortdauerten, nicht vernahm. Da zum ersten mal gewann ich die Ueberzeugung, daß sein Gehör schwer leide; schon früher war es mir bisweilen so vorgekommen, doch da das Uebel, wie sich nachher zeigte, anfangs periodisch kam und wegblieb, hatte ich mich zu irren geglaubt. Hier aber überzeugte ich mich unwiderlegbar. Denn die Töne dauerten so hell und klar fort, daß man auch nicht einen verlor, und Beethoven hörte nichts! Um ihn nicht zu betrüben, stellte ich mich, als höre auch ich nichts mehr. Wir brachen nach einiger Zeit auf, die Klänge begleiteten uns noch lange auf unserm einsamen Waldwege, ohne daß Beethoven die mindeste Wahrnehmung davon hatte. So wurde der süße Reiz, den sie zuerst auf mich geübt hatten, zu einem tief schmerzlichen, und ich ging nun, fast ohne es zu wollen, schweigsam und in mich versunken neben meinem großen Lehrer hin, der, wie zuvor, fortfuhr, ganz in seinem Innern beschäftigt, einzelne unverständliche Phrasen und Töne zu summen, und bisweilen laut zu singen. Als wir nach einigen Stunden zurückkehrten, setzte er sich ganz ungeduldig ans Klavier und rief: «Jetzt will ich Euch etwas vorspielen.» Und mit hinreißendem Feuer und gewaltiger Macht spielte er das Allegro der großen F-Moll-Sonate! — Der Tag wird mir unvergeßlich bleiben.«

Ich glaube, man wird mir Dank wissen für diese Mittheilung, die von der Entstehung eines der größten Werke Beethoven's und des namenlos schweren Schicksals, das ihn betroffen, gleichzeitig Kunde gibt. Ich habe damals leichtsinnigerweise versäumt, Ries um das Jahr dieses Ereignisses zu befragen, doch däucht mir, muß es, wie sich aus andern Verhältnissen schließen läßt, der Sommer von 1806 oder 1807 gewesen sein. So hatte denn das Uebel, das seit vierzehn Jahren ein dauerndes, nur in seiner größern oder geringern Stärke wechselndes war, schon vor achtzehn Jahren die ersten Wurzeln geschlagen! — Wenn aber damals schon, in einzelnen übeln Perioden seines Zustandes, Beethoven helle kräftige musikalische Töne nicht hörte, so mag die Behauptung, daß er später noch die Fähigkeit gehabt habe, Musik mit dem äußern Ohre zu verfolgen, wol sehr bedingt gewesen, und ebenso nur in günstigen Momenten eingetreten sein, wie sie ihm damals in ungünstigen schon versagte.

Von dem wehmüthigen Eindruck ganz erfüllt, hatte ich Beethoven verlassen. Es welkten unter diesem düstern Himmel, unter dieser schwer drückenden Atmosphäre, auch die Blüten meiner Hoffnung auf ein neues großes Kunstwerk ab. Dieser tiefgebeugte, kranke Geist konnte sich unmöglich noch, wenn nicht zuvor das Wunder der Genesung geschah, zu einer schöpferischen Kraft ermannen, die Jahre lang dauern mußte. Wer Beethoven in diesem Zeitraum gesehen, wird nimmer von der Ueberzeugung lassen können, daß seine letzten Werke tief in diesen düstern Nebel, weniger der Schwermuth als des herben Unmuths, der bittern Mißstimmung, getaucht sind. Mögen sie darum weniger schön, weniger frei sein, mögen sie uns sogar in gewisser Beziehung beängstigen, foltern, weil ihnen die Gesundheit fehlt, deren das Kunstwerk unumgänglich bedarf: sie sind dafür um so erschütternder, wenn man ihren innersten Zusammenhang mit den düstern Leidenszuständen des Schöpfers festhält. — Muß demnach das reine Kunsturtheil oft dagegen auftreten: das menschliche findet andere Anknüpfungspunkte, und sieht in den erklärten Verirrungen, Krankheitssymptomen, düstern Verworrenheiten ebenso viele Gründe der Liebe und Theilnahme für den Schöpfer. Doch wehe freilich Dem, der hier die Standpunkte verwechselt, und Das, was Warnungstafeln für den echten Künstler sein müssen, für Wegweiser hält. Leider haben wir von dieser

Verkehrtheit in neuesten Kunsttheorien und Kunstwerken die traurigsten Beispiele und Folgen gesehen, die für uns, was Beethoven anlangt, nur den Beweis führen, daß von diesen Nachfolgern, diesen Verehrern, seine wahre Größe niemals verstanden worden ist.

Ich ging von hier zu Grillparzer, um von diesem, der mich, als einen jüngern, unbekannten Schriftsteller, auch anderweitig freundlich aufgenommen, einiges Nähere über Das, was Beethoven von dem Operngedicht wollte, zu hören. Doch auch hier traf ich einen, wenigstens Halbkranken. Was er mir über das Unternehmen, für Beethoven eine Oper zu dichten, sagte, war allerdings nicht geeignet, große Hoffnungen zu erwecken. Es gewährte mir die Ueberzeugung, daß der edle Geist zu einer dauernden Anspannung zu ermattet sei von dem schwer lastenden Geschick, das er nun schon so lange Jahre getragen. — Daß Grillparzer nicht einig mit Beethoven werden konnte, mochte indessen auch wol an diesem und an dem Gedicht, das er gewählt, liegen. Wenigstens wenn es dasselbe war, das er späterhin an Konradin Kreuzer zur Composition überlassen, so begreife ich vollkommen, daß Beethoven sich, so viel Schönes es einzeln enthielt, nicht dafür erwärmen konnte, und immer zu tadeln fand, wenngleich er sich selbst nicht recht bewußt geworden sein mag, worin der Grund eigentlich gelegen, aus dem er dieser Dichtung stets wie ein Fremder gegenüberstehen mußte. Es war eine nothwendige Idiosynkrasie, die näher zu entwickeln hier nicht her gehört.

Ich nahm mir zwar fest vor, dennoch mit aller Anstrengung die Arbeit zu beginnen. Doch ahnte ich zuvor, wie nothwendig zur Entzündung dichterischer Begeisterung der Glaube sei um das Ziel, wenn es auch noch so fern

und hoch liege, zu erreichen; wie lähmend, tödtend dagegen
das Gespenst der Ahnung des Gegentheils wirkt. Die freie
Lust und Neigung erstirbt; und so wenig wie die Willens-
kraft dieser gebieten kann, so wenig kann sie die Wärme
und Glut erzwingen, die nothwendig ist, um ein lebendiges Erzeugniß des Geistes zur Reife zu bringen. Nur
der Glaube erzeugt sie. Ohne ihn wird die Geburt ewig
eine todte sein!

Doch das sind Vorausnahmen!

Mein Aufenthalt in Wien ging zu Ende, wenigstens
für den Augenblick, da wir eine kleine Ausflucht nach Ungarn unternahmen, dann zwar wieder zurückkehrten, aber
nur noch wenige Tage verweilen wollten. Wie immer
drängte sich in den letzten Tagen Vieles zusammen. Kaum
daß ich eine Stunde erübrigte, um Beethoven Lebewohl
auf den Fall zu sagen, wo ich ihn bei meiner Rückkehr
nicht mehr sehen sollte. Ich hatte jetzt nicht mehr die span-
nende Beklemmung der ersten Besuche, wenn ich an seiner
Thür stand. Ich fühlte, daß wir uns näher gerückt waren, soviel es nach so flüchtigem Begegnen, bei dem
Unterschiede des Alters, der künstlerischen Richtungen, und
dem Abstande, in welchem ich mich zu allen Zeiten
von seiner Größe gefunden haben mußte, nur irgend
für mich zu hoffen gewesen war. Meine wahrhafte, innerste Liebe und Verehrung für ihn hatte mir sein Wohlwollen erworben; ich kam jetzt mit Vertrauen. Aber wie
traurig, daß uns die letzten Augenblicke insgemein erst die
des wahrhaften gegenseitigen Erkennens und Genusses zu
sein pflegen. Es ist, scheint es, des Menschen Schicksal,
immer zu spät zu kommen, zu sehen, zu verstehen! —
Ich kann von den Einzelheiten bei diesem letzten Besuch
nur noch Weniges berichten. Beethoven sprach sehr offen, sehr

bewegt. Ich äußerte ihm mein Bedauern, daß ich in der ganzen Zeit meines Aufenthalts zu Wien nur eine Symphonie von ihm, kein Quartett (außer dem angehörten), in keinem Concert eine seiner Compositionen gehört hatte: daß man den „Fidelio“ nicht gegeben! — Dies gab ihm Anlaß, sich über den Geschmack des wiener Publicums auszusprechen. „Seit die Italiener (Barbaja) hier so festen Fuß gefaßt haben, ist das Beste verdrängt. Das Ballet ist dem Adel die Hauptsache vom Theater. Von Kunstsinn muß man nicht sprechen; sie haben nur Sinn für Pferde und Tänzerinnen. Die gute Zeit haben wir hier gehabt. Aber danach frage ich nichts; ich will nur noch schreiben, was mich selbst erfreut. Wäre ich gesund, so wäre mir Alles Eins!“ — In dieser und ähnlicher Weise sprach er sich aus.

Ich schrieb jetzt auf die Tafel: „Morgen reise ich auf einige Tage nach Presburg und Eisenstadt; doch wir sind Anfangs Mai zurück und bleiben dann vielleicht noch einige Tage!“

„Sie wollen schon fort?“ rief er erstaunt. Bei der Schwierigkeit, ihm Mittheilungen zu machen, hatte ich mich nur auf das nächst Unentbehrliche oder Veranlaßte beschränkt, und ihm daher über das Ende meines Aufenthalts in Wien noch nichts mitgetheilt. „Ja, Sie haben Recht“, fuhr er fort, „das Wetter wird schön; ich denke auch schon daran, aufs Land zu ziehen. Wenn Sie zurückkommen, bin ich vielleicht schon wieder in Möblingen. Dort wird mir besser werden; dort müssen Sie mich besuchen!“

Meine Hoffnung zu diesem Wiedersehen war gering. Denn mein Reisegefährte, von dem ich mich aus vielen Ursachen nicht trennen konnte, war schon ungeduldig über die verzögerten Geschäfte in Wien geworden, und unsere ganze Ausflucht nach Ungarn war nur ein Intermezzo, um

5 **

ben Termin einer Entscheidung seiner Geschäftsangelegen-
heiten herankommen zu lassen, den er nothwendig abwarten
mußte. Trat darin kein Aufschub ein, so wußte ich, daß
auch unsere Abreise sich möglichst beschleunigen würde; auch
wurde schon jetzt Alles so eingerichtet, als sollten wir Wien
entschieden verlassen.

Ich drückte meine Besorgniß aus, daß wir uns vielleicht zum letzten male sähen, bis ich auf längere Zeit
wieder nach Wien käme, was ich im nächsten Jahr aller-
bings beabsichtigte. Doch wie lang ist ein Jahr, wie
ungewiß was hinter ihm liegt! — Gern hätte ich mir
ein Andenken aus Beethoven's Zimmer mitgenommen:
vielleicht eines jener wild, kaum lesbar geschriebenen No-
tenblätter; doch wie hätte ich gewagt, so etwas von ihm
zu erbitten!

„Ich denke gewiß, wir werden uns noch sehen",
sprach er nach einer kleinen Pause in einem so warmen
herzlichen Tone, daß ich fühlte, er sähe mich gern wie=
ber. Um so wehmuthvoller wurde mir der Augenblick
der Trennung. Doch er war einmal da, ich brach auf.
Wie immer wollte ich ihm zum Abschiede die Hand rei=
chen; da nahm er meine beiden Hände, zog mich an sich,
und küßte mich so herzlich, deutsch, ohne irgend eine er=
künstelte Steigerung seiner Empfindung, sondern nur, weil
es ihm wirklich so zu Sinn war, daß auch mir das
ganze von Begeisterung glühende Herz aufging und ich
den Theuern, Hochverehrten, mit einer unaussprechlich be=
seligten Empfindung in meinen Armen hielt. Ja ich em=
pfand, daß meine Liebe etwas Aehnliches in seiner Brust
geweckt hatte, daß er mir einen warmen Dank zurückgab
für das Herz, das ich ihm so voll und ganz und
innig entgegenbrachte. Und sollte ihm das etwas Seltenes

gewesen sein? Wäre die heilige Empfindung, mit der ich zu ihm getreten war, ihm wirklich nicht oft geboten worden, bei den vielen, vielen Tausenden, die ihm die tiefsten Rührungen, die erhebendsten Erschütterungen ihrer Seele dankten? — Ich will es nicht fragen! — Mir aber war es wie ein Traum, und doch so wirklich, so warm, so menschlich wahrhaft und so göttlich erhebend zugleich. Der große, unsterbliche Ludwig van Beethoven an meiner Brust! Ich fühlte seine Lippen an den meinigen, und er mußte sich von meiner warmen, seligen, unaufhaltsam hervorbringenden Thräne benetzt fühlen!

Und so verließ ich ihn; ich hatte keinen Gedanken, nur eine glühende, meine innerste Brust durchwallende Empfindung, „Beethoven hat mich umarmt!"

Und auf dieses Glück will ich stolz sein, bis an den letzten Tag meines Lebens!

Achtes Capitel.

Der schöne Streifzug in das ungarische Gebiet war unter dem reinsten Himmel des erwachenden Frühlings vollendet. Es blieben uns in Wien noch zwei Tage, in denen sich allerdings Vieles zusammendrängte. Doch gewann ich mir noch eine Stunde, um Beethoven noch einmal aufzusuchen; denn seit jenem Abschiedsaugenblick fühlte ich, daß wir näher zusammenhingen, uns vielleicht noch näher treten könnten, und mit diesem Gefühl wuchs auch das Vertrauen zu meinem Unternehmen wieder.

Haſtig war ich die vielen Stufen hinangeeilt, — doch
vergeblich. Denn zum erſten male erhielt ich die Antwort
Beethoven ſei nicht zu Haus. Im erſten Augenblick empfand
ich das ſchmerzlich; doch bald überlegte ich, es ſei wol ſo
am beſten. Wiederholen ließ ſich jener unvergeßliche Augenblick des Abſchieds nicht; ſtatt dieſer wärmſten Erinnerung
hätte ich alſo vielleicht nur eine kühlere mitgenommen. Für
unſern Plan war für jetzt doch nichts Näheres zu beſtimmen, ſondern das mußte meiner beabſichtigten Rückkehr nach
Wien im nächſten Jahre vorbehalten bleiben. So beſchloß
ich denn alſo, nur meinen Namen, mit dem Abſchiedsworte
darunter, zurückzulaſſen, damit Beethoven ſehe, daß es keine
leichtfertige Verſäumniß ſei, die mich gehindert, ihn wieder
zu beſuchen. Noch einmal warf ich einen Blick in das Vorgemach, auf die Thür, vor der ich ſo ſeltſam ſpannende und
beklommene Minuten erlebt, dann wandte ich mich ſchnell ab,
in einer dunkeln Miſchung der Gefühle, die Jeder, der ſolche
Verhältniſſe verſteht, ohne Schilderung begreift, und die Demjenigen, der nicht von der Thatſache berührt wird, durch
nichts in der Welt begreiflich zu machen wären.

Ich glaubte nun mit dieſen Zuſtänden abgeſchloſſen zu
haben; mit Dem, was mich ſonſt noch in der ſchönen glänzenden Kaiſerſtadt berührte, wurde ich leichter fertig.

Am andern Nachmittag um ſechs Uhr war unſere Ab-
fahrt nach Grätz beſtimmt. Mehr der Zufall, als ein kleines Geſchäft, führte mich noch ein mal in die Steiner'ſche
Muſikhandlung, die meiner Wohnung faſt gegenüber lag.

„Gut, daß Sie kommen", rief mir der Beſitzer entgegen, „es iſt ein Brief an Sie hier abgegeben, von
Beethoven."

„Von Beethoven!" rief ich freudig erſchreckt, und zit-
terte vor Ungeduld, bis ich ihn in Händen hatte. Er war,

mit einer Verwechslung des Anfangsbuchstabens meines
Namens, an Herrn L. Rellstab gerichtet; aber er war doch
für mich! Ein Brief von Beethoven für mich!

Und er lautete so herzlich, so gut, so wehmüthig:

„Im Begriffe aufs Land zu gehen, mußte ich gestern
selbst einige Anstalten treffen, und so mußten Sie gerade
leider umsonst kommen. Verzeihen Sie meiner noch sehr
schwachen Gesundheit; da ich Sie vielleicht nicht mehr
sehe, wünsche ich Ihnen alles erdenkliche Ersprießliche.
Gedenken Sie meiner bei Ihren Dichtungen.

Ihr Freund
Beethoven."

An Zelter, den wackern Aufrecht-
   halter der wahren Kunst alles
   Liebe und Verehrliche!
      Am 3. Mai 1825.

Schon das war ein unendliches Glück, ein unschätzbares
Kleinod. Doch ich wandte die Seite und fand noch mehr.
Einen erneuten Gruß, und einen kleinen Kanon! Also kein
bloßes Höflichkeitsbillet, kein bloßer Abschiedsgruß, sondern
ein Blatt für mein Stammbuch; dessen hatte mich der große
Mann würdig gehalten! Mit welchem Dank, mit welcher
Begeisterung, mit welchen Vorsätzen des Edeln und Guten
füllte sich die Seele des Jünglings!

Beethoven hatte geschrieben:

„In meiner Reconvalescenz befinde ich mich noch äußerst
schwach; nehmen Sie vorlieb mit diesem geringen Erinnerungszeichen an Ihren Freund Beethoven."

Das Schö=ne zu dem Gu=ten. Das

Ein Erinnerungszeichen an meinen Freund Beethoven! — In welcher Lebensstunde sollte ich das vergessen, wäre es auch nicht die letzte Beziehung gewesen, die ich zu ihm hatte!

Das war der 3. Mai 1825. — Ich kam im nächsten Jahre nicht nach Wien. — Am 27. März 1827 hauchte er die edle, schwerbelastete, lebensmüde Seele aus!

Ich bin seitdem noch nicht wieder in Wien gewesen!

––––––––

Nachschrift. Im Jahre 1841 besuchte ich die Kaiserstadt erst wieder, und stand dort am Grabe des großen Mannes! *)

––––––––

*) Siehe „Reisegedicht und Reisebericht" des Verfassers, Leipzig, bei Köhler.

Ludwig Berger.

Ein Denkmal. *)

Es gibt außerordentliche Erscheinungen in Leben und Kunst,
welche, sei es durch eigene Schuld, sei es durch die der
Umstände, nie zu ihrer wahrhaften Geltung kommen. In der
Kunst gehört Ludwig Berger unbedingt dazu; im Leben
wenigstens durch den Charakter, der zwar zu den seltsamen,
aber auch zu den seltensten gezählt werden muß. Denen,
welche ihm nahe genug standen, um seine innerste Bedeutung zu erkennen, ist es daher nicht nur gestattet, sondern
Pflicht, das Unrecht, das er sich selbst und was die Verhältnisse ihm angethan, gut zu machen. Der Verfasser
dieser Schrift glaubt sich zu den nähern Freunden des
Dahingegangenen zählen zu dürfen; er versucht es daher,
durch die folgenden Blätter diese Pflicht an seinem Antheil
zu erfüllen. Man fürchte deshalb nicht, daß die Rechte
der Freundschaft die der Wahrheit schmälern werden. Denn
bei einem Sinne, wie Ludwig Berger ihn besaß, ging die
Möglichkeit inniger, wärmerer Herzensverbindung nur aus

---

*) Dieser Aufsatz bildet einen Auszug aus der vollständigen,
in der Trautwein'schen Buchhandlung (J. Guttentag) erschienenen
Biographie.

echter Wahrhaftigkeit hervor; Niemand war ihm nahe, der diese nicht, wie er selbst, als das höchste Gesetz erkannte. Kein Lobspruch, kein Zoll der Bewunderung hat dem edeln Todten jemals eine andere Empfindung erweckt als die des Unwillens, wenn er nicht an die volle Wahrhaftigkeit desselben glauben durfte. Und selbst dann wies er jede Anerkennung zurück, zu der er sich nicht auch des vollen Rechts auf seiner Seite bewußt war. Dieses aber konnte er auch und machte es, der falschen Bescheidenheit ebenso feind, wie dem falschen Anspruch, mit freier Offenheit geltend. Das Wort der Würdigung seines innern Werthes, welches wir ihm auf das Denkmal über seiner Gruft setzen durften, möge daher auch an der Stirn dieses geistigen Denkmals stehen, und dem Leser voraussagen, in welchem Glauben wir unser Werk unternommen. Theilt er diesen nicht, so gehört er nicht zu uns; und ihm sei dann lieber der Wahlspruch unsers Banners eine Warnungstafel, an der er umwendet. Für uns aber ist keines der Worte darin ein hohler Klang der Anpreisung, sondern ein jedes gilt nach seinem vollsten Gewicht. Der Gedenkstein sagt:

Ludwig Berger

als Künstler groß, als Mensch edel, wahrhaft,

freisinnig.

Erster Abschnitt.

Berger's früheste Jugend. — Natur seines Talents. — Schul- und Universitätszeit. — Braut. — Freunde. — Compositionen jener Periode. — Studien in Berlin. — Reise nach Dresden. — Naumann's Tod. — Trauercantate. — Dresdener Freunde.

Ludwig Berger ist im Jahre 1777 am 18. April zu Berlin geboren. Sein Vater war Architekt; er besaß noch einen ältern Bruder und zwei Schwestern. Die Amtsverhältnisse seines Vaters brachten einen öftern Wechsel des Aufenthaltsortes mit sich, am dauerndsten blieb derselbe jedoch zu Frankfurt a. d. O. Dieser fiel zugleich in die entscheidendsten Jahre für Berger, denn er brachte die Gymnasialzeit bis zur Universität daselbst zu, während er die frühere Jugendzeit meist in dem kleinen Landstädtchen Templin, acht Meilen von Berlin, verlebt hatte. Zwar entwickelte sich Berger's musikalisches Talent schon früh, bekundete entschieden seinen Beruf zur Kunst: allein von einer solchen Frühzeitigkeit, die ein allgemeines Staunen erregt, und die Öffentlichkeit gewissermaßen erstürmt, wie die Mozart's, oder die zahlreichen neuern Beispiele, von denen leider nur wenige eine dem Glanze des Anfanges entsprechende Culmination erreicht haben — von einer solchen Frühzeitigkeit war bei ihm nicht die Rede. Er war bereits zum Jünglinge herangereift, ohne in irgend einer Art einen Ruf als Künstler erlangt zu haben, während jetzt, wenigstens der Virtuos, sich schon dem Abnehmen zuzuneigen pflegt, wenn er das Alter der Mündigkeit erreicht hat. Es hätte wol, was den Grad des Talents anlangt, nicht eben fern für Berger gelegen, sich schon einen Kranz des Ruhms zu erwerben.

Doch es war eine schöne Eigenschaft, vielleicht auch zum Theil eine liebenswerthe Schwäche an ihm, sich in der Anerkennung durch den Kreis der Nächsten so wohl zu fühlen, daß er sich bis in seine reifste Lebenszeit nicht dauernd, beharrlich, darüber hinausdrängte, sondern nur dann und wann einen einzelnen Aufschwung nahm, um Das zu erringen, was er zu verdienen sich bewußt war. Diese Eigenschaft war tief in der gemüthvollen Wärme seines Charakters begründet; der prunkende Schimmer der Erfolge galt ihm wenig, er hätte ihn gehaßt, wenn er ihn errungen hätte, ohne ihn zu verdienen. Doch in der wahren, innigen, begeisterten Anerkennung Derer, die ihn mehr oder weniger zufällig umgaben, fand er seine höchste Genugthuung; und wie dieser Sinn das Gute hatte, ihn vor der Begier nach unechtem Glanze, welche die leeren Berühmtheiten unserer Zeit charakterisirt, völlig zu schützen, so hatte er auch das Schlimme, ihm die verdiente Anerkennung zu rauben und das Streben danach erschlaffen zu lassen, obwol dasselbe für den Künstler immer eine Pflicht bleibt, weil der begründete Erfolg die erfrischendste Rückströmung der Kräfte zur Befruchtung der künstlerischen Thätigkeit bildet. Wie Flamme und Sturm vergrößern Verdienst und Ruhm sich gegenseitig!

Daher blieb Berger auch sein ganzes Leben hindurch in einer falschen Stellung zur Welt und noch mehr zu den künstlerischen Berühmtheiten seiner Zeit, über deren Mehrzahl er sich weit erhaben fühlen mußte, während er sie doch überall in unvergleichlich größerer Geltung sah.

Doch wir greifen uns hier vor; diese Zustände waren die der spätern Jahre; wenden wir uns lieber zu jenen zurück, wo im vollen Frühlingsdrang aller Kräfte der Becher des Lebens brausend überschäumt und der überschwengliche

Reichthum der Gegenwart jede Zukunft vergißt, oder nur eine überselige, voller Wunder und Zaubergebilde, abspiegelt, wie sie auf irdischen Pfaden nie getroffen wird. Doch die Jugend ist ja auch ein Himmel — der Träume!

Dieser Blütenflor des Lebens entfaltete sich für Berger mit unendlichem Reichthum. Er empfing die Schale des Glücks im voraus und setzte sie zum frischen, raschen Trunk an die Lippen. Später freilich mischten sich herbe Tropfen ein, — doch auch Der ist zu preisen, der nur einmal den Becher glückseliger Lebensfülle in vollen Zügen getrunken hat. Und Heil ihm, wenn es in der Jugend geschehen, wo noch Kraft und Freude am Genuß der Gaben in uns wohnt! Ist gleich der duftige Traum nur allzu flüchtig verweht, ein dauernder Segen bleibt zurück und fruchtet nach bis in den Herbst der Jahre. Wer kräftig und reich geblüht, den muß der Sturm schon gewaltig schütteln, wenn nicht wenigstens einige Früchte reifen sollen; die verkümmerte Blüte dagegen ersetzt keine spätere Sonne, denn zerstörte Keime kann sie nicht entwickeln. Daher erklären wir es, daß bei allem trüben Gewölk, welches wirklicher, tiefer Schmerz, Mismuth über ein verfehltes Ziel, hypochondrische Anlage, durch die Umstände gesteigert, über Berger's spätere Jahre versammelte, doch noch oft eine Sonne der Freude, voll jugendlicher Wärme hindurchbrach, deren Glanz selbst die der Jüngern weit überstrahlte.

In dieser Jugendzeit aber war er, wie seine eigenen Erzählungen, mit denen er so gern in jenen Tagen weilte, wie alle seine Freunde und Genossen uns berichten, voll der gesundesten Kräfte, der frischesten Hoffnungen, der muthigsten Unternehmungen. Sein Genuß des Lebens war nicht ein empfindsames Träumen, wie bei so vielen Jünglingen, sondern jede Art der Freude, des Ergötzens hatte ihr Recht bei ihm; die edelste Erhebung in Gesinnung, Kunst, Liebe, und doch gesunde, unbefangene Lust, frische Sinne auch für jede andere gute Gabe, die nur kränkelnde Thorheit dünkelhaft verschmäht.

Die Universitätsjahre zu Frankfurt und die nächsten darauf folgenden, rein der Kunst gewidmeten, in Berlin, waren die glücklichsten dieses Lebensabschnittes. Berger hatte nicht eigentlich studirt, doch sein Zeugniß der Reife in der Kunst wog das wissenschaftliche seiner Genossen mehr als reichlich auf, und so war er ganz als ein Gleicher in jene Vereine rüstiger Jugendfröhlichkeit aufgenommen, und ward ihr Führer in der Musik, für die sich stets eine Auswahl der Begabten und Unterrichteten findet. — Zugleich tummelte er sich mit ihnen in allen jenen fröhlichen Ausgelassenheiten des Studentenlebens, in welchen doch stets der Charakter des Ehrenhaften festgehalten wurde. Wir haben unserm Freunde also wahrlich nichts Uebles nachgesagt, selbst wenn wir annehmen, daß er, um die Studentensprache zu reden, tapfer commercirte, und wol einmal renommirte und rondalirte, den Fechtboden so gut wie den Tanzsaal besuchte, gelegentlich den Philister kränkte, manch Vivat und Pereat bringen half, und aus voller Brust mit seinen Genossen den Landesvater und Gaudeamus igitur sang.

In diese schöne Jugendzeit fällt für Berger die An-knüpfung wichtiger persönlicher Verhältnisse. Er lernte hier (1798) seine spätere Gattin, Wilhelmine Karges, eine Sängerin, deren Trefflichkeit er nicht genug rühmen konnte, kennen; ihr Vater war Cantor zu Frankfurt a. d. O., Bassist; ihr Bruder ein trefflicher Tenorist.

Der unverkümmerte Genuß des Lebens in der Jugend war durchaus fördernd für Berger's ernstes Streben. Er componirte viel, der Kunst ganz warm und vertrauend hin-

gegeben. Im dem Nachlaß des Künstlers finden sich zahlreiche Arbeiten aus jener Jugendzeit. Nicht Mozart's
Werke aus so jugendlicher Epoche tragen den Charakter der
Entwickelung an sich; kaum aus einzelnen Spuren ahnt sich
die spätere Größe des Meisters. Es ist begreiflich, daß
wir auch in Berger's Arbeiten aus diesem Alter und dieser
Zeit überhaupt (denn auch die größten Meister, selbst Haydn,
schrieben im Jahre 1790 anders, als sie heute schreiben
würden), seine spätere Fülle und Tiefe der Erfindung nicht
entdecken. Und doch sind die Spuren seiner schönen Anlagen zahlreicher und bestimmter darin ausgedrückt, als man
glauben sollte. Man darf nicht vergessen, daß gewisse
Gattungen der Kunst schon damals einen hohen Grad der
Vollendung hatten, z. B. das Lied, welches in seiner
einfachen Schönheit, wie es vor Allen Schulz aufgefaßt hatte,
noch heute nicht übertroffen, sondern nur formell etwas
ganz Anderes, schwerlich Besseres, geworden ist. Das Kri-
terium für diese Meinung liegt darin, daß alle unsere heutigen Liedercomponisten, wie sehr sie sich bemühen möchten,
doch in der begrenzten Form, die sich Schulz nur gestattete,
kein Lied von gleichem Werth, gleicher Schönheit und Frische
der Melodie, zu erzeugen im Stande sein würden (wenigstens haben sie es nicht geleistet), obgleich sie durch den
Reichthum der seitdem überhaupt entwickelten musikalischen
Ideen gegen jene alten Meister im großen Vortheile sind.
Es wird daher eines der stärksten Zeugnisse für die inwoh-
nende geniale Erfindungskraft Ludwig Berger's abgeben,
daß aus dieser Zeit noch eine große Anzahl Lieder von ihm
übrig ist, die an Schönheit denen von Schulz sämmtlich
nahe stehen, sie nicht selten erreichen und zum Theil, wenn
nicht übertreffen, doch den Vergleich gerade mit den besten
ohne irgend einen Nachtheil aushalten können.

Berger blies in seiner Jugend die Flöte und hatte eine nicht unbedeutende Ausbildung auf diesem Instrumente erlangt. Daher finden sich aus dieser Periode seines Lebens auch eine Anzahl Flötenconcerte, bei denen es vielleicht nur einer leichten Veränderung der Passagen bedürfte, um sie zu weit interessantern Musikstücken zu gestalten als die meisten, die uns neuerdings geboten werden. — Merkwürdig bleibt jedenfalls die Menge der Erzeugnisse, die sich aus dieser Jugendzeit vorfinden. Nach Dem, was man heute ein Werk nennt und mit einer Werkzahl bezeichnet, würden sich mit Leichtigkeit weit über hundert Werke von Berger in die Welt bringen lassen, wollte man die Jugendarbeiten veröffentlichen.

Wir kommen auf die äußere Gestaltung seines Lebens zurück. Oft schon hatten ihn die größern Kunstmittel und Aufführungen Berlins für kürzere Zeit dahingeführt; bei der Langsamkeit und Schwerfälligkeit des Reisens in jener Zeit freilich nicht so oft, als dies heute möglich wäre. Seine Mittel gestatteten ihm auch die Reise nicht allzu häufig, und mehrmals machte er sie zu Fuß. Er pflegte aus dieser Zeit gern eine Anekdote zu erzählen, die ihm auf einer dieser Wanderungen begegnete. Mit einem Freunde, dem spätern Geheimrath Löst, ging er von Frankfurt nach Berlin. Der Tag war heiß, die Wanderer ermüdet. Ein Bauer kam des Wegs gefahren; sie baten ihn, sie auf seinen Wagen zu nehmen. Er hielt an, maß sie kopfschüttelnd mit den Augen und fragte im platten Dialekt: „Wat sin je denn vor Lüde?" — „Studenten." — „Studenten? Na, sone Lüde mütten ock leben! Set je man up!" — Und so nahm er die fröhlich lachenden Genossen eine gute Strecke mit!

Die Studentenjahre waren vorüber; Berger fühlte, daß

Frankfurt nicht der Ort sei, wo sich sein Talent angemessen entwickeln könne. Er beschloß daher, sich ganz nach
Berlin überzusiedeln. Dies that er im Jahre 1799. Nunmehr begann ein reiches Leben für ihn. Bisher hatte ihn
fast nur Selbststudium gefördert. Er hatte nur aus den
Werken der verehrten Meister, vor Allen Mozart's gelernt.
Berger mit seinem durchaus gesunden Kunstsinn sah deutlich
ein, was ihm fehle; und mit der Erkenntniß war auch die
Abhülfe da. Er studirte mit beharrlichem Fleiß die Com-
positionslehre bei dem Kapellmeister Gürrlich, was er frei
und aus Naturtrieb des Talents gestaltet hatte, lernte er
schnell auf Gesetze zurückführen, die ihm zu einem neuen
Licht wurden, um den Wunderbau der erhabenen Meisterwerke zu durchforschen, denen er sich in hingebender Begeisterung widmete. Mozart blieb, Gluck wurde sein Vorbild zum Höchsten. So begeistert seine Verehrung für den
Ersten war, so tief er dessen rein musikalische Ueberlegenheit
erkannte, hatte er doch andererseits eine so echte Ausbildung
für das Schöne überhaupt, daß er die höhere, allgemeine
Sphäre, in der Gluck's Kunst sich mit Bewußtsein bewegte,
vollständig zu würdigen wußte. „Iphigenia in Tauris" blieb
ihm bis an das Ende seines Lebens das Ideal aller dramatischen Kunstwerke, und sein Maß in der Würdigung
aller andern nahm er stets von diesem her, in dem ihm
das Vollendetste an geistiger Durchdringung des Gedichts,
erfindender Macht der Musik, und vorzüglich an Begren-
zung und Beschränkung der Theile zum Vortheil des Ganzen
geleistet zu sein schien. In dieser letztern Eigenschaft suchte
er überhaupt die höchste Meisterschaft, und daher hat es
schwerlich jemals ein Künstler strenger mit sich selbst genommen als er, wenn es galt, mit Aufopferung des Einzelnen in der Gesammtwirkung Etwas zu erreichen.

Was seine Begeisterung für Gluck noch steigern mußte, waren die damals wirklich hochvollendeten Aufführungen der Opern desselben auf der berliner Bühne. Die Schauspiel-kunst hatte durch Fleck, Iffland, die Bethmann eine Höhe erreicht, die den Darstellern in der Oper kaum gestattete, auf einer untern Stufe zu bleiben. Ueberdies befand sich unter ihnen eine Künstlerin, die von den größten Männern der Zeit (z. B. von L. Tieck) unter die außerordentlichsten Erscheinungen der Bühne gezählt wurde, Margarethe Schick; eine Sängerin, welche, obwol nur mit einer Stimme mittlerer Gattung begabt, doch durch Ausbildung im Solfeggio wie durch declamatorischen Gesang, den sie durch das feurigste und edelste Spiel unterstützte, so tiefe Eindrücke hinterlassen hatte, daß selbst eine Schröder-Devrient und Schechner Denen, die jene Künstlerin gekannt, nichts von dem Werth der Erinnerung an sie zu nehmen vermochten. Schon eine Darstellerin von dieser Bedeutung würde allein eine hin-längliche Trägerin der Opern Gluck's gewesen sein, die fast alle so stark auf dem Hauptpfeiler einer weiblichen Rolle (Armide, Alceste, Iphigenia) ruhen, daß die Nebenstützen allenfalls schwächer sein dürfen. Doch sie fanden noch durch andere Künstler: Eunicke (Pylades), der, wenn auch kein begabter Schauspieler, doch ein trefflicher Sänger war; Be-schort, dessen Orestes durch Spiel und Vortrag unvergeßlich geblieben; Franz (Thoas), der durch seine klare, edle Baß-stimme entzückte, die würdigste Vertretung. Vor allen aber muß des Kapellmeisters Bernhard Anselm Weber dabei rühmlichst gedacht werden, der von einer fast bis zum Ei-gensinn gehenden Verehrung für Gluck durchdrungen war und sein ganzes Studium, seinen ganzen Eifer nur ihm widmete, alle Bestrebungen und Kräfte der Bühne darauf richtete und sich dennoch niemals genug thun konnte. So

versicherte denn Ludwig Berger oftmals, und seinem Wort
dürfen wir wahrlich ein unbedingtes Vertrauen schenken,
daß die Gluck'schen Opern in jenen Jahren in einer Voll-
kommenheit, mit einem Studium der Effecte, einer Feinheit
der Nuancirungen aufgeführt wurden, welche mit den spätern in gar keinen Vergleich zu stellen seien. Mag auch
die größere Genußfähigkeit der Jugend, ein minder reifes
Urtheil, zu diesem Ausspruch mit beitragen: im Ganzen
ist er doch gewiß richtig. Denn nicht nur, daß der damalige Musikzustand Berlins vortrefflich war und zu ausgezeichneten Erwartungen berechtigte (man erinnere sich, daß
Righini, Reichardt, Himmel, Dussek, Fasch, Zelter, J. C.
F. Rellstab *) dort lebten und mit gemeinsamem Eifer für
die Kunst wirkten), so hatte das Theater überhaupt durch
die eblere Unterhaltung, die es bot, ein höheres Interesse.
Es war nicht eine Anstalt für die sinnliche Reizung und
den müßigen Zeitvertreib (in recht eigentlicher Bedeutung
des Worts) der vornehmen und reichen Welt; sondern der
Kern der Theaterfreunde bestand aus den Gebildetsten.
Diese hatten Gluck's Werth herausgefunden, und der Eifer
für seine Verehrung regte sich allseitig, auch durch die Theilnahme des Publicums, durch besonnene Kritik. Nur mit
der größten Ehrfurcht, in einer Art von Heiligung und
Weihe, wagte man es an den Genuß der Werke dieses
Meisters zu gehen; vollends aber an die Darstellungen.

---

*) Der Vater des Verfassers dieser Biographie, dessen musikalisch-
antiquarische Gelehrsamkeit, wie tiefe theoretische Durchbildung,
verbunden mit einem steten praktischen Verkehren in der Musik,
ihn auf einen kritischen Standpunkt von seltener Bedeutung gestellt hatten, von dem aus er einen höchst fördernden Einfluß auf
alles Gute und Echte in der Kunst übte.

Hier wurde Alles mit wiederholtester Sorgfalt geprüft, die Wirkung — wie Berger sich ausdrückte — oft auf der Goldwage gewogen. Ein flüchtiges Verfahren, vollends ein ganz rücksicht- und achtloses, wie jetzt so häufig, hätte für ein wahres Verbrechen am Heiligthum gegolten.

Ein solcher öffentlicher, allgemeiner Sinn für die Kunst hebt auch den Einzelnen; vollends einen Künstler wie unsern dahingegangenen Freund! Solchen Vorbildern, solchen Meistern nachzuahmen, darauf richtete sich sein ganzer glühender Sinn. — Zwar war er unablässig thätig, componirte viel, war mit noch größern Entwürfen beschäftigt, erwarb sich mit beharrlichem Eifer eine von Tag zu Tag steigende Bedeutung als Virtuos auf dem Fortepiano: doch gelang es ihm nicht, im Verhältniß zu seinem Werth zu öffentlicher Anerkennung zu kommen. Muthmaßlich besaß er auch schon damals nicht das rechte Geschick dafür. Sorgfältig in der Selbstprüfung, fühlte er auch, daß er noch anderer Führung, andern Raths bedurfte, um sein hochgestelltes Ziel zu erreichen. Naumann in Dresden genoß damals (1801) eines außerordentlichen Rufes, sowol als Componist und Lehrer, wie auch als wohlwollender Förderer jüngerer Talente. An ihn beschloß Berger sich zu wenden; das Verhältniß war auf das glücklichste eingeleitet, und im October 1801 reiste er nach der Elbstadt ab, um dort der Schüler des berühmten Meisters zu werden, hauptsächlich aber um durch seine Einführung und Empfehlung sich späterhin einen Wirkungskreis mit Erfolg zu eröffnen. Hier aber tritt eines jener scharf in seine Laufbahn einschneidenden unglücklichen Ereignisse ein, deren sich unserm Freunde mehre, und gerade in den wichtigsten Abschnitten seines Lebens, höchst feindselig erwiesen.

Voller Hoffnungen kommt er in Dresden an. Da

findet er die ganze Stadt in einer wehmuthsvollen Aufregung und Bestürzung über — Naumann's Tod! Dieser war bekanntlich mit unvermutheter Plötzlichkeit auf einem Spaziergange im Großen Garten am 21. Oct. 1801 durch einen Schlagfluß erfolgt. Da Naumann, wie jeder sinnige Künstler, es liebte, zu Zeiten einsam zu wandeln, so war ihm dieser Unfall auch in einem ganz abgelegenen Theile des kleinen Parks begegnet, und er völlig hülflos geblieben; sonst hätte sein werthvolles Leben vielleicht noch erhalten werden können. So fand man ihn erst, da sein ungewöhnliches Ausbleiben — er führte die geregelteste Lebensweise — in seinem Hause die höchste Unruhe und Besorgniß veranlaßt hatte, am andern Morgen völlig todt, den Körper durch den Nachtfrost erstarrt.

Das Ereigniß machte, bei Naumann's Ruf in ganz Deutschland, Italien, Dänemark und Schweden, denn in allen diesen Ländern hatte er einen glänzenden Schauplatz seines Wirkens gehabt, großes Aufsehen. Unserm Freunde zertrümmerte es mit einem harten Schlage alle Hoffnungen und Aussichten, nach denen er seine Blicke schon so vertrauensvoll gewandt hatte. Doch die Elasticität der Jugend ist so leicht nicht zu vernichten. Der frische Muth findet frische Kräfte, und Berger wandte sie zunächst dazu an, Dem, den er schon als seinen Lehrer betrachtet, geliebt und geehrt hatte, ein künstlerisches Denkmal zu setzen. Es wurde eine öffentliche musikalische Todtenfeier in der Kreuzkirche zu Dresden für Naumann veranstaltet, und Berger componirte dazu eine Trauercantate, die noch vollständig in Partitur vorhanden ist, in der sich sein Talent auf die ausgezeichnetste Weise entfaltet, und die den Beweis führt, daß wenn ihm Naumann damals auch noch durch Erfahrung und Stellung, besonders aber durch Rath und Em-

6*

pfehlung für die Lebensverhältnisse höchst nützlich sein konnte, er doch in eigentlich künstlerischer Beziehung den Schüler weit über sich gefunden haben würde. Für Diejenigen, welche wissen, wie hypochondrisch ängstlich und langsam, wie bedächtig Berger später gearbeitet hat, wie er sich oft einer einzigen Note, einer kleinen Wendung wegen, die ihm nicht genügte, Jahre lang mit einem Werke herumtrug: für Diejenigen muß es ans Unglaubliche grenzen, wenn sie hören, daß er damals die starke Partitur in acht Tagen lieferte, hauptsächlich aber, weil er sie liefern mußte. Denn so viele künstlerische Selbständigkeit und eigene, gestaltende Kraft in ihm wohnte, doch war er der Mann, der, um diese Kräfte zur That zu verwirklichen, stets der äußern Bestimmungen und Veranlassungen beburfte. Die Umsicht, Ruhe, Beharrlichkeit, die Ereignisse sich zu unterwerfen, sie nach der Richtung seines Lebens zu gestalten, zu nutzen oder zu beseitigen, war ihm nicht gegeben. Er wurde durch sie bestimmt, und führten sie ihn auf eine Stelle, wo er seine Kräfte entwickeln konnte, so leistete er das Außerordentlichste; im andern Fall aber ging auch Alles zu Grunde. Deshalb war für ihn Naumann's Tod ein unwiederbringlicher Nachtheil. Hätte ein solcher Meister ihn noch einige Zeit bestimmt, ihm entschieden die Richtung seiner Thätigkeit angewiesen, ihn praktisch in die Welt der Bühne geführt, ihm Aufträge für diese verschafft u. s. w., so würde er, durch die Ereignisse und Umstände gehoben und getragen, mit ihrem Strom etwas Außerordentliches erreicht haben; gegen denselben kämpfte er gar nicht, sondern glaubte es nur zu thun. Wer auf solche Weise nicht selbsthandelnd für sich thätig ist, der sieht sich bald von eifrigern, wenn auch minder bedeutenden Mitschülern überholt. Berger's Cantate, welche im Januar 1802 in der Kreuzkirche zu

Dresden aufgeführt wurde *), gefiel nicht nur, sondern sie erregte das höchste Erstaunen, die Begeisterung der Künstler; die Wirkung war die vollkommenste, die sich erwarten ließ. War dabei auch die Stimmung, in welcher man sein Werk hörte, seine Bundesgenossin: so spricht doch dieses selbst auch jetzt noch, nach fast vierzig Jahren, entschieden für des Schöpfers Berechtigung zu solchem Erfolg. Allein für seine Lebensverhältnisse blieb er ohne Nachhaltigkeit. Seiner innern Tüchtigkeit sich bewußt, wähnte Berger, nach solcher Bewährung müsse sich Alles von selbst für ihn gestalten; doch die Welt vergißt Andere gar zu leicht über sich selbst, sogar das Größeste über die kleinsten Interessen des Egoismus. So war denn auch von Berger bald nicht mehr die Rede. Große Sorgen und Bekümmerniß scheint ihm jedoch sein Loos nicht bereitet zu haben. Er war, wie immer, glücklich im Genuß der Gegenwart, in den Träumen der Zukunft. Dresden mit seinen reizenden Umgebungen wirkte bezaubernd auf ihn. Er fand, was die Jugend so überreich, das reifere Alter so selten findet, vertraute, gleichgesinnte, begabte Freunde. Die Namen Mähler und Runge finden sich in vielfachen Erinnerungen und Anklängen aus jener Zeit, besonders aber in seinem Lieberhefte, das als eine Art Tagebuch zu betrachten ist. Hier, wo er die vielen, schönen, unschuldig reizenden Lieder jener Epoche, aus denen wir nur einige in den Sammlungen aus dem Nachlaß **)

---

*) Am 20. Nov. des abgewichenen Jahres 1801 hatte schon eine andere musikalische Trauerfeierlichkeit für Naumann stattgefunden, bei welcher nur eigene Arbeiten des dahingeschiedenen Künstlers zur Aufführung gekommen waren.

**) Der Verfasser dieser Biographie hat mit dem jetzigen Kapellmeister Tauber, Berger's Schüler, den musikalischen Nachlaß des Letztern herausgegeben, Leipzig bei Hofmeister.

mitgetheilt haben, einschrieb, und größtentheils auch Ort und
Tag der Entstehung dabei bemerkte, treffen wir unter andern
auch auf eins, wobei sich neben der Unterschrift die Worte
finden: „Mit Mähler und Runge in der Ruine von Tha-
rand." Es ist das so ungemein rührende: „Sagt, wo
sind die Veilchen hin!" — In traulichen Gesprächen tauchten
oft Erinnerungen aus jener Zeit in Berger auf, die er zu
den glückseligsten seines Lebens zählte. Und wie konnte es
anders sein, da ihm in seinem glühend empfundenen Beruf zur Kunst schon ein unversiegbarer Quell des Glückes
strömte, dessen reines Labsal sich noch erhöhte durch den
Genuß der schönsten Gaben des Lebens, reizende Holdselig-
keit der Natur, Freundschaft, Liebe!

Zweiter Abschnitt.

Rückkehr nach Berlin. — Sonate über eine Figur. — Cantate
Sappho. — Anekdoten.

Nach einem längern Aufenthalte, dessen Dauer wir
nicht genau angeben können, kehrte Berger nach Berlin in
den Kreis seiner frühern Lebensbeziehungen zurück, durch die
schönen, träumerisch idealen Tage, die er verlebt, doch auf-
gefrischt, wenngleich der größere Lebenszweck, zu dem er
die Vaterstadt verlassen, unerreicht geblieben war. Die
kräftige Fülle der Jugend schöpft so frisch und reich aus
der Gegenwart, daß ein Stranden und Scheitern künftiger
Zustände sie nicht lange bekümmern kann. — So war denn
Berger auch bald wieder der Alte; heiter im Verkehr mit
Freunden, reich durch das Bewußtsein des innern lebendigen

Quells künstlerischen Berufs und Glücks, thätig, strebend, hoffend, vertrauend. Der elastische Aufschwung, den seine schöpferischen Kräfte in Dresden genommen, wirkte in Berlin nach. Wie er mir oft erzählte, hatte er eines Abends in Dresden mit einigen musikalischen Freunden ein Gespräch über die Möglichkeit der Benutzung einer bestimmten musikalischen Figur, zur Gestaltung eines ganzen Stücks gehabt. Man hatte sich mancherlei Aufgaben der Art vorgeschlagen, und endlich gab Berger eine ganz einfache Figur, mit der Behauptung, daß sich daraus ungemein viel gestalten lasse, ja, daß er es unternehmen wolle, eine ganze Sonate daraus zu machen. Die Meisten der Anwesenden hielten dies für eine jugendliche Anmaßung des Componisten, der eben einen Erfolg gehabt hatte und sich auf Grund desselben überschätze. Nur ein einziger (wer, ist mir entfallen) gab die Möglichkeit zu und ging auch auf Berger's Vorschlag ein, den praktischen Versuch wetteifernd mit ihm zu machen. Zwei Tage nachher hatte Berger die „Sonata sopra una figura" (Berlin bei Laue, jetzt bei Hofmeister) zwar nicht vollendet, aber doch in den Hauptzügen der drei Sätze aufgeschrieben, sodaß er den Kunstgenossen durch die That beweisen konnte, was sie für unmöglich gehalten. Sein Concurrent bei der Arbeit hatte den ersten Eifer verrauschen lassen und nichts geliefert. Dieses Werk war es nun zunächst, das Berger in Berlin vollendeter ausarbeitete und demselben bis auf wenige Abänderungen diejenige Gestalt verlieh, in der er es, zwanzig Jahre später! der Welt übergeben. Dasselbe ist nicht nur ein Meisterstück an contrapunktischer Wissenschaft, in der mannichfachsten Benutzung der Figur durch Verlängerung, Umkehrung, Veränderung des Rhythmus, der Taktart, sondern auch so voll phantastischer Erfindung, ein solcher innigster Verein der Arbeit mit der Phantasie, daß die reiche Welt der neuern Klavierproductionen, mit Ausnahme der Sonaten Beethoven's, kaum ein Seitenstück dazu aufzuweisen hat, wie denn überhaupt, außer jenem erhabenen Meister, in der Sonate, dieser wahrhaft schönen, dem Wissen und der erfindenden Macht gleiches Feld bietenden Form, keiner der gleichzeitigen und spätern Componisten für das Pianoforte sich eines Vorrangs vor Berger rühmen kann. Selbst Karl Maria von Weber's schöne Productionen auf diesem Gebiet, und Hummel's Sonate in Fis-moll überbieten meines Erachtens, wenn sie auch an Glanz und Effect reicher sind als Berger's Sonaten, doch an Tiefe der Erfindung und sinnvoller Schönheit in der Gestaltung die seinigen in C-moll, Es-dur, F-dur, und die eben besprochene nicht.

Indeß fühlte Berger wohl, daß Arbeiten dieser Art für ihn nur einstweilige sein konnten; das Bewußtsein seiner Kräfte drängte ihn auf ein anderes Feld. Die Wunderwelt der Oper, in der das Kunstwerk sich nach den größten Tiefen und Höhen auszubreiten vermag, und sich somit die höchsten denkbaren Aufgaben der Lösung stellt, sie war es, die auch unserm Freunde als die allein wahre Heimat seines Berufs erschien. Der Drang, sich dort einzubürgern, wurde immer mächtiger; doch die Schwierigkeiten waren groß, und sind ihm leider unbesiegbar geblieben. Zuerst trat ihm der Grad der künstlerischen Bildung, die er überhaupt besaß, hindernd entgegen. Er konnte sich nicht an einem jener schlechten, undichterischen Machwerke genügen lassen, womit sich die meisten Musiker, größtentheils aus Mangel an Urtheil, auf die Bühne wagen und ihre Kräfte nur am Vergeblichen zersplittern, statt ein Ziel damit zu erreichen. Daher gelang es ihm nicht, ein Gedicht zu finden, dem er sich mit Begeisterung hinzugeben vermocht hätte. Es ist eine eigenthümliche Erscheinung, daß der praktische Dilettantismus sich zu nichts so leicht befähigt glaubt, als zu der schwierigsten, freilich aber auch undankbarsten aller dramatischen Aufgaben, zu der, ein Operngedicht zu liefern. Jeder junge Musiker hat irgend einen Schulfreund, der frisch ans Werk geht, ihm einen Text zu einer wo möglich großen Oper — opera seria — zu schreiben. Er mag nie die Feder in die Hand genommen haben, nicht die mindeste Uebung in der dramatischen Behandlung der Stoffe besitzen, jeder Theaterkenntniß und Erfahrung ermangeln: dazu aber, der Musik das wirksame Piedestal zu liefern, hält sich der junge Dichter für vollkommen befähigt, obgleich alle für ein selbständiges dramatisches Werk nothwendigen Eigenschaften, für ein Operngedicht in einem noch viel höhern Grade gefodert werden und zugleich eine, der Jugend fast immer gänzlich mangelnde, die der entschiedensten Resignation, dichterisch selbstbedeutend zu erscheinen. Die allgemeine Täuschung, welche in dieser Beziehung durch die ganze Welt geht, erklärt sich übrigens sehr leicht. Jeder hat nur eine Hälfte des Unternehmens zu tragen, und Jeder meint, wenn nur der andere Theil das Richtige hinzuthue, so müsse das Ganze sich gestalten. Daher belehrt auch selten die Erfahrung eines völligen Mislingens, weil Jeder sich dann ebenso berechtigt findet, die Schuld nicht auf seiner Seite zu suchen.

Berger hatte zu viel Urtheil, um sich durch die Selbsttäuschung Anderer gleichfalls täuschen zu lassen. Freilich führte dies für ihn die traurige Folge herbei, daß er auch zu keinem Versuch kam. Indessen, da ihm ein Gedicht, welches ein dramatisches Ganze gebildet hätte, fehlte, ergriff er mit Begierde eines, welches sich dieser Aufgabe we-

6 **

nigſtens näherte. Sein innigſter Freund, Löſt (deſſen wir
oben gedacht), hatte den tragiſchen Stoff des Geſchicks der
Sappho zu einer Cantate benutzt, welche der Muſik glücklichen Anlaß zum Ausdruck der aufgeregteſten leidenſchaft-
lichen Zuſtände darbot. Berger machte ſich mit Eifer an
die Arbeit, und ſo entſtand, in ſeinen früheſten Jugend-
jahren, die große dramatiſche Scene Sappho, welche ſich
unter den herausgegebenen Werken ſeines Nachlaſſes be-
findet (Opus 28). Er fand ſpäterhin allerdings, daß Einzelnheiten im Text der dichteriſchen Feile bedurften, daher
hat er mehre ſeiner ſpätern Freunde, ſo auch mich, zu
Aenderungen und Ueberarbeitungen veranlaßt, und auch
noch eine verbeſſernde Hand an einige Theile der Muſik
gelegt. Allein der Kern des Werks entſtand ſchon in jener
Zeit, vor ſeiner Reiſe nach Dresden, und die erſte Partitur weicht ſo wenig von der letztern ab, daß wir dieſe
nur als eine überarbeitete Ausgabe jener betrachten können. — Wie friſch ſind für eine ſo lange Zeit aber die
melodiſchen Gedanken! Wie edel iſt die Haltung der Re-
citative, wie ausdrucksvoll die Zwiſchenſpiele! Welch ein
großartiges Feuer der Leidenſchaft in dem Schlußallegro,
und welch eine Innigkeit der Empfindung in den beiden ge-
tragenen Sätzen! — Für jede echt dramatiſche Sängerin
bildet dieſe Cantate eine würdige, dankbare Aufgabe des
deutſchen Geſangſtils. Wir wollen manche Schwächen nicht
verkennen, die in der jugendlichen Unerfahrenheit des Com-
poniſten gelegen, doch welche Jugendarbeit, ſelbſt der be-
rühmteſten Männer, trüge dergleichen nicht an ſich?

Neben dieſen ernſten, aus der innerſten Glut des Kunſt-
eifers hervorgehenden Beſchäftigungen behielt die friſche
Lebensluſt unſers Freundes ihr volles Recht. Sein kecker
Humor, ſein Talent für Parodie und Scherz, ſein Witz,

Eigenschaften, die ihn bis zum Schluß seines Lebens begleiten, und nur unter wirklichen Krankheitszuständen zu-
rücktraten, glänzten damals in voller Frische und machten
sich in allen Lebensbeziehungen geltend. Er war voller
Erinnerungen fröhlicher Ereignisse, munterer Abenteuer, lu-
stige Streiche aus jener Zeit, wo sich die äußerliche Beschränkung der Lebensverhältnisse so leicht und schnell in dem
üppigen Vollgenuß der innern Reichthümer vergißt.

Eines lustigen Vorfalles gedachte Berger besonders gern.
Er kam eines Abends im Winter mit einem Freunde ziemlich spät aus einer Gesellschaft nach Hause. Es war schon
still in den Straßen, der frisch gefallene Schnee ließ auch
die Schritte nicht mehr schallen. Da hörten sie schon von
ferne her wunderliche Töne, eine Art Rufen, Stöhnen, das
in der Winternacht seltsam schauerlich klang. Die Richtung, aus welcher der Schall kam, war schwer zu bestimmen; verwundert und schon mit dem Gedanken beschäftigt,
vielleicht die Entdecker einer furchtbaren That, und die
Retter eines unter der Gewalt eines mörderischen Anfalls
Erliegenden zu werden, schritten die Jünglinge hastiger
vorwärts, von Zeit zu Zeit lauschend. Jetzt nahen sie
einem größern Hause, in dessen Kellerfenstern sie durch
die Ladenritzen noch Licht erblicken. Aus diesen Räumen
drangen die wundersamen Töne. Männliche und weibliche
Stimmen mischten sich bald brüllend, bald kreischend, einzelne Worte und Phrasen werden ihnen verständlich, sie
erkennen endlich Citate aus dem — „Hamlet"! Die Fenster
gehören zu einem Bier- und Victualienkeller; doppeltes
Staunen! Um genau zu erspähen, was in den geheimnißvoll verschlossenen Räumen vorgeht, lagern sich Beide
lang auf den Boden gestreckt in den Schnee, und werden
nunmehr durch die Ritzen der Laden in der That Zuschauer

einer Darstellung des „Hamlet" durch Handwerker, Köchinnen und ähnliche Kunstjünger, in den mit Tabacksrauch und Bierdunst erfüllten Kellerräumen. Die Ergötzlichkeit des Schauspiels ist unbeschreiblich; so unbequem der Zuschauerplatz ist, der ihnen angewiesen, harren sie doch eine geraume Zeit aus, mit Mühe das erschütternde Lachen verhaltend. Endlich aber kommt ein so hochtragischer Actus vor, daß die Gefährten zugleich, von unerbitterlicher Nothwendigkeit getrieben, in ein lautes Gelächter ausbrechen, das wie ein Blitz in die Todtenstille der gespannten Zuhörerschaft des Kellers einschlägt. Hamlet fährt zusammen und glaubt noch andere Geister zu sehen als den seines Vaters; das Parterre springt auf, der Ruf: „Spitzbuben, Polizei, Wer da!" schallt verworren durcheinander, während der Acteur, mit einem Bockssprung vom Proscenium ins Parterre, aus der Welt des Ideals in die der Wirklichkeit setzt. Unter solchen Umständen ist natürlich der Zuschauerplatz unserer Freunde nicht mehr zu halten, doch um auch ihrerseits dem unwillkürlichen Act der Störung einen willkürlichen hinzuzufügen, lassen sie einen theatralischen Donnerschlag ihrer Stöcke gegen die Laden ertönen nach dem sie blitzschnell verschwinden. — Berger versicherte oft, nie ein Lustspiel von ähnlicher unwiderstehlicher Wirkung gesehen zu haben, als diesen „Hamlet" im Keller. — Da die Bewahrung solcher heitern Vorfälle wesentlich zur Charakteristik Ludwig Berger's und seines Lebens gehört, weil man sonst seinen wehmüthigen Ernst halb und falsch versteht, so gönne man mir auch noch den Raum zu einer andern kleinen Anekdote. Sie bezieht sich auch auf die Cantate Sappho. Berger hatte sie eben vollendet und lebte noch im frischen Eifer dafür. Er und der Dichter trafen eines Abends mit einem berliner Sänger und Gesanglehrer

S......r zusammen, der eine gute Stimme, aber wenig
Bildung besaß. Dieser ließ sich bereit finden, die neue
Composition zu singen. Berger setzt sich, spielt mit Feuer
die Introduction, der Sänger fängt das Recitativ pathetisch
an. Es beginnt mit den Worten: „Sind's die Erinnyen,
die mich verfolgen!" Der gute Singmeister, der nie einen
Muttermord oder etwas Aehnliches begangen, hatte daher,
ein glücklicher Sterblicher, auch mit den Erinnyen in keiner
Art zu thun gehabt. Dagegen pflegte er als ein regelmä-
ßiger Mensch von vernünftigen Gewohnheiten selten seinen
Braten ohne Salat zu verzehren, und somit waren ihm
auch die Endivien nicht unbekannt. Er sang daher, die
Noten wie ein Löwe packend, aber wegen der undeutlichen
Handschrift, was den Text anlangt, außer aller Verant-
wortung: „Sind's die Endivien, die mich verfolgen!"
Der Dichter durfte ihm die Verletzung des Kunstwerks nicht
schuldig bleiben und fuhr rasch einfallend mit unerschütter-
lichem Ernst fort:
„Ist es der Krautsalat, der so mich quält!"
Der Sänger hatte noch nichts Arges aus der Sache — er
wußte ja überhaupt nicht, ob die Sappho eine Lust- oder
Trauerheldin sei — und wollte arglos weiter singen; doch
Berger, dem es schwer fallen mochte, bei unterdrücktem
Lachkrampf fortzufahren, that, als habe er selbst gefehlt,
und fing von vorn an. Da aber der Sänger auch beim
zweiten Gange seine Endivien nicht sowol auf- als vortrug,
und der unerbittliche Poet ihn wieder mit dem Krautsalat
übertrumpfte, da war kein Halten mehr möglich, die Mine
des Gelächters explodirte. dergestalt, daß sie den Klavierspieler vom Stuhl auf- und den Dichter auf das Sopha
niederschnellte, während der Sänger als eine verdutzte Salz-
säule des Erstaunens an dem Boden wurzelte. Wie sich

der verwickelte Knoten gelöst, habe ich zum Glück vergessen, da diese Geschichte, wie manche, nicht besser abbrechen kann als in der Mitte.

Dritter Abschnitt.

Schach und L'hombre. — Bekanntschaft mit Clementi. — Reise nach Rußland. — Sonate zu 4 Händen in G-moll. — Variationen in F-dur. (Nachlaß opus 32.)

Bevor ich zu einem neuen, ernsten Wendepunkt in Berger's Leben, dem entscheidendsten für ihn, übergehe, kann ich nicht umhin, noch einige helle Lichter auf diese Skizze zu werfen, die ohnehin beschattet genug sein wird. Ich habe es schon erwähnt, daß er für jede Art des geselligen Verkehrs einen offenen empfänglichen Sinn besaß. Ein Kreis munterer Freunde blieb ihm bis in die letzte Lebenszeit eine wahre Erquickung, und kaum habe ich jemals einen so herzlich, ja ausgelassen fröhlichen Genossen gesehen als Berger zu Zeiten. So waren denn auch mancherlei gesellige Geschicklichkeiten im hohen Grade bei ihm ausgebildet. Insbesondere besaß er ein ausgezeichnetes Talent für alle Arten des Kartenspiels und war einer der besten Schachspieler Berlins, der häufig selbst mit den Matadoren des Schachclubs den Zweikampf siegreich durchführte. Das Vierschachspiel liebte er gleichfalls ungemein, und lange gehörte er einem kleinen Kreise als Mitglied an, in welchem nur dieses Spiel gespielt wurde, in dem man als Meister einen der Freunde Berger's, Enderlein, anerkannte, der auch ein belehrendes Werkchen über diese Gattung des

Schachspiels geschrieben hat, welches die Eingeweihten und Eingeübten entschieden für eine große Vervollkommnung desselben halten. Doch fielen diese Vierschachunterhaltungen erst in Berger's spätere Lebenszeit, in den Aufenthalt zu Berlin seit dem Jahre 1816. — In jener Jünglingszeit aber spielte er besonders gern L'hombre, und galt für einen so ausgezeichneten Spieler, daß wenn er auf einem Kaffeehause die Karte nahm, sein Stuhl stets von Zuschauern umgeben war, die sein geschicktes Spiel anlockte. Zu einem sehr guten Spieler gehört auch eine gewisse Art des Glücks, eine Divinationsgabe, die in Fällen, wo keine Regel mehr entscheiden kann, dennoch die Wahl richtig führt. Dieses Glück besaß Berger in einem seltenen Grade; doch nicht mehr in spätern Jahren, wo er aus Zerstreuung, und weil er selten spielte, viel von seiner sichern Gewandtheit verloren hatte. In der glücklichen Jugendperiode seines Lebens war den Zuschauern nicht nur sein scharfer, sicherer Ueberblick, sondern auch seine glückliche Hand im L'hombre und Piquet merkwürdig. — Man würde aber sehr irren, wenn man hieraus die Meinung entnehmen wollte, daß Berger jemals das Spiel in sich zu einer Leidenschaft habe werden lassen; es war ihm nie mehr als eine Erheiterung, der er sich zwanglos überließ und sie ebenso leicht verließ. Er verlor weder seine Zeit in einem unerlaubten Maße dabei, noch hatte vollends Gewinnsucht einen unwürdigen Antheil daran. Im Gegentheil; er spielte eher zu leicht und großmüthig, und das eigentliche Hazardspiel war ihm im Innersten zuwider. — —

Der ernste Wendepunkt seines Lebens, dessen wir am Eingange dieses Abschnitts gedachten, war die Ankunft Clementi's in Berlin im Jahre 1804. Berger, der sich jetzt schon, obwol er fast nur Selbststudien gemacht, doch als einen der ausgezeichnetsten Klavierspieler fühlte, mußte durch das Erscheinen eines solchen Mannes von solchem Ruf, der sowol als der Begründer des neuern Klavierspiels, wie als der selbst vollendetste Meister desselben in der Virtuosität dastand, im höchsten Grade aufgeregt, werden. Zufall und Bestreben boten einander die Hand, um ihm Clementi's Bekanntschaft zu erwerben. Er wurde wohlwollend, und nach den ersten Proben seiner musikalischen Befähigung, mit theilnehmender Freundlichkeit aufgenommen. Clementi sah allerdings sehr gut, was Berger, der in der Behandlung des Instruments bis jetzt noch gar keinen Führer von irgend einer Geltung gehabt hatte, fehlte; er sah aber mit seinem künstlerisch geschärften Blick auch ebenso klar, was vorhanden war. Berger spielte ihm vorzüglich Compositionen von Mozart und Beethoven und mehre eigene, unter andern den ersten Entwurf der Sonate pathétique (die später umgearbeitet in London in Clementi's Verlag erschien) vor. Die geniale, tiefe Auffassung im Vortrag musikalisch bedeutsamer Werke überwog in Clementi's Urtheil den Mangel einer nach der Foderung des Virtuosen, gründlich, sicher, gleichmäßig und glücklich herausgebildeten Mechanik, bei weitem. Berger fehlte nur Das, was sich bei richtiger Weisung durch Fleiß erlernen läßt. Und von dem Augenblicke an, wo Clementi's entscheidende Stimme ihm den Beruf des Virtuosen zunächst und unbedingt als den seinigen bezeichnete, setzte er auch einen koloffal beharrlichen Fleiß daran, und übte täglich acht und zehn Stunden. Noch mehr wie von Berger's Talent zum großartigen Spiel war der alte Meister von seiner tiefen Anlage zur Composition tief ergriffen. Hier zeigt sich abermals ein Beispiel, wie dem wahren Beruf das Urtheil des größern Meisters ungleich milder, oder besser günstiger und

gerechter ist als das des geringern. Clementi, über die
unvermuthete Entdeckung eines so bedeutenden Talents gleich
erfreut und erstaunt, sprach mit mehren Musikern Berlins,
die zu den bedeutendsten daselbst gezählt wurden, von Berger. Die meisten hatten ihn, obwol sie ihn kannten, und
ihn und seine Compositionen gehört hatten, ganz unbeachtet
gelassen, oder sprachen von ihm, wie von einem jungen
Menschen, der vielleicht einiges Talent habe, aber doch noch
ganz unbedeutend sei. Clementi erwiberte darauf gewöhnlich mit scharfen Sarkasmen, meist in antithetischer Form,
deren mir Berger manche überliefert hat. Ich will, um
noch erkennbare Persönlichkeiten nicht zu reizen, und längst
Vergessenes nicht zu wecken, nur eine allgemeinere anführen. Von den wilden, nur auf zusammengreifende Fertigkeit und Schnelligkeit ausgehenden Spielern, deren es auch
schon damals in Berlin gab, pflegte er zu sagen: „Il joue
bien fort, mais pas fort bien." Berger antwortete öfters,
wenn man ihm von der Fertigkeit solcher Spieler sprach:
„Er hat eine sehr unfertige Geschwindigkeit.

Die Folge der Bekanntschaft war, daß unser Freund
den Entschluß faßte, das Vaterland eine Zeit lang aufzugeben und sich in der Fremde eine Heimat zu gewinnen.
Im Jahre 1805 (wahrscheinlich) ging er mit seinem hochverehrten Meister und einem andern Schüler desselben, dem
rühmlichst bekannten Klengel aus Dresden, nach Rußland.
Dieses Einschiffen nach einer ganz neuen Welt war in der
That ein kühner Wurf, und die Trennung von allen
lieben Gewohnheiten und theuern Verbindungen in der
Heimat keine leichte. Mit innigster, unverbrüchlichster Treue
und Liebe hing Berger seiner oben schon genannten Braut,
Wilhelmine Karges, mit der er sich inzwischen verlobt hatte,
an. Der Entschluß, sie zu verlassen, sich bis zu einer

solchen, damals unerreichbaren, Ferne von ihr zu trennen, mußte zwei so verbundenen Herzen unendlich schwer werden. Es war nur möglich durch die gewissere Aussicht, die sich damit zugleich für Berger eröffnete, sich auf diesem Wege unter dem Schutz eines so berühmten Führers eine Lebens=stellung zu erkämpfen, welche die Möglichkeit der unauf=löslichen Vereinigung darbot, die das Ziel der Liebenden war, wozu sich jedoch im Vaterlande unter dem verhäng=nißvollen Drang der Zeiten kaum eine Hoffnung zeigte! Vielleicht hätte das schöne Gesangstalent der Braut die Mittel dazu am leichtesten dargeboten. Doch dasselbe hatte sich nur im Kreise nächster Freunde entfaltet, und Berger's erwählte Lebensgefährtin gehörte überhaupt, dem Sinn und der Erziehung nach, nur den innersten, häuslichen Verhält=nissen, den rein weiblichen Bestimmungen an. Leben und Bühne standen sich damals noch so viel schroffer gegenüber als jetzt, daß ich muthmaße, es sei selbst dem kunst= und freisinnigen Berger nie der Gedanke gekommen, seine Braut in ein öffentliches Kunstverhältniß zu bringen, geschweige der Wunsch dazu.

Die Anerkennung seines Talents, welche Berger durch die Theilnahme ausgesprochen fand, die ihm ein mit Recht so berühmter Künstler wie Clementi gezollt hatte, wurde ein Sporn zu erneuter Thätigkeit für ihn. Diese mußte noch lebhafter durch den Vortheil geweckt werden, dieselbe gleich auf dem Feld der That prüfen und bewähren zu können. Clementi reiste langsam, er verweilte besonders in Kurland eine Zeit lang und gab mit seinen jungen Zög=lingen gemeinschaftlich Concerte, in welchen sie sich und ihre Arbeiten hören ließen. Dies veranlaßte Berger, Mehres für zwei Spieler gleichzeitig zu schreiben oder einzurichten. So entstand die schöne, später Bernhard Klein gewidmete

vierhändige Sonate in G-moll, die dieser selbst so hoch ausgezeichnete Meister als ein wahrhaft im Geiste Mozart's aufgefaßtes Werk und ein Meisterstück in der Vereinigung
contrapunktischer Formen mit der freiesten Entwickelung
schöner Erfindung bezeichnet hat. (Berlin bei Laue erschienen,
jetzt in Hofmeister's Verlag).

Doch noch viel bedeutender ist eine Composition aus dieser Zeit, die erst in dem Nachlaß des Componisten der
Oeffentlichkeit übergeben wurde. Es sind die großen Variationen in F-dur, auf das Thema: „Ah vous dirais-je
Maman!" (im Nachlaß bei Hofmeister, Op. 32) die ebenfalls in dieser Periode des frischesten, hoffnungsreichsten
Aufschwunges entstanden, indeß nachher noch, wie dies bei
Variationen so leicht möglich ist, bedeutende Zusätze, Verschönerungen und Umgestaltungen erfahren haben. Diese
zählen wir zu seinen trefflichsten Arbeiten, auch wenn wir
keinen andern Grund dafür anzuführen hätten, als daß der
Autor mit eigener Hand auf das Manuscript geschrieben
hat: „Mein bestes Werk". Diese Variationen waren zugleich, für die Zeit, in der sie entstanden, ein ungemein
glänzendes, an den mannichfachsten Effecten reiches Concertstück. Jetzt sind freilich die verschiedenartigen Benutzungen des Instruments, durch Octaven, im Staccato, in springenden Accorden, Terzenpassagen ganz bekannte, von allen
Autoren gebrauchte. Doch aus der Zeit, wo diese Variationen geschrieben sind (1803 oder spätestens 1804), möchte
wol schwerlich ein Werk herbeigebracht werden können, das
so mannichfaltig und reich auch darin wäre. Die meisten
dieser späterhin von Vielen eingeschlagenen Wege hat Berger
damals sich selbst gefunden, sowie er denn auch noch in den
spätesten Arbeiten immer neu schaffend blos in Berücksichtigung des Instruments geblieben (z. B. in den neuen

Etüden) und niemals als Nachahmer des Modernen aufgetreten ist. Das Staccato z. B. auf einem Ton möchte
fast in keinem Werk früher nachzuweisen sein als in diesen
Variationen. Wir erinnern uns noch sehr gut, mit welchem
Beifall die gegen acht oder zehn Jahre später erschienenen
Variationen in F-dur von Maria von Weber aufgenommen
wurden — ein jetzt fast vergessenes Werk —, worin zum
ersten male dieser Effect benutzt wurde.

Ob das Werk Berger's bestes sei, wie er es selbst er-
achtete, wollen wir unausgesprochen lassen, doch es steht in
der Reihe der besten, nicht nur seiner Schöpfungen, sondern
aller dieser Gattung überhaupt.

Vierter Abschnitt.

Petersburger Klavierspieler. — John Field. — Berger's Urtheil über
ihn im Vergleich mit Neuern und Neuesten. — Verheirathung. —
Düsterer Wendepunkt des Lebens.

Nach einem längern Aufenthalt in Kurland und Esth-
land führte endlich Clementi seine beiden jungen Zöglinge
nach St.-Petersburg. Unter der Aegide eines so berühmten
Mannes wurden sie schnell bekannt und ernteten auch reich-
liche Früchte ihres Talents. Sie ließen sich öffentlich mit
großem Beifall hören, und bald gehörten Beide zu den ge-
suchtesten Lehrern dieser reichen Residenz. Klengel besaß
nicht Berger's tiefe Genialität, doch einen beharrlichen Fleiß,
Kraft und Sicherheit, und ein elegantes, glänzendes Spiel.
Dazu unterstützten ihn die Eigenschaften einer ungemein
bestechenden Aeußerlichkeit. Willig erkannte Berger die Vor-

züge seines Freundes an. Auch Klengel seinerseits urtheilte rühmlich und richtig über Berger: „Er spielte nicht eben große Schwierigkeiten, doch das Kleinste so, daß es schwierig wurde, es ihm nachzuspielen."

Die Zeitgenossen Berger's, was die Klaviervirtuosität anlangt, waren außer Klengel vorzüglich Zeuner, Ries, Steibelt, und vor Allen Field. Schon Clementi (der sich nur kurze Zeit in Petersburg aufhielt und seine neuen Schüler dort gewissermaßen habilitirte), hatte ihm viel von der außerordentlichen Anlage dieses Letztern, seines trefflichsten Schülers, gesagt; Berger fand jede Erwartung noch weit übertroffen. Wie in seine edle Seele überhaupt nie die geringste Spur eines künstlerischen Neides drang, so gab er sich auch hier nur der freiesten, offensten Bewunderung hin, unbekümmert, ob der Glanz des Kunstgenossen ihn überstrahle oder nicht. Wo ein Verdienst war, da war Berger gewiß der Erste, es freudig anzuerkennen: doch konnte er allerdings nicht immer Das für hohes Verdienst halten, was Andern so erschien, und deshalb ist er wol manchem falschen Urtheil ausgesetzt gewesen. Field's Verdienst, oder besser sein Genie als Spieler und Componist für dies Instrument, erfüllte ihn mit Begeisterung. In Gediegenheit des Spiels, an edelm, festem Maß, zog er Clementi vor; doch an glänzender Fertigkeit, an Reiz des Anschlags und Vortrags stellte er Field ungleich höher. — Hatte daher Clementi's Unterricht ihm eine feste Grundlage, eine gediegene Richtung gegeben, so diente Field's Beispiel ihm zum Sporn, diesen sichern Contouren des Schönen die sauberste Auszeichnung und feinste Schattirung zuzugesellen. Field's Compositionen, die schönen, viel zu wenig gekannten Concerte, und vor allen die reizenden Notturnos, die man in neuerer Zeit nur durch Häufung der Mittel überboten

hat, ohne sie in reiner Wirkung zu erreichen, geschweige
zu übertreffen: diese Compositionen trug Berger mit gleichem
Eifer der Ausbildung bis in die kleinsten Details wie
seine eigenen vor. Oftmals erzählte er mir, welch einen
fesselnden Zauber Field durch sein Spiel auf ihn geübt; wie
ihm Alles, was er nach ihm gehört habe, trotz der Staunen erregenden Sicherheit und Fertigkeit der neuern Virtuosen, doch nur roh erschienen sei gegen die edle Grazie
und Vollendung in dem Spiel dieses großen Meisters. Und
doch war er nicht blind gegen ihn, erkannte seine Schwächen vollkommen. Er gab zu, daß Field (ebenso wie
Dussek) niemals eigentliches Feuer besessen, daß sein Hang
zum graziösen, vollendet rein ausgeprägten Spiel zu weit
gegangen sei und ihn dem Vortrage energischer Werke,
z. B. Beethoven's, sogar feindselig gemacht habe. Doch
war auf der andern Seite seine Sicherheit, Kraft, Rundung
in gewaltigen Passagen ebenso groß, als seine Leichtigkeit,
sein Hauch in der Behandlung des Graziösen und Zarten.
Es schien, daß er bald das eine, bald das andere vorzugsweise geltend machte. So erzählte Berger, daß, bald nach
seiner Ankunft in Petersburg, Field das Concert in G-moll
von Dussek *) in seinem Concert spielte, wobei er ihn zum
ersten male öffentlich hörte. Field trug dies Concert mit
einer Anmuth, einem Reiz der Verschmelzung vor, der Berger
entzückte, und ihn bewog, von Stunde an sich dasselbe ganz
in ähnlicher Weise einzustudiren. Und in der That spielte
Berger gerade dieses Concert wahrhaft wunderwürdig. Field

---

*) Ein Meisterwerk an schöner gesangreicher Behandlung des
Instruments, wie an wirkungsvollem Periodenbau vollendeter Passagen, das unsern jetzigen Klavierspielern, in Beziehung auf Stil
und Vortrag, eine gewaltige Aufgabe darbieten würde.

ging nach Moskau. Ein Jahr harauf kehrte er nach Petersburg zurück und wählte wiederum dieses Concert zum öffentlichen Vortrage. „Ich konnte", sagte Berger, „die Zeit kaum erwarten, es zu hören und diesen Eindruck zauberischen Reizes in mir zu erneuern. Doch — Alles war fort. Field spielte wie ein Gigant, mit einem Rollen, einer Kraft, einer eisernen Stärke und Gleichmäßigkeit der Passagen, die Alles in das äußerste Staunen versetzt. Doch er vernachlässigte den melodischen Theil ganz, sobaß es ein völlig anderes Musikstück geworden war, den Spieler jedoch auf einem andern Gebiet ebenso groß, ja vielleicht noch größer erscheinen ließ."

Ich könnte hier noch viele einzelne Fälle anführen, in welchen Berger den Eindruck, den Field's Spiel bei besondern Gelegenheiten auf ihn gemacht hatte, nicht genug schildern konnte. Leider ist es bekannt, daß dieser eminente Virtuos sich in einer wüsten Lebensweise überhaupt völlig verwahrlosete und dadurch auch bald den Glanz und den Schmetterlingsstaub der Zartheit völlig von den leichten Flügeln seiner Virtuosität abstreifte, während die starken Fittige derselben einknickten. Daher kommt es, daß er in spätern Jahren, wo er Rußland verließ und Reisen machte, als eine verblühte Schönheit erschien, in der kaum Diejenigen, welche sie in ihrem Jugendreiz gekannt, die Spuren jener Züge wiederfinden, wodurch sie einstmals so unwiderstehlichen Zauber geübt.

Berger jedoch, der ihn in seinem Glanz gekannt, blieb bis an das Ende seines Lebens der Ansicht, daß John Field der größte Klavierspieler sei, den er gehört habe, und keine Art der modernen Fertigkeit, weder jene geregelte Vollendung Hummel's und Kalkbrenner's, oder die brillante, charakteristische Gediegenheit Moscheles', noch die

auf ganz andern, anomalen Bahnen so ausgezeichneten Vir-
tuofitäten eines Chopin, Thalberg und Henselt änderten
sein Urtheil, obwol er allen diesen die völligste Gerechtigkeit
widerfahren ließ. Thalberg war der letzte jener berühmten
Virtuosen, den er gehört und an dem er den hohen Grad
technischer Vollendung mit lebhafter Aufwallung bewunderte,
obwol ihm dessen Spiel schon darum kein höheres Interesse
einflößen konnte, weil es sich nur in zu mechanischen Aufgaben bewegte. Er sagte: „Ob er ein großer Spieler ist,
muß er erst an einem großen Meisterwerke zeigen; da muß
er die höchste und letzte Eigenschaft bewähren, den Stil. —
Henselt schätzte er höher als Thalberg, des größern Interesses
wegen, welches ihm dessen Compositionen einflößten, und
auch wegen des Vortrags einiger Beethoven'scher Sonaten.
Ihm erkannte er eine schöne Anlage zum Stil zu, die aber
nicht gehörig herausgebildet worden und an eigensinnig
gestellten Detailaufgaben zu scheitern drohe. Ueber Chopin
kenne ich sein Urtheil nicht genau genug; doch rühmte er
elegante Zartheit an ihm, klagte aber über ein gewisses zu
schnell Spielen, das er überhaupt haßte, da es nicht sowol
darauf ankomme, daß wirklich Alles, was vorgeschrieben sei,
gespielt werde, sondern, daß es sich auch dem Hörer klar
darstelle, was sehr oft, bei noch so geregelter Ausführung,
durch zu große Schnelligkeit verloren gehe. — Liszt hat er
niemals gehört.

Um in dem Bericht über Berger's äußern Lebenslauf
fortzufahren, so gestaltete sich dieser von jetzt an sehr glücklich. Er war, wie schon vorher erwähnt, bald in Ruf;
hatte als Lehrer so viel zu thun, daß er es kaum bestreiten
konnte. So schien denn seine Zukunft hinlänglich sicher gestellt, um nun auch an die Erfüllung der theuersten Wünsche
seines Herzens zu denken, die nur in der Vereinigung mit

Derjenigen beſtanden, die er jetzt in neunjähriger Prüfungs⸗
zeit mit unwandelbarer Treue geliebt hatte, und ebenſo wieder ge⸗
liebt worden war. Seine Heirath wurde feſtgeſetzt. Die
Braut faßte den, immer ſchweren, Entſchluß, ihre Vater⸗
ſtadt, das freundliche Frankfurt, mit dem unwirthbaren
Klima von St.⸗Petersburg zu vertauſchen, und reiſte im
Jahre 1807 dahin ab. Berger kam ihr bis auf die Hälfte
des Weges entgegen; in einem kurländiſchen Dorfe wurde
der Bund prieſterlich eingeſegnet, welcher ihm nicht nur
die treueſte, liebendſte Gefährtin zugeſellte, ſondern auch
eine, die von Dem, was ſeinem Leben die höhere Bedeu⸗
tung gab, von der Kunſt, bis zum innigſten Verſtändniß
durchdrungen war.

Mit dem Tage ſeiner Verbindung krönte ſich Berger's
glücklicher Lebenslauf. Für Jeden mag dieſer Moment des
Daſeins ein Gipfelpunkt ſein, doch nicht für Jeden ſcheidet
ſich damit die Lebensbahn ſo entſchieden in eine ſonnige
und eine dunkle Hälfte! Leider aber für unſern Freund!
Denn das Glück, dem ſein ganzes bisheriges Streben nach⸗
gerungen hatte, ſollte, kaum erlangt, ihm grauſam wieder
genommen werden. Nicht ein volles Jahr blieb er im Beſitz
der liebenden Gattin! Sie wurde Mutter; doch das Weſen,
dem ſie das Leben gab, koſtete das ihrige, und — welkte
ihr bald nach!

So ſtand er tief vereinſamt, war im innerſten Kern
ſeines Daſeins tödtlich getroffen, und, wir dürfen wol ſagen,
er hat dieſe Wunde niemals verſchmerzt!

Von nun an bemächtigte ſich ſeiner jener düſtere Geiſt,
der ſeine Lebensbahn ſchwer, trübe umwölkt hielt, ihm nur
einzelne warme Sonnenblicke gönnte. Selbſt die heiterſten
Tage blieben nicht ohne einen leiſen, ſchaurigen Schatten,
der oft plötzlich überhin gleitete und eine Saite der Weh⸗

muth berührte, die tief in der Brust nachklang! Wohl-
thuende Wendungen seines Geschicks, glückselige Ereignisse
hätten den finstern Dämon vielleicht bannen mögen; sie
traten nicht ein! — So haben wir denn von jetzt an die
wehmüthige Pflicht, die Nachtseite seines Lebenslaufs zu
schildern, aus der sich's erklärt, warum so reiche Keime und
Blüten des Genius, von so glücklicher Sonne gelockt, doch
nur zu so einzelnen, zwar köstlichen, aber allzu seltenen
Früchten gediehen!

Fünfter Abschnitt.

Kunstzustände in Petersburg. — Sonaten in F- und Es-dur. —
Politische Ereignisse. — Privathaß. — Flucht aus Rußland.

Der Aufenthalt in St.-Petersburg war für Berger jetzt
dem in einem öden Grabgewölbe gleich, dem er nicht zu
entrinnen vermochte, weil es zugleich Alles, was er liebte,
umschloß. Dehnten sich diese fesselnden Bande auch nach
und nach weiter aus, und gestatten sie ihm einen Blick in
den Umkreis der lebenden Welt, so erschien ihm diese doch
in ein dunkles, feindliches Nebelgrau gehüllt, in das kaum
der milde Genius der Kunst einen Schimmer von Licht
und Wärme zu werfen vermochte. Doch die mächtigste
aller Lehrerinnen, die Gewohnheit, ließ ihn endlich auch in
diesem schweren Dunstkreis des Daseins wieder leichter ath-
men; und zugleich hielt sie ihn mit wohlthuender Fessel,
in den Geleisen einer einmal eingeschlagenen Bahn der Lebensthätigkeit. Er wirkte als Lehrer fort, und auch zu
den mechanischen Foderungen und Opfern, die die Virtuo-

fität verlangt, blieb ihm die Kraft übrig. Doch bevor er sich wieder zu freierm Flügelschlage in den höhern Gebieten der Kunst erhob, gingen Jahre dahin!

Verstrichen diese gleich unter düster bewölktem Himmel, der der schöpferischen Kraft nicht günstig war, so wurden sie doch befruchtend in mancherlei Art für Berger. Es wird hier an der Zeit sein, seiner musikalischen Beziehungen in Petersburg zu gedenken. Von allen Ländern Europas war Rußland in jener Zeit dasjenige, wohin sich, trotz der unwirthbaren Steppen desselben, die Kunst flüchtete, und hier die begünstigendste Heimat fand. Denn der Krieg, der durch ganz Europa tobte, und namentlich Deutschlands Fluren zerstampfte, jagte die scheue Muse bis in diese fernen Himmelsstriche, wo sie, wenn auch keine milde Sonne, keinen ewig heitern Himmel, doch Schutz gegen die verheerenden Ungewitter des aufgestürmten Ares fand. Daher waren die künstlerischen Beziehungen in der fernsten Hauptstadt damals die lebhaftesten und reichsten. Berger verkehrte, außer mit den schon früher genannten Virtuosen seines Instruments, dort vorzüglich mit dem Componisten Johann Heinrich Müller*), den er für einen der unterrichtetsten und gründlichsten Harmoniker erklärte, die er je gekannt. Derselbe wurde noch in spätern Jahren, veränderter Lebensplane halber, Berger's Schüler auf dem Pianoforte, und brachte es, obwol er, da er zuvor nie Klavier gespielt, von den ersten Anfangsgründen beginnen mußte, doch in wenigen Jahren zu einer sehr achtbaren Fertigkeit.

*) Man vergleiche dessen Biographie im „Universallexikon der Tonkunst", wo jedoch die Art, wie derselbe noch im 25. Jahre das Klavierspiel erlernte, nicht ganz richtig angegeben ist; er wurde nicht Autodidakt, sondern Berger's Schüler.

Field soll außerdem, daß er Müller's Schüler gewesen, auch später bei der Instrumentation und überhaupt bei der Ausarbeitung seiner Concerte fürs Pianoforte Müller's Kenntnissen und praktischer Hülfe viel zu danken gehabt haben.

Einheimisch waren damals, wenigstens auf längere Zeitabschnitte, in Petersburg Karl Möser, Louis Maurer, Romberg, Rode. — Lafont, Baillot, ließen sich hören. Die Blüte der Virtuositäten seines Zeitalters lernte Berger auf solche Weise näher kennen und kam mit allen diesen Künstlern in genauere Beziehungen. Unter den in Petersburg Einheimischen sind noch die Gebrüder Gugel, Virtuosen auf dem Horn, zu nennen, die Berger als Künstler ungemein hoch schätzte, und sich später auch bei ihren Reisen nach Deutschland sehr freundlich und gastlich gegen sie erwies. Es würde zu weit führen, die Urtheile Berger's über alle diese Virtuosen einzeln mitzutheilen, so geistreich und treffend sie auch waren. Doch darf es nicht unangeführt bleiben, daß er Rode den Preis vor Allen, nicht allein als Violinspieler, sondern auch als Virtuos überhaupt zuerkannte. Ueber den Adel des Vortrags, über den Stil ging ihm Nichts; keine noch so glänzende Fertigkeit konnte ihm diese geistige Eigenschaft der Virtuosität ersetzen. Und darin stellte er Rode so außerordentlich hoch. „Sein edles Feuer, wie sein zarter Schmelz", äußerte er sich ungefähr über ihn, „waren gleich hinreißend. Nie habe ich einen so vollen edlen Ton gehört; niemals einen Virtuosen gekannt, der so vollständig jede Ungehörigkeit und Geschmacklosigkeit aus seinem Spiel verbannt, und die höchste Kunst so in der höchsten Einfachheit gesucht hätte." Wer Berger näher gekannt hat, wird besser zu würdigen wissen, in welchem Sinne diese Worte zu verstehen sind. Sie schlossen keineswegs die Anerkennung und Werthschätzung

großer technischer Fertigkeiten aus, doch sollte es nach
Berger das höchste Ziel derselben sein, Alles in unnachahm-
lichster Vollendung wiederzugeben. Es war das Streben,
das er selbst hatte, und was Klengel, wie wir oben erwähnten, richtig so bezeichnete: „Er spielte das Leichteste
so, daß es schwer war, es ihm nachzuspielen." So behauptete Berger, und gewiß nicht mit Uebertreibung, von
allen Virtuosen auf der Violine, die er vor und nach
Rode gehört, sei keiner im Stande gewesen, die ersten zwei
Takte des Quartetts in D-moll von Mozart so hinreißend
edel zu spielen, wie dieser, und keiner hätte es wagen dürfen, nach ihm die Violine in die Hand zu nehmen, um
diesen oder einen ähnlichen Satz vorzutragen.

Auf solche Weise mannichfaltig wieder von den bedeu-
tendern Erscheinungen in der Kunst angeregt, kehrte auch
der Drang zur Composition in Berger's Seele zurück.
Aus dieser Zeit stammen, außer mehren kleinern Arbeiten,
die zwei großen Sonaten in F-dur und Es-dur, beide
bei Schlesinger erschienen, und ein Theil seiner Etüden,
besonders jenes ersten Heftes, das er in Berlin bei Christiani
herausgegeben. Die Sonate in F-dur war ursprünglich
als Trio für Pianoforte und zwei Hörner (für die Gebrüder Gugel) entworfen. Warum er späterhin von diesem Plane abwich, ist mir entfallen. Die Klavierspieler
dürfen es ihm Dank wissen, denn sie sind auf diese Weise
in den Besitz eines selbständigen Tonstücks gelangt, das an
geistreicher Grazie, an glänzendem Humor, wie an romantischer Melodik wenige seines Gleichen hat. Dennoch geben
wir der Sonate in Es den Vorzug, und halten sie, zumal
das erste Allegro, für die beste Berger's, obwol er selbst
die große Sonate in C-moll (Sonate pathétique), welche
ursprünglich älter als jene, aber oft umgearbeitet ist, vor-

anstellte. Was uns für die in Es bestimmt, ist der rein
schöne Stil derselben; denn von allen Aufgaben ist die
schwierigste, die Darstellung der reinern idealen Schönheit,
ohne eine besonders hervorgehobene, in das Gebiet der Anmuth oder Erhabenheit hinübergreifende Charakteristik.

So verstrichen die Jahre allmälig ohne bedeutende Ereignisse für Berger's nächste Existenz. Um so gewaltsamer
waren die erschütternden Katastrophen der Weltgeschichte,
und endlich kam auch die Reihe an Rußland, nicht mehr
der ferner stehende Zuschauer und Mitwirker des großen
blutigen Dramas zu sein, sondern seinen noch unberührten
Boden zum Hauptschauplatz desselben werden zu sehen.
Napoleon rüstete seine riesenhaften Heermassen und pochte
mit eherner Faust an die Pforten des ungeheuern Reichs.
Bald wurde auch hier Alles aus den bisherigen Verhältnissen gerüttelt, und was noch so festen Bestand zu haben
schien, wankte, stürzte. Zu den eigenthümlichen Wirkungen,
welche der Ausbruch dieses Krieges im Innern Rußlands
übte, gehörte auch ein allgemein erwachender Haß und
Verdacht gegen alle Fremde, ohne Rücksicht auf das Land,
aus dem sie stammten.

Auch Berger erfuhr Aeußerungen dieser Stimmung.
Es waren ihm überdies anonyme Warnungen und Dro-
hungen zugegangen, und endlich rieth ihm einer der höhern
Polizeibeamten selbst, die Stadt lieber für den Augenblick
zu verlassen, als sich einer fernern Gefahr auszusetzen, gegen die man ihm keinen Schutz gewähren konnte. So ge-
dieh denn der schon vielfach erwogene und in Aussicht ge-
stellte Beschluß, Petersburg zu verlassen, zur plötzlichen
Reise. Doch auch dies war, besonders aber die Reise,
nicht ohne Gefahr, und selbst das Erlangen der Pässe in
den unruhigen Zeitläuften schwierig. Einer der hohen Freunde

und Verehrer des Künstlers schaffte indessen Rath und sandte ihn als Courier mit einer Depesche nach Schweden, wohin Berger sich zuerst wenden wollte.

Im Jahre 1812 also verließ er das Land, in dem er die glücklichsten und schwersten Tage gesehen, manches Herbe erlebt, manches Schwere errungen hatte; er verließ es, wie jede Stätte eines längern Weilens, nicht ohne Wehmuth. Ist doch der Mensch so geartet, daß die Gewohnheit ihn selbst an die kalte Scholle, auf der er, unzusammenhängend mit ihr, sich angesiedelt hat, durch allmälig keimende Wurzeln fesselt, die sein Losreißen nicht schmerzlos lassen. Vollends aber wo viele und bewährte Freunde die Zweige und Ranken ihres Lebensbaums mit denen des unserigen eng verflochten haben, wo aus geliebten Gräbern winkende Schatten heraufsteigen, flüsternde Geisterstimmen uns ein Lebewohl nachhauchen!

Sechster Abschnitt.

Aufenthalt in Stockholm. — Frau von Stael. — A. W. Schlegel. — Variationen über ein schwedisches Volkslied. — Reise nach England. — Verhältniß zu Cramer. — Sonate in C-moll. — Würdige Stellung Berger's zu den höhern Ständen. — Feier der Schlacht von Waterloo. — Sehnsucht nach der Heimat. — Rückkehr.

Berger's Weg ging durch Finnland nach Stockholm. Schweden sollte nur ein Durchgangspunkt für ihn sein; England, wo sein alter Lehrer Clementi ihn zum zweiten male unter seinen schützenden Auspicien die künstlerische Heimat öffnen konnte, war das eigentliche Ziel der Reise

Doch blieb Stockholm ein merkwürdiger Punkt für seine geistigen Beziehungen, da er dort unter andern künstlerischen und wissenschaftlichen Berührungen von Interesse auch mit Frau von Stael und August Wilhelm von Schlegel bekannt wurde. Die Erste hatte in ihrer, wenn auch schroffen, doch lebendig, feurig geistreichen Weise einen unauslöschlichen Eindruck in ihm zurückgelassen. Schlegel's absolut unmusikalischer Sinn bot ihm freilich gar keine nähern Beziehungen zu demselben dar, doch nahm er einen zu lebhaften Antheil an allen Richtungen und Regungen geistiger Thätigkeit, als daß er die Begegnung mit diesem bedeutenden Manne nicht gleichfalls ihrem Werthe nach gewürdigt hätte, obwol er in Beziehung auf dessen kritisches Verhältniß zu Goethe und Schiller ein literarischer Gegner desselben war. Ein gegenseitiges Verhältniß der Werthschätzung kann wol kaum stattgefunden haben; doch dies veringert Berger's Bedeutung nicht. Denn' ihm darf man es ehrenvoll zurechnen, die hohe Gültigkeit des Schriftstellers richtig gewogen zu haben, während es Schlegel versagt blieb, den musikalischen Künstler ebenso richtig zu würdigen, der auf seinem Gebiet gleichfalls einen so hohen Werth behauptete.

Berger ließ sich in Stockholm öffentlich hören, und trug außer einem Concert, das er sich geschrieben, auch die Variationen über ein schwedisches Volkslied vor, die eine der ältern Publicationen, nicht Compositionen, desselben bilden. Es ist bekannt, daß Karl Maria von Weber dasselbe Thema ebenfalls zu Variationen gewählt hat, die mit zu seinen gediegensten gehören. Und doch, — man vergleiche! Der Reichthum in Berger's Variationen, die Originalität der Gedanken, die, obgleich auf denselben Stamm gepfropft, doch in so reizender Mannichfaltigkeit erblühen! Die große Variation Alla marcia mit ihrer prachtvollen Ausweichung in F-dur, ist, mit dem mächtigen Feuer vorgetragen, das Berger in die Execution legte, von einer Wirkung, wie sie kaum irgendwo wieder, selbst in dem effectreichsten neuern Glanzstücken anzutreffen ist; vollends die Tiefe der Composition in Anschlag gebracht! Nur in der freien Phantasie erscheinen leicht einige Längen, wenn der Vortrag im Sinne des Componisten, der sich jedoch für Denjenigen schwer herausfindet, der ihn nicht aus traditioneller Ueberlieferung hat, sie nicht ausgleicht.

Von Schweden ging Berger nach einem Aufenthalte von einigen Monaten nach dem glücklichen, freien, stolzen England hinüber, das damals der einzige Damm in dem brausenden Weltmeer des Kriegsgetümmels war, an dem sich die Alles verschlingende Woge der Napoleonischen Heeresgewalt brach. Von dort her nahm Berger in der Folge den Maßstab seiner politischen Gesinnungen, die einen wesentlichen Moment seines Charakters bilden, den wir aber für jetzt noch bei Seite lassen müssen.

Berger fand in England die wohlwollendste Aufnahme bei seinem alten, ihm nun zum Freunde gewordenen Lehrer Clementi. Bald sah er sich auch von andern berühmten Musikern gekannt und hochgeehrt, besonders von Cramer und dem gelehrten Dr. Crotch. Cramer's Etüden, die Berger schon in Petersburg mit besonderer Vorliebe studirt hatte, und die, vorzüglich durch ihn, später in Norddeutschland bekannt wurden, gaben ihm eine eigenthümliche Beziehung mit dem Componisten derselben. Er ließ sie sich von diesem spielen, modificirte danach theils seine Auffassung, theils suchte er sie geltend zu machen. Cramer mußte der Genialität derselben, wie der feinen Geschmacksbildung, die daraus hervorging, volle Gerechtigkeit widerfahren lassen, noch mehr aber Berger's Ueberlegenheit

in einem einzelnen Theile der Virtuosität, in der Fingersetzung anerkennen. Diese hatte er in der That bis zu
einem seltenen Grade der Meisterschaft studirt, sodaß er
nicht nur überraschende Effecte, zumal im gebundenen Spiel,
dadurch hervorbrachte, sondern auch Dinge als möglich erscheinen ließ, die Erstaunen erregen mußten. Wie es so
oft zu sein pflegt, so war die Noth hier seine Lehrerin gewesen; denn er hatte eine so kleine Hand, daß es ihm
schwierig wurde, die Octaven zu spannen; um diesen Mangel
zu ersetzen, mußte er alle Erfindungsgabe aufbieten. Den
schlagendsten Beweis von seiner Meisterschaft im Fingersatz
findet der Sachkundige in der Ausgabe der Cramer'schen
Uebungen mit Berger'scher Fingersetzung, wo (wie z. B. in
der dritten Uebung in der linken Hand) durch Ablösung
und künstliches Untersetzen ein vollkommenes Binden sogar
da erreicht wird, wo sich nach Berger's Bericht der Componist selbst mit einem geschickten Springen behalf. Die
Vorbereitung zu einer solchen Möglichkeit beginnt aber oft
schon vier, fünf Takte vor der eigentlichen Schwierigkeit. —
Setzte Berger sich so bei den größten Meistern seines Instruments durch seine Wissenschaft des Klavierspiels in Achtung, so geschah es noch mehr durch sein von Geist und
Feuer durchdrungenes, durch Anmuth belebtes Spiel,
welches damals wol in seiner größten Blütenhöhe war.
Noch mehr imponirte er aber als Componist, und trat auch
bald als solcher in die Oeffentlichkeit, was bisher, außer
mit einigen Jugendversuchen, noch gar nicht der Fall gewesen war. Abermals ein Beweis, wie es des äußern
Anstoßes bei ihm bedurfte. Denn Clementi, der, nachdem
die Virtuosität bei ihm zurückzutreten anfing, mit seinem
thätigen, unternehmenden Geiste eine Instrumentenfabrik
und zugleich eine Musikhandlung gegründet hatte, wollte

das große Talent eines Schülers, auf den er stolz sein durfte, nicht unerkannt lassen. Er drängte ihn zur Herausgabe seiner Compositionen, und so erschien denn rasch hintereinander die große Sonate in C-moll die durch ihren gehaltenen Stil so meisterhafte Toccata, ein reizendes Rondeau pastorale, der feurige „Pyrenäenmarsch" und die Fuge mit Präludium in D-moll, ein Werk, welches ein Meister im strengen Satz, wie Bernhard Klein, für eines der vollendetsten erklärte, was den Verein des Contrapunktes mit der Freiheit der Erfindung anlangt. — Man sieht, wie eifrig auch der Musikhändler Clementi die Herausgabe der Berger'schen Werke betrieb, weil er wohl wußte, was er that.

Der „Pyrenäenmarsch" veranlaßt uns, die eigenthümliche Art seiner Entstehung zu erzählen. Er verdankte diese, und seinen Namen, dem Siege des Herzogs von Wellington bei Vittoria. Die Nachricht davon war eben eingetroffen und erregte einen jubelnden Enthusiasmus in London. Berger befand sich bei Clementi im Laden, als ein Freund dieselbe mittheilte. Der speculative Kopf des alten Italieners behielt Ruhe genug, um dem Enthusiasmus einen finanziellen Vortheil abzugewinnen. Er rief sogleich aus: „Das ist eine Gelegenheit, die man ergreifen muß. Es muß darauf Etwas componirt werden, — ein Marsch, den wir danach taufen. Berger, Sie müssen einen Marsch liefern, auf der Stelle muß er erscheinen." — Berger, dessen Natur sich gegen nichts so sehr sträubte als gegen ein augenblickliches Entschließen und Handeln, hatte Bedenklichkeiten. Clementi wurde nun um so eifriger;" auf der Stelle sollte sich Berger hinsetzen und Etwas aufs Papier werfen. „Die Kritik kommt lange nach dem Erfolg", rief er aus. Berger sträubte sich noch weiter; es falle ihm nicht gleich ein gutes Thema ein; bei solcher Gelegenheit dürfe man nur das

Beſte darbringen, und was der Ausflüchte mehr waren.
Doch Clementi ließ nicht nach, brauchte ſeine Autorität als
Lehrer und gab dem alten Schüler das Thema, indem er
rief: „Voilà un thême de Mozart!“ und den Anfang des
geiſtreichen Concerts in C-dur ſummte:

So zwang er ihn, halb mit Scherz, halb mit Ernſt, wirklich auf der Stelle an die Compoſition zu gehen. Und zwei
Tage darauf wurde der „Pyrenäenmarſch“ in vielen tauſend
Exemplaren durch ganz London verbreitet, und in jeder Form
des Arrangements an allen öffentlichen Orten geſpielt.

Die Erſcheinung der Compoſitionen Berger's bei Clementi erregte, wie es nicht anders ſein konnte, großes Auf-
ſehen in der künſtleriſchen Welt Londons. Vor allen war
es die große Sonate in C-moll, deren wir ſchon öfter gedachten, und die Berger für ſeine beſte hielt (insbeſondere
aber den letzten Satz), welche ihm wahrhafte Bewunderung
erwarb. In einem muſikaliſchen Journal erſchien eine eigene
Abhandlung über die Vortrefflichkeit dieſes Werks, worin
es den beſten Arbeiten der größten Meiſter in dieſer Gattung gleichgeſtellt wurde. Es iſt damit nicht zu viel geſagt:
hätten die Arbeiten Berger's die Autorität eines der größten,
allgemein gekannteſten Namen für ſich, ſo würden ſie dieſelbe auch im ganzen Publicum vollgültig vertreten.

Wir kehren zur Lebensgeſchichte unſers Freundes zurück.
Auf die gedachte Art hatte er ſich ſofort bei allen Künſtlern
das größte Anſehen erworben, und der echte Ruf, auch im
Publicum, beruht immer noch auf dieſer Baſis. Dieſen gewann ſich Berger gleichfalls ſehr ſchnell, theils durch ein
großes Concert, das er in Drury Lane gab, theils und

noch mehr durch die unmittelbare Einwirkung seiner Per-
sönlichkeit, die von eigenthümlichst beherrschender Art war.
Berger konnte gar nicht begreifen, wie in dem freien, die
ursprünglichen Rechte des Menschen in ihrer völligsten Echt-
heit so anerkennenden England die ursprüngliche Unwürdigkeit des Menschen ein so knechtisches persönliches Verhältniß, eine solche Demüthigung vor der Aristokratie des
Reichthums und der Geburt erzeugen konnte. Mit tiefster
Verachtung hat er mir oft davon gesprochen, mit welcher
kriechenden Unterwürfigkeit sich selbst bedeutende Künstler
vor den reichen Großen und Kaufleuten Londons wahrhaft
nichtswürdig schmiegten. Dies war Berger's Natur durchaus zuwider; er gab seine geistigen Berechtigungen niemals
auf, und vollends nicht in einem Lande, wo die Gesetze
ihm den vollsten Gebrauch derselben gestatteten. Und
was war die Folge? Daß er geachteter, günstiger in jeder
Beziehung, in den höchsten Classen der Gesellschaft bestand
als seine anders denkenden und handelnden Collegen. Berger war z. B. als Virtuos nicht zu kaufen für die Gesellschaft, wie es in England Sitte ist. Erschien er in einer
Gesellschaft, so betrachtete er sich durchaus als ein gebildetes
Glied derselben und verzichtete auf kein Recht, das ihm
als einem solchen zustand. Er kargte nicht mit seinem Talent, aber er ließ sich auch auf keinen Frohndienst ein. Er
spielte, wenn er spielen wollte, wenn Verhältnisse und Stimmung ihn dazu auffoderten; jedoch nicht, wenn ein vorneh-
mer oder reicher Mann meinte, eine solche Gabe seines Talents fodern zu dürfen. Genug, er traf das rechte Maß,
weil er von einer innern Wahrheit ausging und sich Nichts
aufzwang oder aufzwingen ließ. Wie ihm dies denn auch
die rechte, vortheilhafte Stellung gab, davon zeuge folgende
Anekdote. Er war in London in einer Gesellschaft beim

Herzoge von .... geladen. Mit ihm zugleich ein sehr
berühmter Virtuos, viel berühmter als Berger, dessen Instrument wir nur zu nennen brauchten, um ihn der ganzen
musikalischen Welt kenntlich zu machen. Berger hatte die
Einladung wie eine gesellige Höflichkeit angenommen. Jener
aber erklärte sogleich, falls er spielen solle, geschehe es nur
gegen ein Honorar von so und so vielen Guineen. Der
Herzog ließ darauf ohne Weiteres das Instrument des Künstlers abholen. Die Abendgesellschaft war glänzend; die
höchsten politischen und künstlerischen Notabilitäten Londons zugegen. Berger wurde mit ausgezeichneter Höflichkeit empfangen, der Tochter des Hauses vorgestellt, mit der
artigen Bemerkung des Vaters: „Sie würde Ihre Schülerin sein, wenn Herr Cramer nicht vor Ihnen in London
gewohnt hätte." Einige Künstler ließen sich hören, auch
Berger wurde darum ersucht, that es und wurde mit Artigkeiten überhäuft. Nach ihm spielte jener berühmte Virtuos;
als er geendet hatte, trat der Kammerdiener des Herzogs
an ihn heran, übergab ihm die geforderte Summe, doch zugleich seinen Hut, und meldete ihm, daß sein Wagen bereit
sei. Berger blieb in der Gesellschaft mit den vollen Rechten
eines dazugehörigen Mitgliedes, und wurde während seines
ganzen Aufenthalts in London nicht von dem Herzoge allein,
sondern von der ganzen Gesellschaft seines Ranges mit
größter Achtung behandelt. So gibt der Künstler sich selbst
die Stellung zur Welt!

Die Umstände, unter welchen Berger seine unabhängige
Stellung behauptete, machten diese nicht blos zu einer würdigen, sondern auch zu einer höchst merkwürdigen Eigenschaft bei ihm. Er gehörte nämlich (wie wir schon oben
bemerkten) im vollen Sinne der liberalen Gesinnung in der
Politik an, und verhehlte diese den höchsten Ständen gegen-

über durchaus nicht; in dem freien, glücklichen England, wo man gewohnt ist, die schärfste politische Opposition fest= zuhalten, ohne dadurch die geselligen Verhältnisse zu beein= trächtigen, mochte daraus keine Schwierigkeit für ihn er= wachsen. Allein er brachte diese politischen Ansichten auch auf den Continent mit herüber und fiel damit in eine Zeit der herbsten Spaltungen und Kämpfe; und dennoch hat er sich fest und unverhehlt ausgesprochen, sogar gegen Königs= söhne (seine Schüler), ohne jemals seine anderweitigen Be= ziehungen zu Personen dieser Stände geschmälert zu sehen. Dies war nur möglich durch die echte Würde, die er als Mensch behauptete, durch die Hochachtung, die er sich überall zu bewahren wußte, selbst wo er als Gegner, und in hy= pochondrischer Stimmung bisweilen sogar als ungerechter Gegner auftrat. Nur so allein erklärt es sich, daß er in einem fast ununterbrochenen Verkehr mit den höhern Stän= den, besonders dem Adel, der wirklich geliebte, ja verehrte Lehrer blieb, dem man weit über seine Lehrstunden hinaus oft innige Theilnahme widmete.

Dabei war Berger auch ein echter deutscher, preußischer Patriot, und der Aufenthalt in London gab ihm Anlaß, dies auf eine Weise zu bethätigen, die für ihn ebenso ehrenvoll, als in dem Erfolge erfreulich war. — Die Schlacht bei Waterloo wurde gewonnen. Ganz London war in einem Taumel des Enthusiasmus. Alles feierte die Helden des Tages, zunächst aber die Engländer begreiflicherweise den Namen Wellington's. Doch war Blücher's Name fast mehr in das eigentliche englische Volk gedrungen als selbst der des vaterländischen Feldherrn. Blücher's Natur war so populär, daß sich die Erscheinung daraus erklärt; Welling= ton blieb bei allem Ruhm doch ein Held der höhern Stände. Berger empfand, ohne sich diesen Unterschied eigentlich klar

gemacht zu haben, rein als Preuße. Die großen Weltbe=
gebenheiten (wie er denn an diesen stets einen Antheil
nahm, der ihn leider oft nur zu sehr seinem künstlerischen
Wirkungskreise entrückte) verfolgte er überhaupt mit Begei=
sterung. Daher fand er sich jetzt berufen, die Ehre seines
Volkes zu vertreten. Niemals karg, war er im rechten
Augenblick ohne Grenzen freigebig; er setzte daher eine
namhafte Summe daran, um bei der allgemeinen Illumi=
nation Londons, die zur Feier des weltgeschichtlichen Sieges
stattfand, den preußischen Helden zu verehren. Er ließ das
Haus, in welchem er wohnte, glänzend erleuchten, doch nur
Blücher's Name, in strahlender Flammenschrift *) prangte
an der Fronte, und bekundete, daß hier ein Preuße wohne
und zunächst das Recht und die Pflicht habe, den Ruhm
seines Volkes zu verherrlichen. Die Wirkung war eine un=
beschreibliche. Denn das englische Volk fand hier seinen
Helden gefeiert, den Volkshelden des ganzen Europas, das
gegen Frankreich kämpfte. Die Scharen versammelten sich
gedrängt vor Berger's Hause und brachen in ein so stür=
misches Jubeln aus, daß das „Blücher for ever!" die
ganze Nacht hindurch ertönte. Und, wie die londoner
Volksmenge sich gern herrschend zeigt, so war es nicht sie
allein, die ihren freiwilligen Jubelruf erhob, sondern sie
foderte ihn als einen schuldigen Zoll für den Helden, und
hielt jeden Wagen, unbekümmert um das Vornehm oder
Gering der Darinsitzenden, an, bis er dem Namenszuge
Blücher's die gebührende Ehre angethan. So währte das
jubelnde Treiben fort, bis der helle Morgen das Fest
endigte.

---

*) Ich kann mich nicht entsinnen, ob nicht auch Blücher's Bild=
niß, möchte es aber fast glauben.

Berger erzählte diesen Vorfall mit echt vaterländischem Stolz und freute sich dieser Verherrlichung eines preußischen Helden auf fremdem Gebiet noch lange in der Erinnerung.

In unserm Freunde hatte sich die Sehnsucht nach den heimatlichen Fluren längst geregt! Seinen nur halb vernarbten Wunden entquollen noch oft Tropfen des innersten Herzblutes, und die rauhe nordische Fremde bot ihm den milden Balsam der Heilung nicht dar. Die sanfte, geliebte Hand, welche ihn allein bereiten konnte, reichte sich ihm nur in der Vaterstadt. Seine ganze Seele drängte ihn dahin. Die Weltereignisse kamen ihm glücklich zu Hülfe. Der letzte ungeheure Kampf hatte endlich den Preis errungen; die Friedenspalme wehte über der Erde; die Rauchgewölke, die noch über halbverglommenen Brandstätten und Schlachtfeldern schwebten, verzogen sich leise in den blauen leichten Aether, und aus dem zerstampften blutgedüngten Boden keimten grüne Saaten der Hoffnung auf, welche die furchtbaren Spuren der Vergangenheit mit mildem Teppich verhüllten.

„Dahin — dahin!" zog es jetzt unsern Freund! Alle mächtigen Erinnerungen und Triebe der Jugend wachten auf; er mußte die Fluren wiedersehen, wo seine Hoffnungen so reich geblüht hatten, wenn er sie auch jetzt in welkendem Herbstlaube herabfallen sah! — Nichts konnte ihn mehr in London halten! Die Segel schwellten, der Anker wurde gelichtet, das Meer lag hinter ihm, er betrat den Boden des Festlandes wieder mit heiligen Schauern seliger Wehmuth! — Die Thürme seiner Vaterstadt, denn dafür galt ihm Berlin, dämmerten bläulich am Horizont empor! Nach zwölf wechselvollen Jahren — welch ein Augenblick! Oft hat er mir das Unvergeßliche desselben mit thränenden Blicken geschildert! Wie durch Berührung mit einem

Zauberschlage erfüllte sich ihm beim Anblick jener blauen Thurmspitzen die ganze Brust mit dem bedrängenden Uebermaß aller seligen und schmerzlichen Erinnerungen der Jugend und Vergangenheit! Und diesen blühenden Traumbildern gegenüber die entblätterte Gegenwart!

Die Schmerzen beider mußten überwunden werden; eine Zukunft beginnen; und für diese reichte ihm herzlichste Liebe, zumal die schwesterliche, von allen Seiten die treue Hand.

Siebenter Abschnitt.

Erste Bekanntschaft des Autors mit Berger. — Berger als Lehrer. — Verständnisse der Werke Beethoven's. — Ein merkwürdiges Beispiel.

Von nun an ist er ganz wieder der Unserige; wir sehen ihn nicht mehr aus entfremdender Ferne der Zeit und des Orts, sondern in nächster, vertrauter Nähe, und schöpfen in der lebendigen Gegenwart. Gilt dies allen heimatlichen Freunden des Dahingegangenen, so gilt es noch mehr und ganz besonders dem Verfasser dieser Darstellung. Denn erst von dieser Zeit an begannen seine persönlichen, unmittelbaren Beziehungen zu Berger. Zuerst als Schüler, dann als verehrender Jünger des Meisters, endlich, selbst zum Manne gereift, als Freund, ist er in fast ununterbrochener Nähe den verwandten Lebenspfad mit ihm gewandelt. Die Wirkung dieser nahen, eine Reihe von Jahren eng vertrauten Beziehungen konnte sich zwar auch auf die Darstellung der ersten Lebensabschnitte ausdehnen, und Manches in diese

hinüberziehen, was nur in späterm Umgange zu gewinnen
war; doch erst jetzt fühlt sich der Verfasser ganz auf sicherm
Boden des Berufs, und kann mit der vollsten Freundes=
wärme und innersten Ueberzeugung sich demselben hingeben.
Denn von nun an ist Berger's Leben zum großen Theil
auch das des Darstellers selbst, und er kann fast nicht um=
hin, dem Bildniß des Freundes sein eigenes, wenn auch
nur in andeutenden Umrissen, fortdauernd zuzugesellen.

Bei einem Jugend= und Universitätsfreunde Berger's,
dem auch ich durch mannichfaltige Verhältnisse zu innerster
Dankbarkeit verpflichtet bin, sah ich Berger zum ersten male.
Ich war damals sechszehn Jahre alt und betrachtete den
fremden berühmten Künstler mit jugendlich ehrfurchtsvoller
Scheu. Nicht zu schildern vermag ich es, wie mir bei sol=
cher Gesinnung die freundlich liebreiche, ganz anspruchslose
Weise erschien, mit der Berger sich zu mir wandte; eine
Weise, die er, wie ich späterhin oft bemerkt, rein aus na=
türlichem Wohlwollen, ohne sie irgend zu suchen, beson=
ders jüngern Leuten gegenüber hatte, zu deren offenem
Sinn sein eigener, in dieser Art bis ins späteste Alter ju=
gendlich unschuldig gebliebener Charakter ihn sehr leicht
hinführte.

Man wollte Etwas singen. Es war aber nur ein
äußerst mangelhaftes Instrument, zum eigentlichen Klavier=
spiel völlig unbrauchbar, vorhanden, doch Berger fand sich
freundlich bereit, Alles zu begleiten. Man wählte die In=
troduction und das erste Duett aus „Don Juan“, und hier
zeigte sich mir zuerst die wunderbare Kunst genialer Auf=
fassung und großartigen Stils, die ich nachher niemals
wieder in dem Grade bei irgend einem Virtuosen gefunden.
Auf dem elenden Instrument spielte er mit einem Feuer,
einer Wirkung, daß man den Gesang vergaß. Es war

dies allerdings vielleicht die glänzendste Periode seines Virtuosenthums, allein Geist und Bedeutung desselben unterschied es auch in solchem Grabe von dem aller Künstler, die ich bisher gehört, daß es mich wie eine ganz neue Erscheinung, ein plötzlich enthülltes Wunder ergriff. Diese kleine, zierliche Virtuosenhand schien mit einer zauberischen Kraft begabt; unter ihr gewann das gebrechlichste, klanglofeste Instrument eine hinreißende Gewalt, einen wunderbaren Reiz, den zuvor nicht die leiseste Ahnung verrathen hatte. Alles war auf gleiche Weise von der Kunst Berger's hingerissen.

Ich hatte von jenem Augenblick an keinen höhern Wunsch, als Unterricht von ihm zu erhalten. Und diese Wirkung, welche sein Spiel auf alle Hörer machte, daß man darin bisher noch ganz unenthüllte Geheimnisse der Kunst zu entdecken glaubte, die nur er überliefern könne, erwarb ihm den unter den später obwaltenden Umständen sonst unerklärlichen Andrang von Schülern, deren Vertrauen er allerdings mehr als rechtfertigte, nur daß man bald inne ward, das Geheimniß lasse sich nicht verkaufen, sondern müsse errungen werden, und koste, alles führenden Beistandes ungeachtet, einen Kampf der höchsten Anstrengung. Es dürfte hier am Orte sein, gleich Einiges über die Eigenschaften Berger's als Lehrer zu sagen. Sie waren höchst merkwürdig. Er, der seit dem Jahre 1815 nicht öffentlich gespielt hatte, der in den letzten zehn Jahren nur noch sehr selten aufgelegt war, überhaupt vor Jemandem zu spielen, und dessen tiefe Hypochondrie und wirkliche Kränklichkeit ihm mehr und mehr alle nöthigen Kräfte zum Spiel untergruben — Berger blieb doch bis ans Ende seines Lebens der gesuchteste Lehrer Berlins zu den höchsten Unterrichtspreisen. Er verreiste jährlich zwei, drei, vier Mo-

nate; war theils aus hypochondrischer Laune, theils aus
Kränklichkeit unregelmäßig in der Ertheilung der Stunden;
zeigte sich oft sehr reizbar, und dadurch völlig ungerecht
gegen die aufmerksamsten und fleißigsten Schüler und
Schülerinnen; genug, hatte so viel Mängel als Lehrer,
daß diese bei einem selbst ausgezeichneten Virtuosentalent
mehr als hinreichend gewesen wären, ihn für den Unterricht in einer Hauptstadt bald völlig außer Thätigkeit zu
setzen. Trotz alledem entstand die Abnahme seiner Schüler
nur dadurch, daß er nicht mehr Unterricht zu geben vermochte als einige Stunden des Tages. Auch hatte er nie
eine Concurrenz gefürchtet, oder vollends einen kleinlichen
Neid gezeigt, sondern wie er es im Vertrauen auf seine
Kräfte konnte, war er jedem Virtuosen seines Instruments,
der sich in Berlin niederließ, nach Kräften gefällig und behülflich zu seinen Zwecken, und seinen zahlreichen, selbst
zur Virtuosität herangebildeten Schülern, unter denen viele
als Spieler längst bei weitem mehr in der Öffentlichkeit
verkehrten und galten wie er selbst, wies er fortdauernden
Unterricht zu, von dem Ueberfluß, den er selbst nicht bestreiten konnte. Selbst in den letzten Jahren seines Lebens
hatte er Schüler und Schülerinnen, die, um nur Etwas
von ihm zu haben, halbe Stunden, oder alle vierzehn Tage
nur eine nahmen!

Diese Erfolge geben das beste Zeugniß jenes außerordentlichen Uebergewichts in seiner Kunst und im Lehrta-
lent ab, welches wir stets für Berger geltend gemacht haben, und das ihn als eine Autorität auch bei Denen erhielt, die ihm in der Technik und im Ruf weit überlegen
waren.

Berger's Genialität als Lehrer und Spieler wurde besonders charakterisirt durch die Art und Weise, wie er

Beethoven's Schöpfungen für das Pianoforte im großartigsten Sinne und doch echt künstlerisch, unter dem allgemein gültigen Gesetz des Schönen, auffaßte, einstudirte und selbst ausführte. Als Ferdinand Ries sich in Berlin befand, um seine Oper, „Die Räuberbraut", einzustudiren, waren wir eines Abends in traulicher Künstlergemeinschaft bei Bernhard Klein zusammen; Dieser, Ries, Berger und ich. Man muß Bernhard Klein's begeisterte, Alles mit sich fortreißende Künstlernatur gekannt haben, um nachzuempfinden, wie künstlerisch erregend ein solches Beisammensein war, wie Scherz, Witz, Satire, Humor, tiefster Ernst, Geistesfunken und Flammen aller Gattungen um ihn selbst sprühten, und in sinnverwandten Geistern angefacht wurden, wenn ihn der goldene Aether und Duft des Weins mit seinen zauberischen Schwingen über die ihn so belastende Erdschwere des Lebens emporhob. In solcher Stunde foderte er Ries auf zu phantasiren; da dieser vielleicht aus Scheu vor der Gegenwart der künstlerischen Ueberlegenheiten, die er wohl zu würdigen wußte, wenngleich sie es in der Welt nicht zu einer der seinigen gleichen Geltung gebracht, sich weigerte, drang Klein, einen andern Gedanken aufgreifend, in ihn, eine Sonate von Beethoven zu spielen, die er bei diesem selbst studirt, um einmal zu hören, wie der . Schöpfer sie aufgefaßt habe. Ries zeigte sich bereit, und überließ es uns, zu wählen; wir foderten die Sonate pa-thétique.

Er setzte sich ans Pianoforte und spielte; doch die Wirkung war, als ob man uns Eis in die Glut unserer Stimmung schüttete. Der Eindruck war zu schroff, und zugleich zu merkwürdig, um ihn mit Stillschweigen zu übergehen; und befreundet, wie wir untereinander waren, erklärten wir, wie aus einem Munde, daß uns diese Auf-

faſſung völlig ungenügend erſcheine. Wir gingen näher auf
die Sache ein, foderten Erklärungen; Ries gab ſie, ver-
theidigte ſich, ſtützte ſich auf die beſtimmteſten Ausſprüche
Beethoven's und führte noch andere verwandte Fälle an.
Klein, der leicht die Geduld verlor, rief endlich aus: „Das
Alles hilft nichts, wir müſſen That gegen That ſetzen, ich
würde ſo ſpielen." Er ſpielte einen Abſchnitt des erſten
Allegros mit edelm künſtleriſchem Feuer, in würdiger Auffaſſung, doch nicht zugleich mit der Verſchmelzung, der
Ausgleichung aller Rauheiten, der feinern Hülfsmittel des
Inſtruments, wodurch der wirkliche Virtuos ſich vor dem
blos muſikaliſch ſichern Spieler auszeichnet. Berger meinte
hierauf, dies ſei Etwas aber nicht Alles; er habe ſich dieſe
Sonate lange Zeit zum beharrlichen Stubium gemacht, und
wolle nun auch ſeine Weiſe zum Beſten geben. Hierauf
ſetzte er ſich an das Inſtrument; und als werde es ſich nun
erſt ſeiner Kräfte unter der Führung des echten Meiſters
bewußt, gab es gleich in den erſten Accorden eine ſolche
Fülle des Tonſtroms von ſich, daß ſchon dadurch ſein Sieg
völlig entſchieden war. Vollends aber in der Auffaſſung
des Werkes ſelbſt, und in der Durchführung deſſelben bis
ins kleinſte Detail hinein, entwickelte ſich erſt, was geniale
Tiefe der Durchdringung verbunden mit der künſtleriſchen
Beherrſchung der Mittel, den Gedanken ſo wiederzugeben,
wie man ihn innerlich gefaßt hat, vermochte. Die in der
Mechanik im Verhältniß zu andern, zumal neuern Aufgaben des Inſtruments, ſo leichte Sonate gewann (ohne Zu-
ſätze und Veränderungen, z. B. der Accorblagen, wie neuere
Spieler ſich geſtatten) eine Pracht und edle Fülle, die ſie
als das ſchwierigſte Tonſtück erſcheinen ließ. Das wunder-
volle Crescendo des Themas ſtürmte wie auf Adlerſchwin-
gen empor, und doch fühlte man, daß die Macht, welche

diesen brausenden Flug erzeugte, ebenso die Macht behielt, ihn zu hemmen; die großartigen Accorde und Rhythmen, die den Strom brechen, stellte der Spieler schroff wie Felsabhänge, mächtig geklüftet hin, und die Passage nach der Tiefe brauste wie eine blitzende Cascade darüber hinab, drunten hohl donnernd. Diese großartigen Züge, diesen wahrhaft erhabenen Stil störte nichts; die geringste Kleinigkeit war in das Ganze gepaßt, und die Hinüberführung aus dem wogenden Elemente in den wehmuthvollen Ernst, die rührende Klage der Melodie unnachahmlich schön. Hier war nichts ängstlich berechnet, und doch Alles scharf erwogen; es ergoß sich der Strom vollster Verschwendung, allein wie in der Natur, geleitet durch das Auge der weisesten Benutzung. Wir Alle, selbst Ries, wurden entzückt durch das großartige, edle Ganze, und er gab zu, daß diese Auffassung ganz dem schaffenden Geiste Beethoven's gemäß sei, er aber Eigenheiten gehabt habe, gegen die Niemand, am allerwenigsten seine Schüler, aufkommen konnten. Ich aber glaube, daß, hätte ein gnädiger Himmel dem hohen Meister den Sinn des Gehörs in seiner edeln Reinheit zurückgegeben, und er dann den ihn im Innersten verwandten Kunstgenossen so die Aufgabe lösen hören, die er gestellt, er würde ausgerufen haben: „Wahrlich das bin ich!"

Ich habe die Sonate seitdem oft von trefflichen Spielern, von solchen, die in der Gewalt der Finger Berger weit überlegen sind, gehört. Doch Keiner hat sie mit diesem Feuerstrom des Geistes durchdrungen, der allein das göttliche Leben in ihr weckt, zu dem der gigantische Prometheus, der sie schuf, ihr den olympischen Funken eingehaucht. —— ——

Wer für solche Eigenschaften Sinn und Verständniß

hatte, für den war Berger als Lehrer so unschätzbar, daß er ihm alle seine Mängel, die sämmtlich aus seinem Charakter entsprangen, nicht nur gern vergab, sondern ihm mit wahrer Liebe für die geistigen Güter zugethan wurde, die er ihm verdankte. Nicht allein daß Berger so auffaßte und ausführte, sondern er wußte sich und Andern über Alles die genaueste Rechenschaft zu geben, und alle mechanischen Hülfsmittel auf das vortheilhafteste in Bewegung zu setzen, um das geistige Resultat zu erreichen. Solche Ueberlegenheit des Lehrers gegen den Lernenden erzeugt zunächst Ehrfurcht, in der Weise aber, wie Berger sie, nie hochmüthig, sondern stets in reiner Begeisterung für die Sache geltend machte, auch Liebe. Und, wie gesagt, gewann er sich einen Grad der Neigung und Anhänglichkeit unter seinen Schülern, die ihm von Vielen in unverbrüchlicher Treue bis an das Grab bewahrt worden ist.

Dies möge genügen, die Lehrereigenschaften unsers Freundes zu charakterisiren. Sie erzeugten auch, wie zahlreiche Zeugnisse der Gegenwart beweisen, die fruchtbarsten Resultate. Nicht nur, daß der ganze Klavierunterricht in Berlin einen völlig andern Schwung nahm, daß Berger die Blüte der ausgezeichnetsten Dilettanten fast sämmtlich gebildet, so hat er auch in der Reihe von Jahren, die er wirkte, zahlreiche Schüler gezogen, die, solange er sie führte, mit großem Erfolg vor die Oeffentlichkeit getreten sind, und von denen Mehre berühmte Namen gewonnen haben. Wir wollen Diejenigen, die uns gerade erinnerlich sind, namhaft machen. Zu seinen ältesten Schülerinnen in Berlin gehörte die talentvolle Helene Mussini (jetzt in Italien verheirathet); sie war die Erste aus seiner Schule, welche öffentlich auftrat und durch ein Concert von Field, das sie spielte, diesen großen Meister zuerst in Berlin bekannt machte. Nächſtdem waren es Felix Mendelsſohn und deſſen ältere Schweſter Fanny (die Gattin des Malers Henſel), die er bis zur Selbſtändigkeit der Virtuoſität ausbildete. Beide leider dahin! Aeltere Schüler von ihm waren auch Wilhelm Töche und Moritz Ernemann (jetzt in Breslau). Des Letztern hatte ſich Berger als eines ganz unbemittelten Talents mit größter Liebe angenommen. Ebenſo war es mit Karoline Zeidler der Fall, die eine ſehr wackere Spielerin und eine der geſuchteſten Lehrerinnen Berlins geworden iſt. Auch E. von Herzberg iſt ein wackerer Schüler aus Berger's ſpäterer Zeit. Die Zahl der Talente, die, durch ihn gebildet, ſich dem Unterricht gewidmet haben, iſt außerordentlich groß. Doch auch ſchon ausgezeichnete Künſtlerinnen ſuchten ſeine Belehrung; ſo die in England beſonders geſchätzte Klavierſpielerin David, die talentvolle Anna Laiblaw, die ausdrücklich ſeines Unter-richts halber nach Berlin zog, und mehre andere. Am glücklichſten hat jedoch von allen ſeinen Schülern Wilhelm Taubert, der jetzige Kapellmeiſter der königlichen Oper in Berlin, die Eigenthümlichkeit ſeines Spiels auf ſich über-tragen; wenngleich er daſſelbe nach ſeiner Individualität zum Theil auch völlig anders herausgebildet hat, und ihm nach gewiſſen Richtungen mit den Fortſchritten der Kunſt im Allgemeinen weit vorausgegangen iſt, ſo bleibt er doch wol der treueſte Bewahrer der Grundſätze Berger'ſcher Schule, wie er denn überhaupt unter deſſen Schülern Der-jenige iſt, der ſich dem geliebten Lehrer am innigſten in wahrhaftigſter Dankbarkeit angeſchloſſen hat. Der letzte Klavierſpieler von Ruf, dem ſich Berger, zwar nicht leh-rend, doch rathend hingegeben, und welcher ſeinen Rath mit höchſter Achtung und aufrichtigem Dank anerkannt hat, war Adolf Henſelt, unbeſtritten einer der Triumvirn, welche jetzt an der Spitze des Klavierspiels stehen. Henselt äußerte noch drei Jahre nach Berger's Tode, dieser sei es, dem er so viel für sein Studium zu danken habe, indem er ihm den Muth gemacht, seine kleine Hand zur größern Spannung auszudehnen, da Berger mit seiner noch kleinern so ungemein viel möglich gemacht habe.

. Man sieht aus dem Obigen, daß in Berger's Wirken als Virtuos und Lehrer, in seiner Theilnahme an den Fortschritten und Entwickelungen des Klavierspiels kein Stillstand war. Bis zum letzten Athemzuge ist er allen neuern Erscheinungen gefolgt; er hat Vieles verworfen, aber ist nie eigensinnig, wie Alter und Vergangenheit oft pflegen, bei dem Ehemals stehen geblieben, sondern was in dem Neuern Gutes und Schönes war, erkannte er aufs freudigste an, unbekümmert ob er sich selbst dadurch überflügelt sah. — Mit wahrhafter Wehmuth erfüllte es uns daher, daß er Den, welcher die Spitze und Krone des heutigen Klavierspiels bildet, die Gesammtheit desselben in sich vereinigt und durch das nur ihm Eigene so überreich für sich ist, Liszt, nicht mehr kennen lernte. Er würde ihn mit allen seinen Verirrungen und abstrusen Eigenheiten, doch in lebendigster Anerkennung in sich aufgenommen und aufs freudigste als den König des Reichs, in welchem er selbst ein so mächtiger und edler Herrscher war, begrüßt haben, so gut wie er anerkannte, daß Paganini's seltsamer Kometenglanz und Lauf das Licht und die Bahn aller andern Virtuositäten auf der Violine in sich verschlang, wie ein Meer alle Ströme von Ost und West.

Achter Abschnitt.

Berger als Operncomponist. — Orestes. — Eine romantische
Oper.

Mein Schülerverhältniß verwandelte sich bald in ein
anderes. Ich hatte in jener Zeit meine ersten dichterischen
Versuche gewagt. Es war mir gelungen, auch Berger's
Theilnahme für einige meiner Gedichte zu gewinnen. Kein
Wunsch stand mir höher, als eines derselben durch ihn componirt zu sehen. Sein schöpferischer Genius fesselte mich
so mächtig, daß es eine Art Krankheit in mir wurde, ihn
zur Composition anzuregen. Denn damals glaubte auch
ich, daß er nur durch äußere Schicksale und Widerwärtig-
keiten gehindert worden sei, sich derselben ganz zu widmen,
und was er als Componist geleistet, zur Geltung zu bringen. Ich erkannte es nicht, daß das schwerste, vielleicht
nie zu beseitigende Hinderniß, in seiner geistigen Complexion
lag. Indeß sieht die Jugend alle Ziele so nahe, daß jeder
Schritt näher dazu ihr schon ein ungemeiner Gewinn dünkt,
und sie immer neu mit Hoffnungen erfüllt. Berger zu
bestimmen, eine Oper zu schreiben, das war der Gedanke,
der jetzt meine ganze Seele mit glühendem Eifer erfüllte.
So setzte ich mich denn mit heißestem Eifer daran. Von
dem hellenischen Alterthum ganz erfüllt und von Begeisterung für Gluck mit entzündet, entwarf ich das Gedicht zu
einer großen Oper im Stil dieses Meisters. — Man
sieht, ich ging an ein Unternehmen, das ich heute mit gereifter Erfahrung, Bühnen- und Weltkenntniß und heraus-
gebildeter Kraft, als eine Unmöglichkeit für den Erfolg ab-

lehnen würde, mit der vertrauensvollen Sicherheit, die uns nur der Jugendglaube gibt.

Orestes war der Held, den ich mir gewählt! Man sieht, daß das Werk ein jüngerer Bruder der Iphigenia sein sollte! Geheim, wie verschämte Anfänger pflegen, hatte ich den Plan gefaßt, die Scenen entworfen, den Beginn mit der Versification gemacht. Ich wollte anfangs Berger nicht eher Etwas davon mittheilen, bis ich ihm das Ganze darreichen konnte; doch indem ich mich überredete, daß es nothwendig sei, vor dessen Vollendung über einzelne Schwierigkeiten Rücksprache zu nehmen, brach ich meinen Vorsatz und ging eines Abends zu ihm, freudig und erwartungsvoll bebend, um ihm meinen Plan zu entdecken und das Gedicht, soweit es gediehen war, vorzulesen. Wir schlossen uns ein, damit uns Niemand störte, ich begann zu lesen. Mit einer Spannung, die vielleicht jetzt durch die größten Ereignisse der Welt nicht mehr in meiner Seele zu erzeugen wäre, hing ich an Berger's Mienen. Welches Glück soll ich dem vergleichen, das ich empfand, als er nach dem Schluß der ersten Scene sichtlich mit innerer Bewegung, mir die Hand reichte und sprach: „Ich glaube, daraus wird Etwas! —“

Der Glaube hat ihn und mich getäuscht. Doch es ist ein schmerzliches Gefühl, in diese Zeit der edeln Bestrebungen, die sich hoch über die gemeinen Foderungen der Wirklichkeit erheben, zurückzublicken. Da aus der Oper nichts geworden ist als Anfänge, Brouillons, die ich, so außerordentlich schön mehre in der That waren, mit der Aufschrift von Berger's Hand: „Ins Feuer!“ bezeichnet, in seinem Nachlaß gefunden, so kann ich über das Weitere hinweggehen. Nur so viel, daß Berger das Ganze des Werkes mit Liebe hinnahm, sich jahrelang damit beschäftigte, doch aber zuletzt durch lauter kleine Hemmnisse von dem großen Ziel völlig abstand.

Um hier gleich die fernern Versuche Berger's, sich mittels einer Oper auf einen großen Wurf die Stellung in der Welt zu schaffen, zu der er sich berechtigt fühlte, zu erledigen, will ich noch die Geschichte einer zweiten Unternehmung dieser Art erzählen. Ich war um eine Anzahl Jahre reifer geworden, und sah wol ein, daß wenn sich Berger auch damals ganz der Composition der Oper „Drest‟, hingegeben hätte, er doch dadurch in der Welt unmöglich diejenigen Erfolge erreicht haben würde, die er hoffte. Daher betrachtete ich das Scheitern dieses jugendlichen Planes fast als ein Glück, denn darin kannte ich Berger, daß ihm die Spannkraft zu einem zweiten Versuch gewiß gefehlt haben würde, wenn der erste nicht glänzende Resultate gegeben hätte. Er selbst foderte ganz richtig, dem Drange seines innern Berufs folgend, immer eine romantische Oper, mit eingewebter Komik. Trotz seines innern Ernstes hatte er den größten Drang zu heitern, humoristischen Schöpfungen, und, wie Vieles in seinem Nachlaß beweist, auch das ausgezeichnetste Talent dafür. Er mußte also für eine solche Aufgabe angeregt werden. Einen Stoff der Art glaubte ich gefunden zu haben. Ich hatte inzwischen auch Berger's Charakter genug kennen und beurtheilen gelernt, um zu wissen, daß er rein aus sich selbst ein so langwieriges Werk, wie die Composition einer Oper, nicht mehr vollenden werde. Daher veranlaßte ich es, daß ihm eine bestimmte Auffoderung, eine Oper von der Gattung, wie ich sie im Sinne hatte, zu einem festen Termine für ein süddeutsches Theater zu schreiben, zuging. Es war dabei die Bedingung gestellt, daß die ganze Arbeit bis zur Vollendung das tiefste Geheimniß bleiben solle. Es blieb Berger unbekannt, daß ich der Veranlasser dieses Auftrags war. Wie ich mich mit Demjenigen vereinigt hatte, der die Auffoderung an ihn richtete, das gehört nicht für die Oeffentlichkeit. Genug, daß dem vollendeten Werk eine glänzende Darstellung sicher gewesen wäre. — Berger eilte, sobald ihm der Auftrag geworden war, zu mir und nahm meine dichterische Mithülfe in Anspruch. Ich hatte mich, wie gesagt, im Stillen längst vorbereitet, gönnte ihm daher nach wenigen Tagen einen klaren Entwurf, und bald darauf einen Theil der Arbeit selbst liefern. Er ging nun sofort mit neuem Eifer an dies neue Werk. Wiederum lebte ich in den schönsten Hoffnungen; doch abermals sollten sie getäuscht werden! — Daß ich es kurz sage: die Geschichte der Oper „Orestes" wiederholte sich mit geringen Abweichungen. Berger hatte zwar immer noch das reichste Talent, aber nicht mehr die Spannkraft des Willens für eine solche Unternehmung. Das Resultat war, daß das Gedicht unvollendet in meinem Pult neben dem „Orest" liegt, und die musikalischen überaus reizenden Skizzen sich in Berger's Nachlaß, in dieselbe Rolle gewickelt, vorfanden, welche seine Versuche mit der Oper „Orest" und die Bestimmung ihres Schicksals enthielt!

Neunter Abschnitt.

Des Autors erste Bekanntschaft mit Bernhard Klein bei Berger. —
Stiftung der jüngern Liedertafel. — Versammlungen.

———

Wer hätte nicht hundert und hundert mal in seinem
Leben die Wahrheit des Wortes gefühlt:

> Es ließe sich Alles trefflich schlichten
> Könnt' man die Sachen zwei mal verrichten!

Das heißt, man ließe sie das zweite mal ganz, oder machte
sie ganz anders! — Hätte ich den Zeitraum mit Berger
noch ein mal zu durchleben, so würde ich die Versuche,
ihn in einer größern Arbeit, die außer dem schöpferischen
Talent noch so viele andere Gaben der Thätigkeit fodert,
um zur Lebendigkeit des Daseins zu gelangen, gänzlich
unterlassen haben. Ungleich mehr aber hätte sich die Gelegenheit nützen lassen, ihn zu kleinern Arbeiten anzuregen,
deren Menge ihm doch zuletzt eine entschiedene Geltung
gegeben haben würde (wie z. B. Hebel sie durch seine reizenden Gedichte hat) und wodurch jedenfalls die Welt ungleich mehr an Besitzthum gewonnen hätte als durch das
vergebliche Wollen, größere Werke zu schaffen.

Veranlassungen zu solchen einzelnen Arbeiten waren
zunächst diejenigen Lebensereignisse, welche uns überhaupt
zu sogenannten Gelegenheitsgedichten, deren Werth Goethe
schon so hoch hingestellt hat, auffodern. Geburtstage,
Feste, öffentliche wie solche, die man in Familienkreisen
beging, gesellige Artigkeiten oder Scherze, Alles konnte bei
Berger mit Erfolg benutzt werden, weil sein theilnehmen-

des Wohlwollen sich gar leicht zu einer solchen Arbeit bequemte und sie mit eben der Liebe und dem Ernst ausführte wie jede andere. Auch war er so gewissenhaft, alsdann streng Wort zu halten, und man ließ sich seinetwegen auch gern seine Sorglichkeit in Betreff der Ausführung gefallen. Vieles ist auf diese Art entstanden, was die schönsten Blüten zu dem Kranze, der sich seinem Andenken flicht, geliefert hat. Um nur Eins zu erwähnen, so dichtete ich zum Geburtstage einer Sängerin, welche eine wohlgebildete Altstimme besaß, drei Lieder, die ich Berger und Klein gleichzeitig übergab, mit der Bitte sie zu componiren, und wodurch ich Beide, ohne daß sie es wußten, zu einer Art Wettkampf veranlaßte. So entstanden drei werthvolle Lieder beider Componisten, von denen eins, „Kriegers Nachtlied", durch Beide so ähnlich behandelt wurde, daß sie, bis auf die äußere Form der Noten kaum zu unterscheiden waren, und Beide lachend versicherten, man könne sie austauschen, ohne daß die Väter nach Jahresfrist den Unterschied merken würden. (Sie sind in dem Nachlaß bei Hofmeister erschienen.)

Hätte ich ähnliche Anregungen fleißiger gesucht, es wäre viel Schönes, nach und nach Umfassenderes zur Ausführung gekommen.

Bernhard Klein's Erscheinung in Berlin war aber nicht nur für einen Versuch in der Oper, sondern überhaupt fördernd für Berger's Thätigkeit. Er fühlte, daß er es Jenem an innerer Schöpfungskraft zuvorthat, und sah sich nur durch dessen Jugendrüstigkeit, schnelle, elastische, unabreißbare Thätigkeit, und durch sein überlegenes musikalisches Wissen, seine vollendete Sicherheit in der Behandlung aller Formen besiegt. Wie aber Berger's Seele von jedem kleinlichen Neide frei war und sich immer nur des Schönen erfreute, was

8 **

durch Andere entstand, so war es auch hier, und er fand sich durch Klein's Nebenbuhlerschaft nur wohlthätig angefrischt. Er vergab ihm aus' edler innerer Seelenkraft und in der Bewunderung des Herrlichen in ihm sogar Vieles, was er von dessen unruhig wogender, aus den höchsten Höhen nicht selten, in trübe aufgewühlte Tiefen der Leidenschaft hinabreißender Gemüthsstimmnng zu erdulden hatte.

Wie sich die Bekanntschaft Beider gemacht, weiß ich nicht mehr genau; irre ich nicht, an einem dritten Ort, in einer Familie, wo Berger Lehrer war, und an welche Klein, der einen der Söhne des Hauses während des Feldzuges in Köln kennen gelernt, eine Empfehlung hatte. Beide würdigten einander schnell, und Berger, der damals schon eine viel begründetere Lebensstellung hatte, nahm Klein als einen Jüngern mit offener Herzlichkeit und Liebe auf. Er ging in jener Zeit mit einem Plane um, zu dem ihm Klein besonders behülflich sein konnte, und es auch wurde, mit der Stiftung einer zweiten Liedertafel, da die ältere, durch Zelter gegründete, sich unter dessen scharfem persönlichen Einfluß, der einmal in seiner Natur lag, in solcher Abgeschiedenheit erhielt, daß ein Mann von Berger's Verdienst seit Jahren vergeblich strebte, Mitglied zu werden. Zelter war überhaupt der Mann, der zwar das Gute aufsuchte, aber es auch (wie Fasch's Werke) durchaus in seinen nächsten Kreis gebannt hielt und in einem bevorzugten Besitz desselben bleiben wollte. So war es auch mit der Liedertafel, welche Zelter mit lobenswerthem Eifer gestiftet hatte, sie aber viel weniger als ein geistiges Gemeingut zu verbreiten, als, einem werthvollen Kleinod gleich, möglichst als abgeschlossenes Eigenthum zu erhalten strebte. Berger wollte also, durch mehre Freunde aufgefodert, eine zweite Liedertafel zusammenbringen, und Niemand konnte ihm dazu behülflicher sein als Klein, und in gewisser Beziehung auch ich. Er lud uns daher eines Abends zusammen ein, und vermittelte dadurch, was er schon länger gewollt, auch meine Bekanntschaft mit Bernhard Klein, den er selbst erst seit einigen Monaten kannte. Der Abend wurde für uns alle Drei zu folgenreich, als daß ich ihn nicht in einigen Zügen schildern sollte. Als Vierter befand sich auch der jetzige Director des königlichen musikalischen Lehrinstituts für Composition, W. Bach, damals Berger's Schüler, zugegen. Berger, Bach und ich waren längst beisammen, bevor Klein, der sich nie pünktlich zu binden vermochte, erschien. Berger wurde schon ungeduldig, da er, so wenig er selbst in kleinern Lebensverhältnissen genau war, doch die Freiheit, die sich Andere darin nahmen, sehr ungern duldete. Endlich öffnete sich am späten Abend die Thür halb, und ein geistreicher Kopf steckte sich hindurch, uns mit Scherz begrüßend. Berger vergaß über der Freude, daß der Erwartete doch noch erschien, seinen Zorn schnell, wir setzten uns um den runden Tisch nahe am Ofen, es wurden einige Flaschen aufgetragen, und in wenigen Minuten hatte der Geist und Witz sprudelnde Klein die lebhafteste Unterhaltung in Gang gebracht. Berger, der Alles, was die Kunst auch nur entfernt berührte, sehr ernst nahm, begann nach einiger Zeit in etwas feierlicher, aber doch treuer, warmer Weise uns seine Absicht auseinander zu setzen, eine zweite Liedertafel, nach dem Vorbild der Zelter'schen, in welche die Aufnahme allzu schwierig sei, zu stiften.

Klein, der Alles rasch ergriff, und immer vorwärts strebte, ohne sich um das Seitwärts oder Rückwärts zu kümmern, war gleich bei der Hand, und hätte am lieb-

sten auf der Stelle begonnen. Ein Lied gesungen, ein
Glas Wein getrunken, so waren die Grundbedingungen
eines solchen Vereins erfüllt, und er hätte in dem Augenblicke des Vorschlags schon seinen Geburtstag gefeiert.
Berger dagegen, überhaupt bedenklich (ausgenommen bei
großen sittlichen Entschlüssen und Herzensergüssen, wo er
stets in der freiesten Kraft gerade auf die Sache ging),
sah tausend Schwierigkeiten. Er wollte eigentlich die Liedertafel schon in abgeschlossener Vollendung fertig haben,
bevor sie entstehen sollte. Man müsse erst einen Vorrath
guter Compositionen besitzen, sich der Theilnahme und Ein-
übung wackerer Sänger versichern u. s. w. Bach und ich
hielten uns mehr neutral, bereit mitzuwirken, wenn die
Sache in Gang käme, doch die Schritte dazu Klein und
Berger überlassend. An jenem Abend gediehen wir indeß
nicht weiter, als daß man sich das Wort gab, mit allen
Kräften zum Zweck zu streben: ich versprach Gedichte zu
liefern, welche Berger, Klein und Bach componiren wollten; Jeder wollte seinen gesangskundigen Freunden Mittheilungen machen; am nächsten Abende sollte die Berathung
fortgesetzt werden.

Aus den in der Zukunft schwebenden Genüssen sprang
Klein in die der Gegenwart über. Er foderte Berger
auf zu spielen. Dieser, nie freudiger angeregt, als in
Gegenwart wirklicher Künstler und Kunstfreunde, ergoß sich in schwungvollster freier Phantasie, und spielte
einige seiner schönsten Sachen. Klein bedurfte immer einer
Selbstüberwindung, um im vollsten Maße anzuerkennen,
was ihm in der That überlegen war. Sein künstlerischer Ehrgeiz war groß, um nicht eine mächtige Nebenbuhlerschaft auch drückend zu empfinden. Dies war der

Unterschied, der zwischen ihm und Berger zu dessen Vortheil bestand.

Berger hatte gespielt. Klein sollte singen. Welch ein Meister der Gesangskunst er war, habe ich an andern Orten schon öfters ausgesprochen. Er ist mir bis jetzt, so viel ich auch des Ausgezeichneten seitdem gehört, unübertroffen, und so hervorragend geblieben, wie er es an Geist überhaupt war. Natürlich; denn der Gesang ist der unmittelbare, bestimmte Ausdruck des Gedankens in der Musik; ihre allgemeine Empfindungssprache wird hier zur besondern. So weit daher, bei einem vorausgesetzten Grade der äußern Mittel und der technischen Sicherheit in der Benutzung derselben, der künstlerische Geist ein Vorrecht hat, so weit muß er sich im Gesange geltend machen. Das gewöhnliche Ohr vermag fast nur das äußere Material aufzufassen, und daher ist ihm der Sänger mit der schönsten Stimme auch der trefflichste. Klein besaß ein edles, biegsames, jede leiseste Färbung des Ausdrucks wiederzugeben fähiges Organ, ohne daß dasselbe durch den Klang an sich eine Wirkung hervorzubringen im Stande gewesen wäre. Er hatte, in einem Gleichniß, keine Farben, aber seine Zeichnung war so wundervoll, so zart, und zugleich so erhaben, daß er die höchsten denkbaren Wirkungen für Denjenigen erreichte, der in der Musik ein Ohr von ähnlicher Ausbildung besaß wie das Auge des Malers, der aus dem Carton das Bild zu würdigen weiß. Klein's Gesang gab allerdings nur die Cartons, aber von der feinsten Handzeichnung an bis zu den großartigsten Entwürfen für die kühnste Frescomalerei.

Er sang uns, um ganz von dem Seinigen zu geben, mehre Lieder, unter andern das wunderschöne „Nur wer die Sehnsucht kennt" und einige der geistlichen, die später

so allgemeine Verbreitung gefunden und eine neue Gattung des Liedes hervorgerufen haben.

Seine Unruhe ließ ihn nicht lange bei einem Gegenstande verweilen; er sah ein Schachspiel stehen und foderte Berger auf, mit ihm zu spielen. Dieser nahm es
an, in der Hoffnung einen gewachsenen Gegner zu finden.
Doch schon nach wenigen Zügen war Klein's Partie nicht
mehr zu retten, und mit einem zweiten Versuch ging es
ihm nicht besser. Ich habe seitdem Klein nie wieder mit
Berger noch überhaupt Schach spielen sehen. Diese Nie-
derlage aber nahm er lustig auf, sowie auch Berger auf
den Sieg kein Gewicht legte.

Unter solchem Wechsel des Scherzes, der Kunstleistungen und Gespräche, unterbrochen vom Klang der Gläser,
und jugendlich fröhlicher Trinksprüche, war die Mitter-
nachtsstunde schnell herangekommen, die uns trennte. —
Doch schon für den nächsten Tag sollte eine zweite Zusammenkunft stattfinden. Nach einem musikalischen Verein im
Hause meiner Mutter, dem Bernhard Klein zum ersten
mal beiwohnte, gingen wir, Berger, Klein, G. Reichardt
(der die Liedertafel nachmals mit manchem schönen Liede,
auch dem zum Volksliede gewordenen „Was ist des Deutschen Vaterland?" bereicherte) und ich, mit noch einigen
Freunden in die Weinhandlung von Schulz und Schäfer
am Gendarmenmarkt, in dem Hause und Local, wo jetzt
die aus dem Eckhause dahin verlegte Stehely'sche Conditorei
befindlich ist. Wie die Zeit jeden Boden durchwühlt, und
durch ihr scharfes Pflugmesser zuletzt völlig verwandelt so
ist auch diese Stätte, wo ein schönes, an Früchten reiches,
nun fast ein halbes Jahrhundert blühendes Kunstunterneh-
men seinen Ursprung fand, völlig, man dürfte sagen ver-
tilgt. Das Haus war in der Mitte durch einen Thorweg

getheilt; zur Rechten lagen die Weinstuben, und unter
diesen war es ein kleines Hinterstübchen zunächst der Hausflur, mit einer Weinlaubstapete bedeckt, wo wir uns damals, und später noch öfter, versammelten. Hier wurde
manches Lied gedichtet und componirt, hier verlebten wir
zahlreiche, schwelgerische Abende in jugendlich kühnen Le-
bensträumen, die der Champagner noch kühner emportrieb.
Hier habe ich die anregendsten, meine dichterischen Kräfte
weckendsten und nährendsten Stunden in tief ernsten, oft
glühenden Kunstgesprächen mit Bernhard Klein und andern
Freunden zugebracht. Hier war auch eine zeitlang Ludwig
Devrient's und A. C. T. Hoffmann's und ihrer nähern
Freunde Zusammenkunftsort, und sie schlossen sich uns an,
da sie in einen Zwiespalt mit der Nachbar-Weinhandlung
von Lutter und Wegner gerathen waren. Und jetzt? Das
kleine Stübchen ist nicht mehr zu entdecken, denn ein Bau
hat das ganze Haus umgestaltet, der Thorweg, der die
beiden Locale schied, ist zum Zimmer geworden, und die
ganze vordere Reihe dient dem bunten Zusammenfluß des
Conditoreibesuchs und stummen Zeitungslesern, während in
dem kleinen Raum nach hinten, wo so oft sich der Geist
am Geist entzündete, und in dem duftenden Champagner
und Rheinweingeist die Aetherflammen steigerte, Zucker-
bäckergehülfen ihr Geschäft treiben. — Das Haus, von
dem ich spreche, hatte, damit ich die kleine Episode voll-
ende, noch eine andere Merkwürdigkeit, die mir indeß erst
viel später bekannt geworden, die aber, hätten wir sie damals gekannt, unstreitig unsern dichterischen Jugendauf-
wallungen noch einen neuen Schwung gegeben haben
würde. Es enthielt nämlich das Zimmer, in welchem Mozart bei seinem Aufenthalt in Berlin gewohnt und gearbeitet hatte. In dem Raum auf der andern Seite der

Hausflur hatte der Wundergenius gewaltet, — und jetzt
ist der Eingang der Stehely'schen Conditorei in dem durch-
gebrochenen Fenster befindlich, an welchem Mozart seine
Partituren schrieb! So schonungslos geht die Pflugschar
der Gegenwart über die Stellen hin, wo einst heilige Saaten sproßten!

Zurück in unsere trauliche Weinlaubsgrotte, wo der
kühlende Quell der edelsten Weine sprang.

Klein, beim perlenden Glase, war die geistvollste und
liebenswürdigste Erscheinung, die ich im ganzen Verlauf
meines an bedeutenden Begegnungen nicht armen Lebens
kennen gelernt *). Er war es, zumal an jenem Stiftungs-
abend. Berger, der in seinem echt künstlerischen Innern
eine wahre Freude und Erhebung an dieser außerordentlichen Erscheinung fand, obwol er selbst ganz anderer Natur war, die sich mehr still innerlich als in dieser glänzenden Weise zu entwickeln und geistig darzulegen drängte,
ließ sich doch gern in den freudig brausenden Strom hin-
einreißen. Mir war dieses kecke Freiwerden, der ich noch
ganz in der Sphäre des älterlichen Hauses stand, durchaus neu und staunenerregend; es hätte mir bei der mächtigen Geistesherrschaft, die Klein übte, gefahrvoll werden
können, und ist es auch in mancher Beziehung geworden;
allein es hat sich andererseits auch die reichste geistige Ausbeute als Gegengewicht damit verknüpft. Eine äußerliche
war aber die Stiftung der Liedertafel. Bernhard Klein
in seinem Feuer trieb uns Alle vorwärts. Er betheuerte,

----

*) Selbst Liszt nicht ausgenommen, welcher, bei aller sonst
diametralen Verschiedenheit, doch vielleicht die nächste künstlerische
Verwandtschaft zu Klein hat.

man dürfe sich jetzt nicht eher verlassen, bis man einen
Beschluß gefaßt, den Grundstein gelegt habe. Was auch
Berger sagte, Klein hatte einen stärkern Grund dagegen.
Er nahm wie ein Feldherr, der entschlossen ist zu siegen
oder mit seiner Schar zu fallen, Alles in Eid und Pflicht,
nicht zu wanken noch zu weichen. Ich mußte Gedichte
geloben, — er trank mir dabei die Brüderschaft zu; —
Berger mußte eine Anzahl Lieder versprechen, — Klein
gelobte so viele man wolle, — Jeder gab Namen Solcher,
die man zur Theilnahme auffodern solle, — Klein übte
zuerst das Verwerfungsrecht, indem er einen Musiker, trotz
seiner angenehmen Tenorstimme, zurückgewiesen wissen
wollte, wegen des in seiner Physiognomie zu Tage treten-
den unwürdigen Charakters. „Ich kann seine Miene nicht
leiden", rief er mit Shakspeare aus. Aber er hatte im Innersten Recht, und die Ausschließung wurde ausgesprochen.

Die Vocations- und Proscriptionsliste wurde unter
fröhlichem Gläserklang fortgeführt und vollendet, auf der
Rückseite der Speisekarte niedergeschrieben, und so der erste
Stamm der Gesellschaft gebildet. Um aber auch Berger's
vorsichtiger Ansicht ihr Recht zu gönnen, nahm man seinen Vorschlag gern an, daß man einige mal in freund-
schaftlichem Kreise zusammenkommen und einige Lieder einüben wolle, bevor man sich als eine Gesellschaft förmlich
constituire und einen öffentlichen Ort zum Vereinigungs-
punkt wähle.

Er lud daher zu einem der nächsten Tage uns Anwesende zu sich ein, um dort in Verbindung mit einer
Auswahl der vorgeschlagenen Sänger den ersten Anfang
eines gemeinschaftlichen Gesanges zu machen. Ich meinestheils erhielt inzwischen den Auftrag, die Statuten der
neuen Gesellschaft zu entwerfen, die sich im Wesentlichen

darauf beschränken sollten, daß jedes aufgenommene Mit=
glied als Sänger, Dichter oder Componist zu fungiren
habe, daß man die Zahl der Mitglieder — bis vierzig —
begrenzte, die Art der Direction und Verwaltung be=
stimmte, die Tage der Zusammenkunft festsetzte, und An=
deres mehr. So war die Liedertafel in der Theorie con=
stituirt, und dieser frohe Abend als die Grundsteinlegung
zu betrachten.

Wir sämmtliche Anwesende hatten uns im jugendlich=
sten Feuer aufs engste verbündet; für mich war, indem
ich nahe zu Männern getreten war, für die mich innigste
Liebe, Verehrung und Bewunderung erfüllten, eine Erhe=
bung des Daseins entstanden, deren Segen ich noch heute
nicht genug zu preisen weiß. Für Berger und Klein hatte
sich ein frischer, freudiger Wirkungskreis eröffnet, der be=
sonders für Jenen als Anregungsmittel unschätzbar blieb.
Genug, Allen war das Herz erhoben, und wenig Momente
des Lebens der Besten mögen so anfeuernd, so begeisternd
sein als es dieser war. Eine Reihe erfreulicher Folgen be=
zeugen es, daß die Stunde der Saat eine gesegnete war.
Im brausenden Ueberschwange der Jugend zogen Klein,
Reichardt und ich noch einen weiten Weg durch die nächt=
lichen Straßen, um einen Freund zu wecken und mit ihm
im ersten Feuer einige Lieder zu singen, bis endlich auch
für uns nach der überhohen Anspannung die Abspannung
eintrat, und wir ermüdet die Ruhestätten suchten.

Zehnter Abschnitt.

Ich bringe hier die Geschichte der Liedertafelstiftung, und was sich später selbst Trübes daran knüpfte, gleich zu Ende. Jener Abend mochte in den Februar des Jahrs 1819 gefallen sein. Im März gab Berger einige Lieberfeste in seiner Wohnung, von denen das oben erwähnte das erste war. Hier sangen wir die ersten Versuche, die er im vierstimmigen Liede gemacht hat, unter andern die schöne Hymne von Körner:

Gläser klingen, Nektar glüht
In dem vollen Becher!

Das feierliche Einweihungslied für die Liedertafel, zu dem ich die Worte gedichtet; das frisch fröhliche, was, in jener Zeit ganz neu in der Gattung, die glücklichste Wirkung machte:

Hinweg des Lebens enge Sorgen,

und viele andere, die er, im Eifer für den neuen Bund zu wirken, geschrieben hatte.

Es konnte nicht fehlen, daß ein Verein, an dessen Spitze sich zwei so ausgezeichnete Männer stellten, wie Berger und Klein, in einem höhern Geiste aufgefaßt wurde, und die Theilnahme anderer in der Dichtkunst oder Musik ausgezeichneter Männer erregte. So schloß sich Hoffmann, der berühmte Verfasser der „Phantasiestücke", mit Freuden an; Rungenhagen, der spätere Director der Singeakademie, wurde eines der thätigsten Mitglieder; Fr. Förster war es von Anfang an; der ariostische Streckfuß ist es lange Zeit gewesen; der schon bejahrte Staatsrath Körner, der Vater Theodor Körner's, Biograph und Freund Schiller's, gleichfalls von Anbeginn; Kriegsrath Ahlefeldt, ein Universitätsfreund Jean Paul's und glücklicher Dichter, dem wir unter andern eines der schönsten Lieder:

<blockquote>Wenn die Brust in süßer Ahnung bebet,</blockquote>

von Berger wundervoll componirt, verdanken, zählte sich ebenfalls eine Reihe von Jahren zu den Unserigen, und schied nur durch den Tod. — Besonders aber gesellte sich eine frische Jugend zu dem Bunde. Ich nenne aus diesem Kreise nur Folgende: Zuerst einen damals in Berlin studirenden jungen Mann, Hendeß, dessen außerordentlich schöne Tenorstimme später nur von Mantius erreicht wurde; dann Gustav Fehmer, dessen edler Sinn und frische Jugendkraft, verbunden mit einer tiefern Erkenntniß und wissenschaftlichem Eindringen selbst in die Musik, damals zu den schönsten Hoffnungen berechtigte; ferner Brassier de St.-Simon, einen Freund Klein's, mit angenehmer Tenorstimme, damals Schüler Solger's, jetzt preußischer Gesandter. Auch Männer mit seltener Gesangsgabe gehörten uns zu. Ich darf den jetzigen Postrath Weppler, dessen edler Tenor mit Baber wetteiferte, und den Hofrath Wülfingh, einen Universitätsfreund Berger's, der eine der schönsten Baßstimmen besaß, die ich jemals gehört, nicht übergehen. Eduard Devrient, später als Sänger berühmt (jetzt Director des Theaters zu Karlsruhe), war gleichfalls einige Jahre Mitglied unsers Vereins, und der schon oben als Mitstifter genannte G. Reichardt, der ihm später als Liedercomponist so zahlreiche Gaben zuwandte, war damals

durch seine starke, schöne Baßstimme und unerschütterliche
Sicherheit auch eine der werthvollsten Stützen des Gesanges. — Alle diese schlossen sich besonders auch eng an
Berger an, dem willig die erste Stelle im Bunde einge-
räumt wurde, sowol als eigentlichem Stifter und thätig-
stem Förderer, wie hauptsächlich wegen seines künstlerischen
Uebergewichts. Wahrlich, ein schöner Geist durchwehte diese
Gemeinschaft! Vergeblich sehe ich mich jetzt nach einer
ähnlichen, höher aufstrebenden Jugend und Kunstgenossen-
schaft in gleichen Vereinen um! Es ist nicht das heran-
nahende Alter, was uns jene Zeiten, wie sonst gewöhnlich,
als die bessern preisen läßt: nur der Sinn unsers Thuns
und Strebens war wirklich ein völlig anderer als der
der heutigen Jugend und Künstlerwelt, und vieles Unwürdige, was in dieser später so heimisch geworden ist,
daß es fast ein Bürgerrecht erwarb, wurde damals noch
kaum gekannt!

Die erste Zusammenkunft der Liedertafel war, nachdem
alle Vorbereitungen getroffen worden, auf den 26. April
1819 festgesetzt. Berger und Klein waren mit allem Eifer
beschäftigt, durch Compositionen der Gesellschaft ein geistiges Besitzthum zu gründen. In jene Zeit fielen auch die
starken politischen Aufregungen, an denen Berger den reg-
sten innern Antheil nahm. Wie Beethoven, wie jeder
echte Künstler, ja wir dürfen sagen wie jeder echte Mensch,
war er mit glühender Seele ein Republikaner, wenngleich
ihm, wie Jenem, die praktische Klarheit fehlte, die ihm gezeigt hätte, daß seine ideale Ansicht von den Rechten und
der Freiheit der Menschheit, nicht anders zu verwirklichen
sei als in einem Staate von idealen Bewohnern. Doch
in den Grundsätzen hatte Berger gewiß das heiligste Recht,
und wir bekennen uns in diesen ganz zu seiner Ansicht.

So hing denn sein ganzes Herz auch an denjenigen politischen Bewegungen, die von den Jünglingen jener Zeit
ausgegangen waren. Das Wartburgfest, die Bestrebungen der Burschenschaften, die Lieder und Gesänge, die
daraus hervorgingen, Alles berührte ihn tief und glühend.
In der Liedertafel sah er eine Art von Hülfstruppe für
seine politischen Meinungen, und hoffte, die Begeisterung,
die er selbst wahrhaft und edel für den Liberalismus hegte,
auch dort zu entzünden. Daher entstanden die vielen, zum
Theil wunderherrlichen Freiheitsgesänge, die er entweder an
die Großthaten der Kriegsjahre von 1813, 1814 und 1815,
oder an die allgemeine Idee knüpfte. Ich selbst ging ju-
genblich begeistert auf diese Richtung ein, und dichtete manches Lied in diesem Sinne. Daher war mir Berger auch
deswegen warm zugewendet, und diese Liebe brachte mir die
schönsten Früchte, die auch der künstlerischen Welt zu wahrhafter Labung gereift sind. Zu meinem Geburtstage nämlich (im Jahr 1819), beschenkte mich Berger mit einem
Liede, das durch ganz Deutschland gedrungen ist, dem wundervollen „Sandwirth von Passeyer“! Es wurde zuerst in
einem nähern Freundesvereine, den ich mir zur Feier des
Tags geladen hatte, gesungen; Berger, Klein, Reichardt,
Fehmer, W. Bach waren unter den Anwesenden. Unbeschreiblich war der Eindruck, den das Lied hervorbrachte.
Wir Alle hatten Thränen in den Augen, in jugendlicher
Begeisterung umarmten wir den Freund, der es geschaffen,
und vor Allen, dies sei zu seiner Ehre hier laut gesagt,
war Bernhard Klein ergriffen und voll wärmster Dankbarkeit. Denn wenn ihn die Begeisterung einmal mit voller
Macht entzündete, warf auch er die innere Misstimmung
völlig ab, die ihm sonst das Gefühl, in Dem was ihm das
Höchste galt, in der schaffenden Kunst, besiegt zu sein, häu-

fig bis zum heftigsten Grade aufdrang. Er hatte aber auch zur Verherrlichung des Liedes mächtig mitgewirkt durch die hinreißende Gewalt seines Gesangs. Die Stelle:

Ich hab' keine Zeit zum Beten — —
Betet leise für mich Armen,
Betet laut für unsern Kaiser —

fang er mit einer Tiefe, einer Glut, einer Heiligung, deren Gleichen ich nachmals nie wieder im Gesange gehört!

Berger's „Hofer" ging sogleich in Abschriften von Hand zu Hand. Jeder wollte das Kleinod besitzen. Berger war nicht der Mann, der mit seinen Geisteserzeugnissen wie mit einer Waare marktete; so wurde denn das Lied bald in vielen Kreisen für Männergesang durch halb Deutschland gesungen, ohne gedruckt zu sein. Er trug anfangs sogar Bedenken, es der Liedertafel zu übergeben, als eines, das doch fast zu ernst in diesen frohen Kreis trat; doch der rein künstlerische Eindruck, den es hervorbrachte, war so groß, daß dieses Bedenken schwand, und etwa in der dritten oder vierten Versammlung des neuen Vereins wurde auch dieses Lied gesungen, und nahm sogleich entschieden den ersten Platz unter allen, die bisher gegeben waren, ein.

- Auf solche Art wurde die Liedertafel, wenngleich geselligen Zwecken vorzugsweise gewidmet, auch der Kunst von wahrhafter Bedeutung, und schlug eine reiche Ader in Berger's innern Schätzen an, deren Ergiebigkeit er selbst vielleicht kaum geahnt hatte. Wenn schon dieser kleine Anlaß so reichhaltige Früchte trug, wie würde ein größerer gewirkt haben! Ach, wie oft habe ich es damals mit innerm Schmerz beklagt, daß mir keine Lebensstellung zur Gestaltung solcher Verhältnisse geworden war! Ein Mann an der Spitze einer großen Kunstanstalt, wie z. B. der

Graf Brühl in Berlin, hätte es in seiner Gewalt gehabt, diesen verzauberten Schatz zu heben. Zuerst eine kleine Auffoderung, deren Ziel recht nahe lag, dann, auf den Erfolg gestützt, eine größere, und so weiter, so würde Berger, den die Gewohnheiten so mächtig in ihre Strömung nahmen, aus Gewohnheit ein ebenso fleißiger und leicht schaffender Componist für die Bühne geworden sein, wie er ein unermüdlicher Lehrer des Pianofortespiels war. Bei Tausenden möchte solche Mühe und Nachsicht verschwendet sein, bei ihm aber hätte sie reich gelohnt, und den seltenen Fall zu erkennen, zu ergreifen, wo unter den Tausenden der Mittelmäßigkeit einmal Einer erscheint, der weit über sie hinauszuragen bestimmt ist, diesen Glücksfall zu ergreifen, das hätte nicht versäumt werden sollen!

Zu der Liedertafel zurück, deren klangvolle Wellen ihn wenigstens zu einigen schönen Zielen trugen. — Doch auch die hier gewonnenen Früchte hatten zuweilen einen herben Kern, und der Nachgeschmack war ein sehr bitterer.

Kleine Reibungen, die sich theils durch scherzhafte Protokolle, theils durch Klein's übermüthigen Humor, der dem hypochondrischen Berger zuweilen verletzend wurde, erzeugten, gingen in der Freude am Ganzen vorüber. Doch eine tiefere Spaltung trat durch Verhältnisse ein, die in ihren Keimen nur ehrenvoll für die Gesellschaft waren. Um jeden Schein einer feindseligen Nebenbuhlerschaft mit der ältern, von Zelter gestifteten Liedertafel zu vermeiden, hatten wir schon bei der Stiftung den Antrag gemacht, Zelter zum Ehrenmitgliede aufzunehmen. Dies war geschehen und hatte anfangs nur die besten Beziehungen zur Folge. Doch nach und nach waren viele Mitglieder der ältern Liedertafel in die jüngere eingetreten, und dadurch hatte sich, ohne besondere Thatsachen, unvermerkt ein Verhältniß gebildet, wodurch die Stellung Klein's und Berger's zur Gesellschaft, und auch zu Zelter selbst, manche Betheiligung erfuhr.

Berger war oft mißgestimmt, gereizt, doch er beschwerte sich nur im Stillen gegen mich und andere nähere Freunde. Als aber die zehnjährige Stiftung der Gesellschaft gefeiert wurde, und man zu dem Ende einen bronzenen Pocal als Panier derselben anfertigte, in dem man Zelter's Namen verewigte und der Stifter der Gesellschaft, insbesondere Berger's, gar nicht gedachte, schied Berger aus. Und wie uns noch heute dünkt, nicht mit Unrecht. Berger, im Innern fest und schnell entschieden, verließ die Gesellschaft jedoch, ohne den wahren Grund dafür anzugeben; allein gegen mich und andere nähere Freunde hat er sich oft genug darüber ausgesprochen. Klein dachte ebenso, behandelte aber die Sache leichter. Indessen konnte auch er seine Mißstimmung nicht ganz loswerden, es war ihm nicht mehr freudig in dem Kreise zu Muthe, der sich überhaupt durch die Jahre bedeutend verändert hatte, und so schied auch er bald darauf aus. Leider entriß die Hand des Todes ihn kurze Zeit danach allen Beziehungen zu diesem irdischen Leben, und so blieb sein Abtrennen von diesem, durch seinen Geist einst mit hervorgerufenen und belebten Kreise ein weniger bemerktes Ereigniß als bei Berger, der noch zehn Jahre außerhalb desselben in dessen nächster Nähe weilte. Man muß es aber ehrend anerkennen, daß der durch einen Einzelnen, und auch durch diesen arglos begangene Fehlgriff, später, als man ihn erkannte, von der Gesellschaft auf alle Art auszugleichen gesucht wurde. Berger wurde einstimmig zum Ehrenmitgliede erwählt. Diese Genugthuung erfreute ihn im Innersten, doch ganz konnte er den alten Schmerz nicht überwinden. Indeß besuchte

er den ihm so lieb gewordenen Verein doch oftmals, und
bethätigte die alte Anhänglichkeit an seine Schöpfung noch
durch einige treffliche Lieder, die er der Gesellschaft dar-
brachte. Hätte er die schöne Feier erlebt, mit der die Liedertafel das Fest ihres fünfundzwanzigjährigen Bestehens
beging, und gesehen, wie warm man sich dort seiner und
Klein's, und überhaupt der Stifter erinnerte: so würde
dieser Tag auch die letzten schmerzlichen Empfindungen ver-
löscht haben.

Im Ganzen aber hat diese Episode aus Berger's Leben
doch nur wohlthätig, und in hohem Maße, auf ihn gewirkt. Und nicht auf ihn allein, sondern auf alle jüngern
Talente, die dort eine Anregung zur Thätigkeit fanden.
Besonders in den ersten Jahren herrschte ein großer gegen-
seitiger Wetteifer; namentlich war auch A. F. T. Hoffmann
über Vermuthen thätig in seinem Wirken für die Gesellschaft, was ihm bei seiner damals so glänzenden literarischen Stellung, und bei der Ungebundenheit des Lebens,
die er liebte, sehr hoch angeschlagen wurde. Er gehörte
aber zu den Männern, die, wie schonungslos spöttisch
und satirisch sie auch ohne Unterschied Personen und Verhältnisse behandelten, doch für wahrhaft Gutes und Bedeutendes in der Kunst einen desto wärmern Antheil entwickelten. Hoffmann war der Mann, der ein Urtheil über
Berger's musikalische Bedeutung haben konnte; er besuchte
ihn oft, nur um ihn phantasiren zu hören, und sprach mit
wahrer Begeisterung von ihm. Da er ein lebendiges Princip des Vorwärts war, drängte er auch Berger stets dazu,
und wollte dem Männergesange in der Liedertafel eine größere Ausdehnung und Bedeutung gegeben wissen. Zu
solchen Arbeiten suchte er Berger zu spornen, und gab
selbst durch einige, sehr der Beachtung werthe Compo-

sitionen, die sich in ihrer Form auch über das (damals besonders) gewöhnliche Maß des Liedes ausdehnten, das Beispiel. Um die festlichen Tage, an denen Frauen als Gäste dem Vereine beiwohnten, zu verherrlichen, sollte auch für diese, deren Berlin so viele musikalisch gebildete besitzt, Bedacht genommen, und Compositionen geschaffen werden, wobei sie mitwirken möchten. Von diesem Gedanken Hoffmann's und durch einen dichterischen Scherz F. Förster's angeregt, componirte Berger eine kleine Cantate, die an einem dieser Festabende mit großem Beifall ausgeführt wurde. Das Thèma war ungefähr das: Die Männer stehlen sich vom Hause fort, um beim Liederschmaus unter sich fröhlich zu sein. Die Frauen führen Klagen darüber. Es entsteht eine weibliche Verschwörung. Im Frauenrath wird beschlossen, den Männern zu folgen, um die Herstellung der verletzten Rechte in Anspruch zu nehmen. Die Männer sehen, was sich gegen sie bereitet; ihr Gewissen mag nicht sonderlich rein sein; in einem Fugato von äußerst komischer Wirkung, auf die Worte:

> Wären wir aus dem Gedränge
> Doch mit Ehren schon heraus!

wird ihre Bestürzung und Verlegenheit gemalt. Es erfolgt sodann eine diplomatische Annäherung, die jedoch nicht ganz ohne leidenschaftliche Heftigkeit bleibt, und endlich schließt ein Act der Versöhnung, der den Frauen auch ihren Antheil an den schönen Liederfesten sichert, das Ganze.

Dieser geistvolle Scherz ward, wie Berger nichts ohne die größte Sorgfalt unternahm, so vollkommen es sich irgend thun ließ, ins Leben gerufen. Man verabredete sich, um so viel musikalische Damen als möglich

9 *

einzuladen; es wurden mehre Proben gehalten, und alle Schattirungen des Vortrags sorgfältig studirt, sodaß die Aufführung den erwünschtesten Eindruck hervorbrachte.

Hiermit möge der Hinblick auf die Thätigkeit, welche die Liedertafel in Berger's künstlerischem Verkehren veranlaßte, abgeschlossen sein, und wir wollen jetzt eine andere Hauptrichtung seiner edeln Kräfte betrachten.

Elfter Abschnitt.

Berger als Liedercomponist. — „Rose, die Müllerin". — Andere Beispiele.

So vieles Schöne er mit seinem Talent für das vierstimmige Lied geleistet hat, so war doch das Lied mit Begleitung dasjenige Feld, auf dem er am größesten geworden ist, wir möchten fast sagen noch größer als in seinen Klaviercompositionen. Denn bei dem ungemeinen Reichthum der Virtuositätsmittel, die bei den letztern zur Anwendung kommen, muß die Einwirkung derselben, die in neuern Zeiten so ungemein gewachsen ist, in gewisser Hinsicht immer ein Vorwärts veranlassen, das den später lebenden begünstigt. So ist Mozart in seinen Klaviersachen am weitesten gegen den Strom der Zeit zurückgeblieben, weil diese nicht in einer abgeschlossenen Gattung neue Formen zu bilden hatten, sondern weil das Wachsen der dargebotenen Hülfsmittel immer neue Gattungen von Aufgaben mitbrachte. Anders ist es mit dem Liede. Soll dieses seinem Wesen, seiner innersten Natur getreu bleiben, eine Foderung, die sich um so bringender geltend macht, je weniger sie befriedigt wird, so darf es gewisse Grenzen nicht überschreiten, sondern nur innerhalb dieser sich neu gestalten. Daß dies ungleich schwerer ist, als mit erweiterten Hülfsmitteln zu wirken, womit es unmittelbar die Kräfte des Schaffens, der Erfindung (deren Mangel sich, wie der der Schönheit, so gern hinter reichen Gewändern verbirgt) herausfodert, ist zwar eine unumstößliche, allgemein anerkannte Wahrheit, die jedoch zu häufig vergessen wird, um nicht immer wieder in Erinnerung gebracht zu werden.

Läßt sich daher aus irgend welchen Erzeugnissen unsers dahingeschiedenen Freundes ein Maßstab für die schöpferische Fülle und Tiefe seines Genius entnehmen, so wird es aus seinen Liedern mit Begleitung des Pianoforte sein.

Der Nachlaß desselben hat uns noch eine Anzahl reich ausgestatteter Hefte davon gebracht; während seines Lebens hatte Berger nur vier Hefte und einige einzelne Lieder, im Ganzen etwa fünfundzwanzig bis dreißig herausgegeben. Es befinden sich unter denselben Arbeiten, die in seine erste Jugendzeit der Composition hinaufreichen, viele von dem Aufenthalt in Dresden, andere aus Petersburg, London, Berlin. Dennoch, einen schlagendern Fall für seine wunderliche Weise, bei der Herausgabe seiner Arbeiten zu verfahren, gibt es nicht, erschien das erste Heft seiner Lieder erst im Jahre 1818 oder 1819, und war auch nicht lange zuvor entstanden. Da sich die Entstehung desselben an Namen knüpft, die in der Literatur und Kunst und noch in mancher andern Weise eine bedeutende Geltung erlangt haben, so wird man einige Nachrichten darüber vielleicht mit Antheil lesen.

Im Hause des Geheimen Staatsraths von Stägemann hatte sich zunächst um dessen, in Genß' „Briefen" unter der Bezeichnung Elisabeth verewigte Gattin und deren Tochter, der jeßigen Frau von Olfers, ein jugendlicher Kreis von Talenten gebildet, der einander dichterische Aufgaben stellte. Zu denselben gehörte Wilhelm Müller, der schnell berühmt gewordene, schnell dem Leben entrissene Dichter. Hier war es, wo er die ersten jener schönen Lieder schrieb, die nachmals als Wanderlieder und unter andern Bezeichnungen ganz Deutschland durchwandert haben, und überall heimisch geworden sind. Unter der Bezeichnung: „Rose, die Müllerin", hatte man sich eine Art dramatischer, aber nur durch eine Verkettung von Liedern zu lösende, Aufgabe gestellt. Rose, die schöne Müllerin, wird von dem Müller, dem Gärtnerknaben und dem Jäger geliebt; leichten, fröhlichen Sinns gibt sie dem Leßtern den Vorzug, nicht ohne früher den Ersten begünstigt und zu Hoffnungen angeregt zu haben. Die Rollen wurden nun in dem Kreise vertheilt. Die geistvolle Tochter des Hauses, mit einem äußerst glücklichen Dichtungstalent begabt, übernahm die der Müllerin; Wilhelm Wüller die des Müllers; so trieb man mit dem Namen Scherz; doch wie schöner Ernst ist aus diesem Scherz geworden! — Der jeßt so anerkannte Maler, Professor Hensel, der später die Schwester Mendelssohn's heirathete, hatte damals den Jäger zu vertreten; noch einige andere minder bedeutende Aufgaben waren an Andere vertheilt. Jeder mußte sich in Liedern aussprechen, für die das genaue Verhältniß näher angegeben wurde. Das Spiel gewann einen großen Reiz. Doch fühlte man, daß, um das Ganze zusammenzufügen, noch die Seele des Liedes, die Muſik nöthig ſei. Eine glückliche Wahl, vielleicht auch der Zufall, führte Berger in den Kreis, und ihm wurde die muſikaliſche Aufgabe. Da die reizenden Gedichte ihn ungemein anſprachen, ſo ging er mit wahrer Begeiſterung an die Arbeit. Die Compoſition des erſten Liedes: „Ich habe das Grün ſo gern“, war unnachahm- lich gelungen, und fand auch die richtige Würdigung. Man brang in Berger, jetzt auch die übrigen Lieder in Muſik zu ſetzen. Er that es, doch in ſeiner Weiſe, lang- ſam, zaudernd, vielfach verwerfend. Er wollte nun auch ein gelungenes Ganze hergeſtellt haben; die Beziehungen ſollten ſich ſtufenweiſe entwickeln, klar ineinander greifen. Er foderte daher von W. Müller noch einige verknüpfende, vermittelnde Gedichte; andere wollte er entfernt wiſſen. Der Dichter war bereit und willig, weil er die ſchönen Reſultate ſah. So veranlaßte Berger immer neue Erzeug- niſſe und ward Anlaß für Müller, das Thema in ſo vielfältigen Variationen zu behandeln, daß ſpäterhin ein ganzes Liederbuch daraus entſtand. Es mögen bis jetzt Wenige gewußt haben, wie viel Antheil unſer Freund an der Entſtehung dieſes lyriſchen Kleinods unſerer Literatur gehabt hat. Ich war oft Zeuge, wie er Müller quälte; wie er dieſe und jene Wendung nicht für das Ganze paſ- ſend, dieſe Zeile unmuſikaliſch, jenes Wort unbequem für den Rhythmus fand. Müller hatte Manches zu leiden, doch er fühlte auch, daß Berger oft Recht hatte, und ge- wahrte die Ausbeute, die ihm dieſe unerbittliche Kritik ge- währte. Endlich war Berger befriedigt, der Cyklus der Lieder abgeſchloſſen, durchweg componirt. Doch nur mit großer Mühe brachte ich es dahin, daß er ſich zur Her- ausgabe in der neuerrichteten Muſikhandlung von Chriſtiani in Berlin entſchloß.

Ein Hauptvortheil war damit errungen; Berger war
als Liedercomponist vor die Oeffentlichkeit getreten, und mit
einem Erfolge, einer Anerkennung, die ganz dem Werth
des Dargebotenen entsprach.

Der Erfolg dieses Liederheftes veranlaßte auch eine
Operette, die denselben Gegenstand behandelte, wozu der
verstorbene General von Decker den Text, der Baron Lauer
noch heute als einsichtiger Musikfreund und selbstschaffender
Künstler allgemein geehrt, die Musik geliefert hat.

Alle Freunde Berger's, die den großen Schatz von
Liedern kannten, die sich schon in seinen Papieren fertig,
wiewol, mit Ausnahme jenes oben erwähnten Buches, das
Arbeiten von der frühesten Jugendzeit an enthielt, im völlig
ungeordneten Zustande vorfanden, drangen jetzt in ihn,
diese gleichfalls zu veröffentlichen. Doch fanden sich dabei
die alten Schwierigkeiten, er wollte täglich, kam jedoch
nicht zum festen Entschluß. Erst nach Jahren gelang es
mir, ihn wieder zur Herausgabe zweier Hefte, eines von
neun, ein anderes von acht Liedern und Gesängen zu
bewegen, die im Jahre 1824 erschienen und ältere und
neuere Arbeiten umfaßten. Wer sollte es glauben, daß
er von da ab, bis zum Jahre 1839, wo Berger starb,
also in vierzehn Jahren, nur einige einzelne Lieder, die
ihm zur Herausgabe als Beilage zu Zeitschriften abge-
drungen waren, aber kein einziges Liederheft mehr ver-
öffentlichte? Wer sollte es glauben, bei dem reichen Vorrath
Dessen, was sich an ältern werthvollen reizenden, und an
neuen, seinen besten gleichzustellenden Erzeugnissen dieser
Gattung in seinem Nachlasse fand? Es wäre dies allenfalls
aus Berger's hypochondrischer Verletzbarkeit zu erklären gewesen, wenn jene beiden Liederhefte nicht die günstige Aufnahme des ersten gefunden hätten. Doch sie fanden und

verdienten sie vollkommen. *) Einige der darin enthaltenen Gesänge, z. B. das rührende Lied vom „blauen Veilchen", das reizende „Spinnerliedchen", das unnachahmliche im wehmüthig romantischen Reiz: „Ein Vöglein flog im Sonnenschein" (von Tieck) die doppelte Composition des wunderschönen Liedes von Eichendorf

> In einem kühlen Grunde,
> Da rauscht ein Mühlenrad

und noch einige andere, kamen, wie man zu sagen pflegt, en vogue, sie wurden Lieblingslieder vieler Kreise, und sind es, wo nicht die Masse der Tageserscheinungen sie verdrängt haben, noch heut, da uns seitdem nichts vorgekommen ist, das, wenn es auch ähnliche und größere Erfolge gehabt, einen ähnlichen Werth hätte. Eine abgeschmackte Kritik, die, ich habe vergessen wo und von wem, über diese Lieder erschien, kränkte Berger bei seiner Reizbarkeit allerdings, und er kümmerte sich darüber, statt darüber zu lachen. Um von der Thorheit der Behauptungen darin nur ein Beispiel zu geben, so war jene oben erwähnte Doppelcomposition desselben Textes (ein wahres Meisterstück schaffender Erfindung in der Harmonie, Melodie und Rhythmik, auf so engen Bezirk zusammengedrängt), aus dem Grunde für eine verfehlte erklärt, weil das Lied

---

*) Auch diese Sammlung ist, zur Vervollständigung der Berger'schen Liedersammlungen in dem Heft des Nachlasses „Op. 37 und 17, funfzehn Lieder" durch den Verleger ganz wieder mit aufgenommen, und neu abgedruckt worden; ein Beweis, wie große Theilnahme sie im Publicum gefunden hatte, da eine neue Ausgabe älterer Lieder nach fast zwei Jahrzehnden zu der größten Seltenheit des Musikhandels gehört.

9 **

eben zweifach componirt sei, mithin dem Componisten keine seiner Anschauungen eine wirkliche innere Wahrheit gewesen sein könne. Was der geistreiche Philolog Riemer (der Autor des bekannten griechischen Lexikons) irgendwo in demselben sagt, daß der Verstand nur eine umgekehrte Dummheit sei, wird durch diese nichtige Behauptung factisch erwiesen. Gerade die innere schöpferische Kraft, die für dieselben Anschauungen immer neue Formen findet, erweist sich aus dieser doppelten Production. Berger stampfte mit dem Fuß, als er die Kritik las, und rief: „Der Esel! Zwölf mal will ich dasselbe Lied componiren! Und Mozart hätte es hundert mal gekonnt!" Freilich — als ob Rafael seine innern Anschauungen an einer Madonna hätte erschöpfen müssen, selbst wenn der trockene Verstandesbeweis zu führen wäre, daß eine die schönste sein müsse!

Doch wir kehren von dieser kritischen Abschweifung zurück. Die betrübende Wahrheit war die, daß Berger kein ferneres Liederheft der Oeffentlichkeit übergeben hatte. Einen Dank bin ich ihm dafür schuldig geworden! Den für das wehmuthvolle, aber reiche Glück, die Schätze des Nachlasses, die sich in dieser Gattung vorfanden, zu ordnen. Wie bewegten mich diese echten Schönheiten, diese, der innersten Tiefe der Brust und des künstlerischen Glaubens entquollenen Gedanken, und weckten alle Liebe und Begeisterung der Jugend. Wahrhaft heilige Stunden brachte ich in der stumm redenden Genossenschaft dieser geistigen Ueberreste des verewigten Freundes zu. Ich fand alte, längst verklungene Lieder, deren Entstehen ich zwanzig Jahre früher theils veranlaßt, theils beobachtet; auch auf eigene, längst im Lauf und Drang der Zeiten und Ereignisse vergessene jugendliche Lieder von mir selbst, die ich für Berger gedichtet, stieß ich in diesen bestäubten Packeten. Doch fast noch größer und reicher als die der Erinnerung waren die Freuden der Ueberraschung. Denn in den letzten zehn Jahren hatte ich entfernter von Berger gelebt; was er in dieser Zeit beschaffen, war mir fast durchweg fremd geblieben; sogar sein zweites Heft „Etuden", das einen so wundervollen Reichthum auch neuer Formen entwickelt, hatte ich erst zum größten Theile nach dem erfolgten Stich kennen gelernt. —, Um so frischer, ergreifender, waren die Eindrücke Dessen, was ich in den zerstreuten Blättern des Nachlasses fand, was ich besonders an Liedern fand. Einige der nachgelassenen Lieder stellen sich unbedingt neben das Schönste, was er je geschaffen und veröffentlicht. — Möge daher der Blick echter Musiker, welche die Verirrungen der Zeit am wahren Maß des Schönen zu erkennen verstehen, sich auf diese echten Schätze wenden, die in der Flut der Gegenwart schon zu verschwinden anfangen!

Hier glänzt unserm hohen, verewigten Freunde der Stern der Unsterblichkeit! Es ist ein sanfter lieblich schimmernder, der am tiefern Horizont zwischen den Bäumen und Hügeln der wohnlichen, lieben Erde hereinglänzt. Durch große Werke würde er höher, weithin sichtbar am Himmel der Kunst emporgestiegen sein! Jetzt findet ihn nur das Auge, das ihn sucht, doch mit reinerm Licht strahlen wenige an dem reichen Firmament! Darum, so glauben wir fast, wird man uns danken, daß wir so lange und so vielfältig dahin deuteten, wo er aufzufinden ist!

Zwölfter Abschnitt.

Berger und Hummel. — Virtuositätshöhe 1817. — Entwickelung
näherer innerer Beziehungen des Autors zu Berger.

———

Wir haben nun die Geschichte und Charakteristik der
Geisteserzeugnisse unsers edeln Freundes abgethan. Diese
letzten Blätter sollen seinem Leben und Handeln, seinen rein
menschlichen Beziehungen gewidmet sein, und Dasjenige nach=
holen, was wir bei den vielfältigen Absprüngen, die aus
dem Verfolgen der geistigen Fäden in seiner Geschichte ent=
standen, theils zurücklassen, theils nur zu flüchtig berühren
mußten.

Es werden wenig äußere Thatsachen sein, die wir zu
erwähnen haben; denn die Ereignisse seines Lebenslaufs
waren seit der Rückkehr in die Heimat einfachster Art.
Sein Wohnort blieb, eine fast jährlich unternommene Reise
abgerechnet, Berlin. Seine Beschäftigungen waren, in
freien Stunden, die Composition, in den Tageszeiten von
zehn bis fünf, sechs Uhr der Unterricht, Abends, der Ver=
kehr mit Freunden, oder in spätern Jahren einsame Lectüre
auf seinem Zimmer, vorzüglich politische und historische.
Nächst der Musik war die Politik, wie bei Beethoven, Das=
jenige, was sein Innerstes am meisten erfüllte; oft zu viel,
denn er hat ihr offenbar die Kunst häufig geopfert. —
Sehr gern spielte er, bis in die letzten Zeiten seines Lebens
Schach, und von Zeit zu Zeit L'hombre, die beiden Spiele,
in denen er, wie wir oben gesehen haben, schon in seiner
Jugend als Meister glänzte. Bei dieser einfachen Lebens=
und Beschäftigungsweise ist es natürlich, das der Kreis sei=

nes Daseins in zahlreiche einzelne Momente des Freundes-
une Familienlebens, ohne große Concentrationspunkte, zer-
fiel; so könnte jeder seiner Freunde eine andere Geschichte
seines Lebens schreiben, oder wenigstens eine andere seiner
besondern Erinnerungen und Beziehungen zu Berger darbieten. Ich beschränke mich also auf die meinigen, und
knüpfe bei unserer ersten Bekanntschaft im Jahre 1816 wieder an. Die innige Liebe und unbegrenzte Verehrung, die
ich ihm widmete, hatte bald auch von seiner Seite — soweit es das ungleiche Verhältniß der Jahre zuließ, denn
Berger war damals ein völlig gereifter Mann, und ich
zählte sechszehn Jahre, — ein warmes freundschaftliches
Verhältniß erzeugt. Er besaß ein sehr weiches anhängliches
Herz; man mußte bisweilen eine Laune, besonders eine zu
weit getriebene scherzende Neckerei von ihm ertragen, doch
in der Grundfarbe seiner Gesinnung blieb er unverbrüchlich
echt und treu. Seine trüben Lebensschicksale hatten seinen
Sinn, bei aller Anlage zur Heiterkeit, doch im Ganzen
durchaus ernst gestimmt. Er bedurfte oft einer theilnehmen-
den Brust, um seine innerste Seelenstimmung auszusprechen. So that er es auch gegen mich, und auf diese Weise
erfuhr ich fast nur durch ihn selbst alle innern und äußern Verhältnisse seines Lebens. Ohne Bedenken sprach er
sich auch über Das, was er von sich selbst als Künstler
dachte, aus; er wußte, was er war, und war stolz darauf;
er behauptete, ohne sich zu überschätzen, frei und offen seine
Geltung. Denn eine falsche künstlerische Bescheidenheit
verachtete er durchaus, besaß aber die echte, der unbegrenzten Verehrung· alles Großen und Schönen, und die freu-
dige Unterordnung unter das ihm Ueberlegene. Und nicht
etwa, was selbst manchem durch und durch Eiteln leicht
wird, ausschließlich gegen die Todten, oder gegen einige

wenige Namen (wie Beethoven), mit denen doch einmal nicht zu kämpfen war, sondern auch gegen die Lebenden, Berühmtern, Gleichgestellten, ja auch Untergeordnete, z. B. seine Schüler, wenn sie in einer Einzelnheit etwas Besseres geleistet hatten, als er selbst. Aus dieser treuen Wahrheit seiner Gesinnung über Andere (ich sage nicht Gerechtigkeit, weil er auch manche vorgefaßte Meinung, manchen Irrthum beharrlich hegte) ergab es sich von selbst, daß er auch in seiner Meinung über sich selbst echt war, und bei allem Selbstbewußtsein niemals eitel erschienen ist, auch dann nicht, wo er, wie jeder Künstler, leicht verletzbar war, oder sich über sich selbst täuschte.

Der erste bedeutende Künstler, mit dem ich Berger in persönlichen Beziehungen sah, war Hummel, als dieser im Frühling 1817 zum ersten male nach Berlin kam. Die Virtuosität Beider war so verschiedener Art, daß wir keine Vergleichungspunkte dafür haben. Hummel war an mechanischer Sicherheit, wie in der Beherrschung der Formen bei der freien Phantasie Berger weit überlegen; doch Berger hatte eine Wissenschaft des Spiels, und zugleich eine aus dem Geiste stammende Gewalt desselben, wodurch er den berühmten Gegner auf andern Punkten ebenso überbot. Für die Oeffentlichkeit mußte Hummel (selbst wenn Berger manche Mängel nicht gehabt hätte) immer sein Sieger sein; im Zimmer, im Kreise wirklich urtheilsfähiger Hörer stiegen Berger's Verdienste hinlänglich, um seinem berühmtern Zeitgenossen wenigstens die Wage zu halten. Daß ihre Stellung gegen das Publicum dennoch eine durchaus ungleiche an Vortheil und Ruhm war, ist natürlich; Berger stand hier im Nachtheil, und mußte so stehen. Wie schwer es dem Künstler ist, solche Verhältnisse edelsinnig zu überwinden, lehrt die Erfahrung. Berger that es

vollkommen. Er erkannte alles Treffliche, alles Staunens=
würdige in Hummel an; er war sogar begeisterten Beifalls
voll, entwarf große Plane, wie er seine eigene Behand=
lung des Spiels in der freien Phantasie umgestalten wolle,
genug, faßte das ganze Ereigniß mit echtester Kunstwärme
auf. Hummel hatte ihn aufgesucht; Berger, der damals
eine Landwohnung im Thiergarten inne hatte, lud ihn
dorthin zum Frühstück ein, um ganz allein mit ihm eine
rein künstlerische, gegenseitig mittheilende Zusammenkunft
zu haben. Man muß es zu Hummel's Ehre nachsagen,
daß er diese Art der Aufnahme wenigstens in dem Mo=
ment in richtiger Weise verstand. Er spielte; Berger
spielte; sie tauschten offen ihre Meinungen über den Vor=
trag aus; Hummel hatte in sofern einen schwierigen Stand,
als er damals nur wiener Instrumente gespielt hatte, und
auf Berger's Broadwood'schem Flügel nicht gut fertig wer=
den konnte. Berger war viel zu rechtlich, um aus diesem
Umstand irgend einen Vortheil für sich zu ziehen. — Ein
besonderes Interesse hatte der Umstand für ihn, daß Hum=
mel Mozart's Schüler gewesen war, den er von allen
Musikern am höchsten verehrte; er hoffte auf eine reiche
Ausbeute von Nachrichten über ihn. Doch da es sich er=
gab, daß der Unterricht nur kurze Zeit in die Kna=
benjahre Hummel's gefallen war, so schlug diese Hoff=
nung fehl.

Das Beisammensein währte etwa drei Stunden. Ich
wohnte in demselben Hause und hatte, mit dem Eifer
des Jünglings, auf das Spiel gelauscht, das mit kurzen
Unterbrechungen durch die offenen Fenster ertönte. Kaum
konnte ich die Zeit erwarten, wo ich Berger sprach. Er
äußerte sich mit vollster Achtung über Hummel als Künst=
ler, sprach aber auch ganz unbefangen seine Meinung über

deſſen Mängel aus, die er hauptſächlich in der Weiſe des
Anſchlags und in einer zu gemeſſenen Behandlung des
Inſtruments fand. Dagegen ſchätzte er ihn als Compo-
niſt außerordentlich, und ſein Septett, ſeine Phantaſie
(beide hatte Hummel geſpielt) erklärte er für Werke erſten
Ranges, ließ ſie auch, ſowie die ſpätern Hummel'ſchen
Concerte, ſeine vorgerücktern Schüler ſämmtlich ſpielen. —
Ich bezweifle, daß Hummel den Berger'ſchen Werken ſo viel
Aufmerkſamkeit gewidmet hat, obwol ſie derſelben ebenſo
werth ſind.

Durch Hummel angeregt, ſpielte Berger damals, 1817,
außerordentlich viel, und dies iſt die Zeit, wo ich ihn auf
der glänzendſten Höhe ſeiner Virtuoſität gekannt habe;
doch klagte er ſtets, daß er bei weitem noch nicht wieder
die Sicherheit und Leichtigkeit gewonnen habe, die er in
Petersburg beſeſſen. Ein eigenthümliches Uebel, deſſen
hier erwähnt werden muß, weil er es viele Jahre lang als
das Haupthinderniß ſeiner Lebensthätigkeit betrachtete, hatte
ihn nämlich dort betroffen. Beim Einüben ſeiner Sonate
in C-moll, die er ſich ſelbſt nie kraftvoll und feſt genug
ſpielte, weil er gewiſſe Paſſagen darin mit eiſernen Fin-
gern und doch im leichteſten Fluge ausgeführt haben
wollte, mußte er ſich zu ſehr angeſtrengt haben. Denn
mitten in einer der gedachten Paſſagen empfand er plötzlich
einen Schmerz im rechten Oberarm, der ihn faſt ſofort
zwang, ſein Spiel abzubrechen. Er verſuchte es einige
male, demſelben Trotz zu bieten, doch das Uebel wurde
ſoviel heftiger, daß er die Ueberwindung deſſelben auf dieſe
Art aufgeben mußte. Anfangs hielt er den Fall für einen
rheumatiſchen, doch die Aerzte erklärten ihn für ein Ner-
venübel, welches vor allen Dingen Schonung verlange.
Von dieſem Augenblick an (etwa 1811), klagte Berger,

habe sein Fortschreiten im Spiel aufgehört, denn ein an=
haltendes Ueben sei ihm nicht mehr möglich gewesen; wol
in einzelnen Zeiträumen von einigen Wochen, dann aber
auch immer mit einer Verschlimmerung des Uebels, sodaß
er wiederum Monate lang inne halten mußte. Der Som=
mer 1817 sah den letzten, einigermaßen anhaltenden Ver=
such Berger's, sich in der Virtuosität zu behaupten. Es
war damals auch zugleich das Concert in As-dur von
Field erschienen, das er nebst den Hummel'schen Compo=
sitionen einübte. Merkwürdig war es zu sehen, wie er
dadurch täglich an Sicherheit und Kraft zunahm. Wie er
überhaupt mehr als Andere von Gewohnheiten abhing, so
auch hier. Einige Wochen hatten eine Veränderung erzeugt,
die man auf Rechnung von Jahren hätte schreiben dürfen;
er gewann eine Stärke der Finger, einen Fluß der Passa=
gen, die im Verein mit seinem edeln, oft wahrhaft sprü=
henden Feuer, und dem ungemeinen Reiz seines Spiels
ein Ganzes erzeugten, das zu den imponirendsten Erinne=
rungen gehört, welche ich von der Virtuosität überhaupt,
und insbesondere von der auf dem Pianoforte bewahrt
habe. Da der großartige Stil seines Spiels, dessen Haupt=
eigenschaft bildete, so waren es auch vorzugsweise Aufga=
ben in dieser Art, in denen er glänzte. Dahin gehörten
die Mozart'schen Ouverturen aus „Titus", „Figaro", „Don
Juan", die er mit orchesterartiger Charakteristik nach eigener
Einrichtung für das Pianoforte vortrug, die bei seinem
damals gewaltigen Broadwood'schen oder Clementi'schen
Flügel, und für den Raum eines größern Zimmers berech=
net, die größten Wirkungen hervorbrachte. Besonders war
es die Ouverture aus „Titus", die er in einem wahrhaft
grandiosen Stil, in römisch kaiserlicher Größe vortrug, ohne
im mindesten die Composition durch Zusätze zu beeinträch=

tigen, und streng im Orchestertempo festhaltend. Auch Gluck's Ouverture zur „Iphigenia" spielte er mit einem Adel und einem tiefen Schmerz der melodischen Accente, wie ich sie sonst niemals gehört.

Dieser Sommer 1817 führte auch andere nähere Be=rührungspunkte zwischen uns herbei. Ich stand in dem Alter, wo sich das Bedürfniß der Erkenntniß und Durch=dringung höherer Wahrheiten mit aller Lebendigkeit und Macht, gewissermaßen unabweisbar einstellt. Berger war, wie alle tiefern Menschen durch ähnliche Betrachtungen stets lebhaft angezogen und ernst bewegt. Er vermochte nicht, sich in die wissenschaftlichen Formen der philosophi=schen Sprache hineinzuarbeiten, mit denen freilich auch viel=facher Misbrauch getrieben wird. Und dennoch, wo er Einzelnes auffaßte, aufleuchtende Blitze, die ihm eine dunkle, flüchtig auftauchende und ebenso schwindende, aber eben darum desto anregendere Vorstellung des ganzen laby=rinthischen Gebäudes gaben, erzeugte sich eine desto bren=nendere Begier, diesen Fingerzeigen nachzugehen. Es gibt Nichts, was so zur Mittheilung und gemeinsamen Bespre=chung drängte, als gerade diese Gegenstände und Begehr=nisse; daher vertieften wir uns oft bis in die späte Nacht mit Gesprächen der Art, die zunächst durch Fichte's „Be=stimmung des Menschen", die Berger mit ernstester Anstren=gung nicht blos las, sondern förmlich durcharbeitete, erzeugt wurden.

Ein junges Herz wird von vielen Unruhen und Wün=schen oft bis zur Beängstigung gedrängt; wer hätte dies nicht erfahren! Berger wurde für solche Zustände mein Vertrauter. Sein echt wahrer, menschlicher, wohlwollen=der Sinn, sein gereifterer männlicher Ernst, und doch zu=gleich seine, der künstlerischen Seele so eigene, tiefe und warme Theilnahme, sein Eingehen auf alle Gefühlszustände, mußten dieses Vertrauen nähren, und in mir die reinste Liebe und Verehrung wecken. Noch heute, nach fast einem Vierteljahrhundert, während dessen ich manches Menschen= herz prüfend beleuchtet, und, ich darf es sagen, in dieser ganzen Zeit ein eifriges Studium daraus gemacht habe, die psychischen Räthsel praktisch zu lösen; noch heut muß ich das Bekenntniß ablegen, daß ein eblerer, großartigerer, reinerer Sinn, als Berger's, gepaart mit so viel natür= licher Lebenslust und menschlicher Zugänglichkeit, mir nicht wieder aufgestoßen ist. Diese innerste Trefflichkeit seines Selbst, die unwillkürlich Jeder, der mit ihm in Berüh= rung trat, anerkennen mußte, diese war es auch, die ihn in Verhältnissen jedes Ranges, jeder Bildung, in Achtung und Liebe, ja in Verehrung erhielt; sie war es, welche es bewirkte, daß er bei allen spätern, durch Krankhaf= tigkeit bisweilen fast unerträglichen Launen, doch immer wieder Liebe fand. Es war bisweilen nicht mit ihm zu leben; ich habe ihn, ich muß es, wenn auch nicht ohne Beschämung und Reue, gestehen, in den letzten Jahren mehr vermieden als gesucht, aber immer geliebt. Denn in dem innersten Kern des geistigen Lebens waren wir dennoch Eins geblieben; wir hatten dieselbe Lebens= religion, wenn auch ganz abweichende Formen des Le= benscultus!

Und wie der wahrhaft Fromme, — freilich weder der unduldsame Pietist, noch der fanatische Katholik, — den wahrhaft Frommen jedes Glaubens ehrt, und die kräftigste Wahrheit seiner geistigen Existenz anerkennt, so stand jeder sittliche Mensch zu Berger. Schon oben habe ich es er= wähnt, daß er bei seinen, den Ansichten der sogenannten höhern Stände, scharf widerstrebenden, auch oft an sich

schroffen Meinungen über Standes- und Staatsverhält-
nisse, mit diesen in dem entschiedensten Gegensatze stand.
Aber dennoch genoß er gerade dort der größten Achtung
und Liebe, und erwiderte dieselbe auch bei einzelnen
Personen in hohem Maße. Noch bei seinem Begräbniß
hat sich diese Gesinnung aus den höchsten Regionen der
Gesellschaft gegen ihn bethätigt, obgleich er die Wahrheit
seines Gedankens nie verleugnet hat, und da am wenig-
sten, wo es ihm irgend bedenklich schien, sie auszusprechen.

Dreizehnter Abschnitt.

Berger als künstlerischer Freund. — Bernhard Klein's Oper:
„Dido".

In solchen Verhältnissen lebte ich die Jahre 1816 bis
1819 mit Berger. Damals gestalteten sich unsere Beziehungen ein wenig anders; es kam ein drittes Element hinein, das, gleich einem chemischen Zusatz, eine Art Schei-
dung der bis dahin vorhandenen Stoffe herbeiführte, wenigstens, um im Gleichniß zu bleiben, bis zu einem gewissen Grade, dem der Sättigung jenes dritten Elements,
und dieses war Bernhard Klein. Daß und wie ich diesen
zuerst bei Berger sah, habe ich schon oben, bei der Geschichte der Stiftung der Liedertafel, erzählt. Der Haupt-
grund, weshalb durch ihn mein Verhältniß zu Berger
zwar keine Verstimmung, aber doch eine Umstimmung er-

litt, war deſſen theilweiſe Ueberlegenheit in vielen, ſowol
muſikaliſchen, wie andern geiſtigen Dingen, die eine Er=
ſchütterung der unbedingten, höchſten Autorität der Muſik,
die ich bis dahin in Berger verehrt hatte, herbeiführte.
Nicht daß Einer durch den Andern gefallen wäre, doch es
fingen Zwei an, ſich auf demſelben Felde und mit gleicher
Sicherheit und Stärke zu behaupten, die zum Theil ganz
verſchiedenartige Berechtigungen dazu mitbrachten, nicht ſel=
ten auch miteinander in geradem Widerſpruch ſtanden. Ich
hatte bisher auf dieſem Gebiet der Autorität eines ſo über=
wiegenden Mannes, wie Berger, unbedingten Glauben ge=
ſchenkt; ein ebenſo bedeutender hatte jetzt häufig die völlig
entgegengeſetzte Anſicht. So wurde ich es an zwei höchſt
ausgezeichneten Männern zuerſt inne, wie ſchwer es iſt,
die echte Linie der Wahrheit zu finden; wie ſchwer, ſich
die Unterſchiede feſtzuſtellen, wo zwei voneinander abwei=
chende Wege doch zu dem gleichen Ziele führen, oder wo
einer derſelben ein Irrweg, und nur eine einzige Linie
zuläſſig iſt. Oft hörte ich Berger Etwas tadeln, was
Klein mit ausgezeichnetem Lobe nannte; oft fand Einer in
den Arbeiten des Andern eine Schwäche, einen Fehler, den
jener wiederum mit entſchiedener Sicherheit zu vertheidigen
wußte. So gerieth ich in nicht geringe Zweifel und
Zwieſpalte; hat mich aber irgend etwas im eigenen Ur=
theil gefördert und die Schärfe meines Nachdenkens her=
ausgefodert, ſo war es die jetzt ſtets an mich geſtellte
Aufgabe, dieſe Räthſel und Verwickelungen aufzulöſen,
das Wort zu finden, welches für beide Fälle den Schlüſ=
ſel darbot.

Aber für Berger ſelbſt wurde dieſes Verhältniß noch
ungleich fördernder. Bei aller künſtleriſchen Gegnerſchaft
zwiſchen ihm und Bernhard Klein beſtand doch eine in=

nerste Gemeinschaft, die Beide, wie heftig sie sich auch in
einzelnen Fällen abstießen, doch immer wieder durch· ein
höheres Gesetz des Zusammenhanges zueinander führte.
Berger hatte eines solchen Gegners lange bedurft, um seine
Kraft zu prüfen und herauszuarbeiten. Sein edler Sinn
war so frei von kleinlicher Eifersucht, daß er sich, wenn
er auch eigene Niederlagen schmerzlich empfand, doch des
begründeten Triumphs eines Nebenbuhlers nur erfreute.
Es kostete ihn dies nicht einmal eine Selbstüberwindung,
sondern seine künstlerische warme Natur erzeugte diese Empfindungen von selbst; den Schmerz, sich einen Andern vor-
aneilen zu sehen, empfand er zwar in der Rückwirkung
auf sich selbst, allein niemals übertrug· er dieses Gefühl
auf die Veranlasser, sondern fand sogar eine Art Trost
und Entschuldigung darin, das fremde Gute desto eifriger
anzuerkennen und zu befördern, um wenigstens auf solche
Weise an der Kunst gut zu machen, was er an ihr ver-
absäumte.

Daher fand Bernhard Klein in ihm den festesten An-
haltpunkt und treuesten Geleiter für seine auf große Ziele
gerichteten Bestrebungen, bei denen er allerdings auf mannichfaltige Weise mit der Welt im Ganzen wie mit den
feindseligen Einzelnheiten, und vor allem mit jener schwer-
fälligen Kraft der Trägheit zu kämpfen hatte, die sich dem
feurig Vorwärtsbringenden oft noch unüberwindlicher in den
Weg legt als die entschiedenste Gegnerschaft.

Klein würde umgekehrt nicht so der warme und aufrichtig befördernde Freund Berger's gewesen sein, wenigstens nicht ohne lange Kämpfe der Selbstüberwindung
denn schon die kleinern Ziele und Erfolge in der Liedertafel, in einzelnen Publicationen, selbst im Klavierspiel, in
denen Berger ihn besiegte, verwand er schwer und ließ sich

zuweilen zu Ungerechtigkeiten, ja zu Bitterkeiten verleiten. Dies war die Folge seines ungleich mächtiger stürmenden innern Dranges zu künstlerischer Größe, ohne daß sein Beruf in gleichem Maße Schritt gehalten hätte. Um so anerkennenswerther war Berger's Haltung, der jene feindseligen Richtungen einer unüberwundenen Künstlereifersucht in Klein sehr wohl kannte, sie ihm aber, sowol um der Reue willen, die dieser nach dem leidenschaftlichen Momente stets empfand, wie seines großen künstlerischen Werthes halber, an dem sich Berger erhob und begeisterte, immer wieder vergab. Auch wol weil er es dennoch durch und durch empfand, daß Klein ihn, trotz alles Widerstrebens, und aller Rettungsversuche und Ausflüchte gegen Berger's Ueberlegenheit, doch als seinen Sieger in Dem, worauf es in letzter Instanz bei der Kunst ankommt, anerkannte, in der schöpferischen Kraft und Tiefe.

Am würdigsten und förderndsten, ja wahrhaft tröstend und hülfreich bewährte sich diese edle Gesinnung Berger's, als Klein die Oper „Dido" von mir schrieb und auf die Bühne brachte. Wenn man sich erinnert, daß Berger's Versuch ähnlicher Art gescheitert, oder doch ins Stocken gerathen war, daß mithin die Betrübniß darüber, und die Unzufriedenheit mit sich selbst, sich so leicht in die Form der Mißgunst gegen das fremde Werk verwandeln konnte, wie denn dies im gewöhnlichen Lauf der Welt fast immer geschieht: so muß man es zwiefach schätzen, daß davon auch nicht die leiseste Spur in Berger's Seele drang, und er seinen Kummer und Mißmuth, statt ihn Andere entgelten zu lassen, im Gegentheil in sich zu versöhnen trachtete.

Klein hatte die Oper im Jahre 1821 vollendet. Berger war tief durchdrungen von dem innern Werth des

Werks. Er verkannte einige Mängel desselben, die ziemlich allgemein durchgehende in Klein's Compositionen sind, nicht; doch die wahrhafte Größe der Arbeit, den Adel der Auffassung, das durchaus dichterische Verständniß, die tiefe, innere Erfindung schlug er so hoch an, daß er mir, wie ich schon sonst angeführt, sagte: „Wenn er zu wählen habe, ob er den «Titus» oder Klein's «Dido» geschrieben haben möchte, so würde er die letztere wählen." Wahrlich ein Wort, das, aus Berger's Munde, der nicht nur der berufenste Urtheiler aus dem Gefühl eigener Kraft, sondern auch der glühendste Verehrer Mozart's war, welcher die angegriffenen Seiten im „Titus" (z. B. die allerdings bisweilen an das Gewöhnliche streifende Melodik) so warm vertheidigte und die Schwächen durch den schönsten Vortrag zu decken suchte: ein Wort, das aus diesem Munde von fast apodiktischem Gewicht ist. Inzwischen lagen die Verhältnisse der Bühne Berlins so, daß es Klein, bei allem Ansehen, welches er als Musiker, wie in geistiger Beziehung überhaupt sich erworben hatte, außerordentlich schwer wurde, sein Werk zur Darstellung zu bringen. Der Graf Brühl, ein wohlwollender Beförderer der Kunst, sah sich durch Spontini auf allen Schritten gehemmt; daher täglich neue Hoffnungen, täglich neue Hindernisse, ein Schwanken, das zuletzt mehr aufreibt als ein einmaliges entschiedenes Scheitern, welches vielleicht auf eine zeitlang niederschlägt, dann aber neue Kräfte nach neuen Richtungen entwickeln läßt. — Wer Klein's Gemüthsart kannte, wird urtheilen können, wie diese Lage auf seinen ebenso stolzen als feurigen Sinn wirkte, wie heftig die innere Glut aufloderte, die ihn verzehrte, und die, jemehr er sie äußerlich mit dem starren Erz scheinbar stoischer Gleichgültigkeit einzwängend bedeckte, ihre Gewalt im Innern nur um so höher steigerte.

Er war oft in äußerster Verzweiflung; es bemächtigte sich dann seiner eine feindselige Erbitterung, die sich unge= recht auch nach denjenigen Seiten Luft machte, woher ihm nicht nur kein Widerstand, sondern sogar Hülfe geboten wurde. Berger, so reizbar er sonst war, ertrug diese Stimmung nicht mit Geduld, sondern mit wahrer Freun= des = und Künstlerliebe; bald suchte er tröstend, auf Klein's Stimmung eingehend, bald erheiternd auf ihn zu wirken.

Endlich kam es zur Erfüllung der Wünsche Klein's; aber damit mußten, durch die dieselbe begleitenden Umstände, seine innern Kämpfe nur wachsen! Denn nun hatte er den Sturm aller jener unseligen, oft völlig unvernünftigen Foderungen und Hindernisse zu bestehen, welche die trau= rige Wirklichkeit der Bühnenverhältnisse erzeugt. Die Sän= gerinnen wollten bald Dies, bald Jenes; jede betrachtete sich, ihren Erfolg, als den Mittelpunkt des Werks, und foderte ohne Umstände die unbedingteste Aufopferung aller künstlerischen Absichten des Componisten, um die eigenen zu erreichen. Vollends aber erregten die Foderungen des Ballets, die durchaus aus ihrer gemeinen Sphäre nicht heraus konnten, einen wahrhaften Ingrimm in dem so großartig wollenden Klein. Die Ruhe, mit der manche Künstler diese unvermeidlichen Opfer zu bringen wissen, und soviel als möglich retten, wo sie nicht Alles zu retten ver= mögen, besaß er nicht. Er war wie zermalmt nach Allem, was ihm in den Proben aufstieß. Er that was man wollte, doch mit innerm Knirschen, mit wahrer Verzweif= lung; aus innerer Ueberreizbarkeit wurde er in gewisser Hinsicht stumpf gleichgültig, denn es mochte nun auch von

ihm verlangt werden, was es sei, er widersprach nirgend,
sondern ließ Alles über sich ergehen. — Dann aber, wenn
er erschöpft aus diesen Proben kam, die für ihn wahre
Feuerproben waren, fand er Berger an seiner Seite, der
ihm mit echter Freundeswärme Muth einsprach und ihm,
in jedmöglicher Weise, Trost, Rath und Stütze zu sein
versuchte. Klein hat mir oftmals gesagt (ich war in dieser
Zeit nicht in Berlin anwesend), „Berger war mein einziger Trost in der aufreibenden Zeit!" Dieser gab sogar
seine Stunden auf und wohnte vielen Proben, namentlich
allen Orchesterproben, selbst bei; er hörte mit dem Ohr
des Freundes, aber auch mit der feinen Schärfe des Ken-
ners. Er machte Klein auf Mängel, die er entdeckte (besonders in der wenn auch oft wundervollen, doch auch zuweilen etwas flüchtigen Instrumentation) aufmerksam, er
gab ihm, die Partitur in der Hand, seinen praktischen
Rath. Dazwischen richtete er ihn auf durch den unge-
heuchelten Ausdruck der wahren Begeisterung für das
Ganze des Werks, durch bestimmtes Hindeuten auf die
zahlreichen einzelnen Schönheiten, durch beruhigenden Zu-
spruch über den Erfolg, der, bei Klein's tiefer Reizbarkeit,
ihm nichts weniger als gleichgültig war. Ja, Berger
übernahm auch, was ihm sonst widerstrebte, eine Art geselliger Vermittelung, zwischen dem durch seine innere, nur
mit äußerster Gewalt bezwungene Aufregung doch zuweilen
herb durchbrechenden Klein und den dadurch verletzten
Künstlern. Er wußte, wie frisch Klein's liebenswürdiger,
Leben und Feuer sprühender Geist sich in der Behaglichkeit froher Zustände entzündete (häufig allerdings auch innere kämpfende Gährungen durch äußere Eruptionen über-
täubte oder ableitete), und führte ihn deshalb nach den
Proben zu fröhlichen Zusammenkünften mit den Künstlern,

die fein Werk beschäftigte. Genug, in all und jeder Weise war er der echte Freund des Freundes, des Werks, der Kunst! Und da dasselbe, aus hier nicht weiter zu ent- wickelnden Gründen, keinen Erfolg beim Publicum hatte (dafür aber, wie mehr erwähnt, desto größern bei wahr- haft Kunstsinnigen, und einen überglücklich entscheidenden für das Leben des Componisten), wurde Berger der eif- rigste, wärmste, unerschrockenste Vertheidiger desselben. Man befremde sich nicht über das Wort „unerschrocken". Wie wir in Demjenigen, welcher der andringenden Schar der Massen nicht weicht, heldenmüthige Kraft anerkennen, so gehört auch wahrhafter Muth dazu, auf einem geistigen Schlachtfelde der Mehrzahl zu trotzen. Es gehört dazu der Muth, die Verurtheilung, Verkennung, ja Verhöh- nung zu ertragen, die, da sie von dem untergeordneten Standpunkte des Geistes und der Sittlichkeit ausgeht, sich oft sogar bis zu Handlungen verirrt, die einen positiven Eingriff in Recht und Leben, in Glück und Ruhe bilden. Niemand, als der Verfasser dieser biographischen Skizze, ist wol so häufig in dem Fall gewesen, das zu erfahren. Wenngleich Steinigung und Kreuzigung, Bannfluch und Scheiterhaufen für die Andersdenkenden aus der Welt ver- schwunden sind, so gibt es doch noch herbe Formen der Kränkung und Verfolgung genug für Diejenigen, welche, der An- und Einsicht der Massen voraus und daher oft entgegen, wider diese auftreten, und, von innerm Beruf gezwungen, den Versuch wagen müssen, den bewußtlosen Strom verkehrter Meinungen einzudämmen.

Berger hatte diesen Bruf und den dazu nothwendigen echten Muth der Wahrheit; er kämpfte bis zur Entrü- stung. Nur die gemeine Klugheit ging ihm ab, zu erwä- gen, ob die flachen Gefäße, die er mit seiner aus der

10 *

Tiefe vollster Strömung geschöpfter Begeisterung erfüllen
wollte, solchen Inhalt zu fassen vermochten. Er hätte
freilich Lessing's Fabel bedenken sollen, in der der Maul=
wurf, da er über den Flug der Fledermaus und des Ad=
lers urtheilen soll, Beide für gleich unermeßlich hoch fliegend
erklärt, weil Beide auf der halben Höhe gemeiner Bäume
seinen blöden Augen verschwanden!

Doch nein! Wahrlich, er hätte es nicht gesollt! Denn
die Wahrheit ist da um ihrer selbst willen, und muß
ihrer eigenen Würde halber vertreten werden, unbekümmert
darum, ob sie verstanden wird oder nicht. Auch ihre
Wohlthaten bleiben nicht aus, selbst wenn die Welt sie
deren unbewußt, wider Willen empfängt. Die Sonne
würde leuchten, auch im Lande der Blinden, und ihnen
den Segen spenden, den sie nicht sehen, noch erkennen.
Zunächst ist uns schon der Vortheil daraus erwachsen,
daß wir von unsers dahingegangenen Freundes echtesten
Künstler = und Freundesgesinnung eines der schönsten Beispiele aufzubewahren haben.

Vierzehnter Abschnitt.

Eine späte Liebesblüte. — Ihr Absterben.

Jenes ganze Ereigniß war, wie es seinem Herzen ein
ehrendes bleibt, auch zugleich ein stärkendes, erhebendes
für Berger. Indessen müssen wir leider auch eins berüh=
ren, das für ihn eine Quelle tiefer, zarter, still getragener
Trauer wurde.

Nachdem weit über ein Jahrzehnd dahingegangen war über den Grabhügel seiner ersten Liebe, kehrte ihm das Bedürfniß, seiner einsamen kalten Lebensstellung durch eine innige Verbindung Licht und Trost zu geben, mit voller Stärke zurück. Doch er war zu reif in Jahren, Urtheil und Erfahrungen geworden, um die Ehe mit jugendlicher Leichtigkeit zu schließen. Ein äußerer Anschein des Glücks konnte ihn nicht mehr verblenden, er mußte eine tiefere Begründung haben, daß Diejenige, mit der er sein Schicksal verschmelzen wollte, jene innere Verwandtschaft zu ihm habe, ohne die eine beglückende Einigung unmöglich war. Berger mußte viel fodern; es lag in der Natur seines Wesens, in seinem eigenen hohen Werth. Er mußte in der weiblichen Richtung Eigenschaften finden, die seinen männlichen die Wage hielten.

Wer fühlt nicht, wie schwer dies war! Außerdem bedurfte eine Lebensgefährtin der er sein Loos vertrauen wollte, noch einer äußerst seltenen Fähigkeit, der, alle seine Fehler vorweg zu erkennen, sie als eine mit seiner innersten Eigenheit tief verwachsene, nicht mehr daraus zu lösende Krankheit zu begreifen, und somit sanfte Duldung und freundliches Ertragen derselben sich zur ersten aller Pflichten zu machen. Ich bezweifle, daß Berger diese letzte, seltenste Eigenschaft bestimmt foderte, da er nicht wohl im Stande war, sich selbst unbefangen genug zu beurtheilen, um zu sehen, wie nöthig sie sei. Seine hypochondrische Aengstlichkeit und Verletzbarkeit, ja der Argwohn, der gewissermaßen wider seinen Willen oft ohne alles Motiv, aber doch durch die Macht der innern Stimmung unabweisbaren Eingang zu seinem edeln Sinn fand: waren Krankheiten, die er, wie jeder Hypochonder, nicht als solche zu erkennen vermochte, sondern für das eigenste

Recht, die klarste Wahrheit der Zustände hielt. Daß er
also dafür Duldung suchen mußte, war ihm schwerlich zur
bestimmten Erkenntniß geworden. Doch selbst diese Eigen=
schaft einer zu wählenden Lebensgefährtin, in dem seltenen
Grade, der hier nothwendig war, in Abzug gebracht, blieb
noch so viel für ihn selbst zu fodern übrig, daß auch da=
durch noch die für ihn geeignete Gattin zu den großen
Seltenheiten des Geschlechts gehören mußte. Insbesondere
war es für Berger Bedürfniß, daß sie jene weibliche De=
muth, jene stille, zutrauensvolle Hingebung besitze, die aller=
dings eine der liebenswürdigsten Charaktereigenschaften ist,
und selbst der Aeußerlichkeit der Frau den eigensten Reiz
verleiht, der vorzugsweise in ihrem Geschlecht gesucht und
geliebt wird. Diese Milde der Weiblichkeit, die durch kei=
nen Glanz derselben ersetzt wird, glaubte Berger endlich
in einem Wesen gefunden zu haben, zu dem sich denn
auch sofort sein innerstes Herz tief hingezogen fühlte. Wir
wollen sie hier mit keinem Namen bezeichnen, auch sonst
keine nähere Andeutung geben. Berger hatte den festen
Entschluß zu dieser Verbindung gefaßt, die vielleicht doch
noch ganz neue Lebenskräfte wieder in ihm erweckt, ihn
der Kunst mit erfrischten Kräften zurückgegeben, und so
noch die segensreichsten Spätfrüchte erzeugt hätte. Doch
sein ausgesprochener Wunsch fand keine Aufnahme. Nicht
aus persönlichen Gründen, sondern aus allgemeiner Rich=
tung des jungen Mädchens, einer zur vollen Stärke aus=
gebildeten religiösen Schwärmerei, die über erträumte, hö=
here Pflichten und Bestimmungen die wahrhaften, von
der Natur, dieser nächsten Offenbarung des Göttlichen, ge=
botenen verkannte. Jetzt ist diese Richtung leider noch
häufiger als damals, wiewol sie sich selten bis zu dem
Grade steigert, ein wirklich dargebotenes Glück aus irren-

der Pflicht der Entsagung zu opfern. Wir haben Ursache,
aus Berger's Aeußerungen die Meinung zu schöpfen, als
sei das zurückweisende Nein wirklich mit einem Opfer verknüpft gewesen, als habe eine Bekämpfung der eigenen
Neigung, um des Wahnes einer höhern Berufung willen
stattgehabt. Berger berührte das Verhältniß gegen mich
nur ein einziges mal, in bitterster Erschütterung der Wehmuth, als der Zufall uns auf einem Spaziergange seine
Geliebte vorüberführte. Ich hatte bis dahin durchaus keine
Kenntniß von einem solchen Vorgange gehabt. Es ging
eine Dame an uns vorüber, er grüßte, ich mit, ohne sie
einmal recht ins Auge gefaßt zu haben. Nach einigen
Augenblicken stand er still, sah sich um, ergriff dann meine
Hand und sagte: „Da geht das geträumte Glück meines
Lebens hin!" — Und nun erzählte er mir den Hergang
in tiefbewegter Stimmung.

Daß dieses Ereigniß lange wehmuthsvoll in der Seele
unsers Freundes nachklang und solchen Einfluß auch auf
seine Kunst übte, wird Jeder begreifen, der Zustände dieser Art überhaupt begreift. — In seinen Liedern hat
Berger auch diese Saite öfters berührt; ich weiß von
einem derselben mit Bestimmtheit, daß es in nahem Zusammenhange mit seiner Trauer stand, von andern kann
ich es nur vermuthen. Jenes findet sich in dem Nachlaß,
Liederheft Op. 33, Nr. 8, „Heimweh" überschrieben, und
beginnt mit den Worten:

> Der Erde rauhe Winde,
> Sie thun dem armen Kinde,
> Ach, Vater, gar zu weh'!

Es ist musikalisch von außerordentlicher Schönheit, besonders die Dissonanz auf dem Worte: „gar zu weh'!"

Berger sagte darüber zu mir: „Andere müssen sich vielleicht erst an diese schneidende Dissonanz gewöhnen; mir ist sie natürlich!"

Funfzehnter Abschnitt.

Beginnendes Alter. — Der Tod künstlerischer Zeitgenossen — auch Bernhard Klein's.

Die Jahre rückten vorwärts; der Lebensherbst fing an seine Blätter zu streuen, und ein leichter Anflug von Winterschnee ließ sich in dem braunlockigen Haar unsers Freundes wahrnehmen. Schmerz und Zeit hatten ihn mit gleich rauhem Hauch berührt!

Ich glaube nicht, daß Berger, nachdem ihm dieser Versuch, sich noch einmal den häuslichen Herd zu bauen, fehlgeschlagen war, noch einen fernern gemacht hat. Es bedurfte der Jahre, um diese Wunde zu heilen, um den Boden seines Herzens für eine neue Saat empfänglich zu machen, und darüber verging die Zeit, wo dies ohne Wagespiel, ja ohne Thorheit, überhaupt noch möglich war.

Von diesem Zeitpunkt an begann Berger größere, d. h. länger dauernde Reisen zu unternehmen. Er besuchte verschiedene Bäder seiner Gesundheit halber. Ich glaube nicht, daß diese direct durch irgend eines derselben gefördert worden ist; und um so weniger, als er bald dieses, bald jenes versuchte, heute diesen Arzt, morgen jenen hörte, und zuletzt keinem vertraute und gehorchte, sondern selbst entschied.

Allein die Reise, das Herausreißen aus allen seinen, Jahr aus Jahr ein wiederkehrenden Verhältnissen, was so häufig den Hauptvortheil der sogenannten Badecuren bildet, war auch bei ihm unstreitig der wesentlichste. Und so mochte es sich denn ziemlich gleich bleiben, ob er Karlsbad oder Dobberan, Teplitz, Wiesbaden oder Baden-Baden besuchte. Ohne diese jährliche Erfrischung würden ihn die Arbeiten des Winters, seine Kränklichkeit, der hypochondrische Unmuth, der ihn so oft drückte, gewiß manches Jahr früher dem Kreise seiner Freunde entrissen haben.

Auch insofern gewährten ihm solche Reisen eine geistige Auffrischung, als er sich oft in entfernten Theilen Deutschlands geachtet und verehrt sah, ohne daß er es ahnte. Denn, daß er eigentlich keinen berühmten Namen habe, d. h. einen solchen, der von aller Welt gekannt sei, wußte er sehr wohl; so schätzte er denn bisweilen seinen musikalischen Ruf auch unter dem wirklichen Standpunkte desselben, und war um so mehr erfreut, wenn er Beweise des Gegentheils erhielt. Nichts aber steigert die schöpferische Kraft des Künstlers so als die Rückwirkung der Erfolge. Von einem sehr falschen, einseitigen Standpunkte aus wird von der unkundigen, unverständigen Menge oft künstlerische Eitelkeit genannt, was nothwendige Lebensluft für den Künstler ist. Er muß Erfolge haben, Erfolge sehen, um befruchtende Kräfte zu neuen Anstrengungen zu gewinnen. Nur in der Zeit der Jugend, des entwickelnden Strebens, dauert die Kraft aus, ohne Rückströmung derselben; später versiegt sie, wie eine unerwiderte Liebe. Es ist eine leere Abstraction, zu behaupten, daß die Kunst an und für sich dem Künstler genügen könne, daß er der Welt nicht bedürfe; er bedarf ihrer, denn sie ist seine Auf-

10 * *

gabe. Noch haben die Jahrtausende keinen großen Künstler geboren, der nicht auch ein berühmter gewesen wäre;
und selbst das mittlere Talent verkümmert zur trostlosen Unbedeutendheit, wenn es sich nicht in der Einwirkung auf die
Welt entwickelt. Niemand kann für sich in der Stille des
Zimmers fortdauernd große Werke schaffen und sie ver-
schließen. Selbst ein Mozart hätte es nicht vermocht. Und
sind auch Kunstleistungen ohne Anerkennung möglich, so
potenziren sich dieselben doch durch die Anerkennung in einer unberechenbaren Weise. K. M. von Weber lebte nach
der Anerkennung, die sein „Freischütz" gefunden, nur noch
wenige kränkliche Jahre, und in diesen schuf er seine zwei
größten Werke, „Euryanthe" und „Oberon", und entwarf noch verschiedene andere; so gab er in dieser kurzen Zeit an innerm Gehalt zuverlässig, an äußerm Umfang vielleicht auch, mehr als er in seiner ganzen übrigen
Künstlerlaufbahn entwickelt hat! Das war der Segen der
Anerkennung!

Dieser fiel denn auch, wenngleich nur im Kleinen, auf
unsern Freund zurück. Er kehrte von keiner Reise wieder,
ohne mit großen Entwürfen erfüllt zu sein, die, wenn sie
auch nicht zur Ausführung kamen, doch ihn selbst künstlerisch nährten und aufrecht erhielten und manches andere
Erzeugniß veranlaßten.

Indessen gerade nach der Rückkehr von solchen Ausflü-
gen wurde das Bedürfniß einer Heimat, das heißt einer
Häuslichkeit, um so stärker in ihm. Er faßte endlich den
Entschluß, sein vereinzeltes Leben aufzugeben, und die Umgebung von Haushälterinnen, Aufwärterinnen u. s. w. mit
einer freundlichern zu vertauschen. Er bot einer seiner
Nichten einen dauernden Aufenthalt bei sich an, und auf
diese Weise stellte sich endlich für den alternden, der Kränk-

lichkeit und mancher trüben Stunde mehr und mehr ver=
fallenden Mann ein behaglicheres Lebensbild dar, das ihm
wenigstens den bestmöglichsten Ersatz einer eigenen Familie
gewährte.

Ich betrachtete diese Veränderung in dem Leben des
Freundes, so wohlthuend und angemessen sie für ihn war,
doch nicht ohne Wehmuth. Denn sie war zugleich ein
Vorbote Dessen, was noch früher eintrat, als man es be=
sorgte: das Neigen seines Lebenssternes drückte sich in die=
ser Zurichtung auf Stille und Pflege zu entschieden aus.
Wo man den Sessel bereit stellt, da findet sich auch bald
der willkommene oder unwillkommene Gast, der den Platz
einnimmt!

Berger fand sich ungemein wohler und befriedigter in
dieser um ihn geschaffenen Häuslichkeit. Er fühlte, daß sie
seinen Bedürfnissen entspreche. Denn er war nun wirklich
ernstlich leidend; ein krampfartiges Uebel, das ihm die
Brust zusammenzog, überfiel ihn häufig, und nöthigte ihn
oft, mitten im Gehen stehen zu bleiben, weil er dann auch
die leiseste Bewegung nicht fortsetzen konnte. Es war eine
Herzkrankheit, die sich jetzt den andern Zuständen seines
Körpers zugesellte, und natürlich seine Erregbarkeit oft auf
den höchsten Grad steigerte. — Die Aufgabe, die er somit
Denen, die nahe und viel mit ihm lebten, stellte, würde
eine höchst schwierige gewesen sein, wenn nicht sein edles
Wohlwollen doch überall als die eigentlichste Grundlage
seines Wesens zu Tage getreten wäre, und so diese einzel=
nen Ausbrüche immer wieder ausgesöhnt hätte. — Oft
war er auch in dieser seiner häuslichen Lage sehr liebens=
würdig, und wie eine freigebige herzliche Gastlichkeit ihn
von jeher ausgezeichnet hatte, so liebte er es auch jetzt un=
gemein, Freunde bei sich zu bewirthen. Seine wahre, echte

Liebe zur Kunst bethätigte sich dabei sehr oft, indem er jüngere Künstler aufs wohlwollendste aufnahm, und Diejenigen am liebsten, die das Beste leisteten. Der letzte der ausgezeichneten Künstler, dem er auf solche Weise gastlich entgegentrat, war Henselt. Er liebte es dann sehr, seine Freunde an geselliger Mittagstafel bei sich zu versammeln, wo zwangloser Scherz, und eifrig, aus echtem Sinn geführte Kunstgespräche die wechselnde Unterhaltung bildeten. Jede Meinung durfte sich dabei frei aussprechen; es gab keine vorgefaßte Ansicht. Er war offen im Lob und im Tadel gegen seine Kunstfreunde und Genossen, und obgleich er gern als Spieler zurücktrat vor der talentreichen jüngern Welt, so wußte er sich doch gegen sie in seinem Ansehen vollkommen zu behaupten, und war sich auch seines Uebergewichts in dem Wesentlichen der Kunst völlig bewußt. Es prägte sich in seinem ganzen Wesen etwas so Achtungswürdiges und zugleich Herzliches aus, daß nur ganz verlorene Charaktere unergriffen davon blieben. Wie der Mensch, so machte sich auch der Künstler geltend. Die Meisten, welche ich mit geringer Meinung von seiner musikalischen Bedeutung, und besonders von seiner Virtuosität, zu ihm kommen sah, gingen mit höchster Achtung, oft auch mit Erstaunen und Bewunderung von ihm.

Früher hatte er die Abende solchen künstlerischen Vereinen gewidmet, doch in den letzten Jahren war er zu dieser Zeit schon zu abgespannt und bedurfte der Ruhe.

Er blieb daher meist zu Haus, und so verlor er sich auch mehr und mehr aus den Familien, mit denen er sonst Umgang pflegte. Er hatte stets darin auch eine eigenthümliche Weise gehabt. Wem er sich einmal anschloß, der wurde ihm für lange Zeiträume unentbehrlich. Ein Umgang, wie er gewöhnlich zu bestehen pflegt, der von Zeit zu Zeit einen einzelnen Abend oder Mittag in Anspruch nimmt, war nicht der seinige. Fing ihn das Beisammensein mit einer Familie an zu fesseln, so kam er wo möglich Tag für Tag. Er setzte sich ohne Umstände an den Mittagstisch nieder, verlangte nichts, als was die gewöhnliche Sitte des Hauses bot (wie er denn überhaupt keine Art des Lecker = oder Unmäßigseins an sich hatte), blieb nach Tisch zum Kaffee, zum Thee, bis zum Abend — oft wenn er ursprünglich nur einen vorübergehenden Besuch hatte machen wollen! Dies wiederholte er bisweilen Wochen, ja Monate lang, wenigstens in der Art, daß er jeden Abend, nachdem er seine Stunden gegeben, ansprach und sich dann sehr unglücklich fühlte, wenn er einmal die Familie, deren Umgang ihm gerade zur Gewohnheit geworden war, nicht zu Haus traf. Selbst die bestimmtesten Einladungen und Zusagen hinderten ihn oftmals nicht, da zu bleiben, wo er sich gerade wohl befand. Er sah zwanzig mal nach der Uhr, wollte fort, erklärte, er müsse durchaus, konnte sich aber doch noch nicht entschließen, fand endlich, daß die Zeit versäumt sei, und blieb nun. Diese gesellige Unzuverlässigkeit trug er indeß auf Verhältnisse, wo es wirklich ernsten Versprechungen und Zusagen galt, durchaus nicht über, sondern ließ sich da überall als der Gewissenhafteste und Zuverlässigste finden. Ueberhaupt war seine Freundschaft nie wandelbar, und, wie zufällig sie erschien, doch immer der echtesten Art. Oft habe ich mich geprüft, wenn mir irgend ein ernstes Lebensgeschick bedrohlich entgegengetreten wäre, wem meiner Freunde ich am vertrauensvollsten das Herz geöffnet, bei wem ich die Hülfe, der That zuerst gesucht haben würde: Berger hätte darin die meisten Bürgschaften gegeben. Dieses Zutrauen lag nicht in unsern persönlichen Verhältnissen allein, sondern

hauptſächlich in ſeinem Charakter; alle ſeine Freunde theil-
ten es, — vielleicht nur zu ſehr! Gegen Kunſtgenoſſen
war Berger doppelt dienſtfertig und aufopfernd freund-
ſchaftlich. So ungern er ſich in ſeinen häuslichen Ver-
hältniſſen ſtören ließ und den behaglichen Gewohnheiten
derſelben entſagte, ſo ließ er ſich doch immer wieder durch
ſein Wohlwollen beſtimmen, Muſiker, die ſich für einige
Zeit in Berlin aufhielten, und denen der Ertrag ihres et-
waigen öffentlichen Auftretens unmöglich die Koſten eines
mehrwöchentlichen Aufenthalts erſetzen konnte, bei ſich ſelbſt
aufzunehmen. Zumal wenn es ältere Freunde, aus Petersburg her, waren, ein Aufenthalt, deſſen wehmüthige
Erinnerungen ſich doch von Zeit zu Zeit immer wieder mit
unüberwindlicher Stärke geltend machten. Es wurden ihm
jedoch ſolche Freundlichkeiten oft übel belohnt. Träge oder
leichtſinnige Künſtler fanden es bequem, über Gebühr lange
bei ihm auszuruhen; ſie machten auch ſonſt noch An-
ſprüche an ſeine Börſe durch-Darlehen, die ſie nicht nur
nicht zurückzahlten, ſondern, wie es oft geſchieht, im Gefühl ihres Unrechts und ihrer drückenden Verbindlichkeit,
Gehäſſiges gegen Berger ausließen oder erfanden, um ſich,
im Schein des Glaubens daran, einen Vorwand für ihre
Unwürdigkeit zu ſchaffen. — Ich weiß, daß Berger auf
ſolche Weiſe mit großmüthigen Opfern manche recht bittere
Stunde gekauft hat.

Doch immerhin! Der letzte, ſchönſte Segen, der eines
reinen, ehrenden Andenkens iſt ihm dennoch davon zurückgeblieben! Und ſtieß er auf Undankbare, ſo fand er auch
Dankbare, und ſelten mag ein Mann ſo allgemein geachtet
und geliebt worden ſein!

Wie der äußere Wechſel ſeines Lebens überhaupt gering war und die Bedeutung deſſelben ſich faſt nur an

innere Thatsachen knüpfte, so entschwanden auch die letzten
Jahre ohne bedeutende Ereignisse für den Kreis seines
Wirkens. Doch trafen ihn einige künstlerische Verluste tie-
fer, als man meinen sollte. Beethoven's Tod hatte ihn
mit wehmüthiger Gewalt ergriffen. Er äußerte gegen mich:
„So ist er denn doch gestorben, ohne daß ich ihn je von
Angesicht gesehen! Ich habe oft eine wahre Sehnsucht
nach ihm gehabt, denn, so Vieles mir in ihm widerstrebt,
ich glaube doch, wir hätten uns im Innersten wohl mit-
einander verstanden!" Berger durfte so sprechen; gerade
Beethoven war Der, welcher am sichersten das edle, kostbare
Metall in ihm erkannt hätte. Um miteinander zu leben,
wären Beide nicht geschaffen gewesen; doch einander ein
mal zu begegnen, sich warm zu begrüßen, und als innerste
Verwandte zu erkennen, das wäre ein Glück gewesen, welches Beide zu schätzen gewußt haben würden. Denn, daß
Beethoven der Größere war, hätte ihn nicht gehindert, in
Berger das Große zu erkennen, sowenig wie dieser in
Beethoven's künstlerischem Uebergewicht etwas Anderes empfunden hatte, als einen verstärkten Grund verehrender Begeisterung.

Zelter's Tod im Mai 1832 ward gleichfalls von Berger ernst empfunden. Im Leben standen sich Beide zwar
nicht als Gegner, sondern sogar mit Achtung und einer
äußern Freundschaftlichkeit gegenüber. Doch war eine innere Trennung zwischen Beiden nicht zu verkennen. In
dem Bewußtsein, alles Gute und Ausgezeichnete was Zelter hatte, redlich anzuerkennen, durfte Berger, der in vielen Beziehungen sich mit Recht weit über Zelter fühlte,
auch für sich verlangen, was ihm gebührte. Zelter gewährte ihm aber diese Anerkennung nicht im gebührenden
Maße, obwol er bei seiner musikalischen Einsicht vollkom-

men wiſſen mußte, wie ſchwer Berger wog. Trotzdem bewahrte Berger's redliches Gemüth ſeine edle, allein das
Wahre und Rechte wollende Seele, eine gerechte Würdigung des Guten und Hochſchätzbaren in Zelter; und als
der Tod ihn hinwegnahm, empfand er in der That nur
den Verluſt, den die Kunſt dadurch erlitt, daß ein ernſter
Vertreter derſelben abſchied, der nie das Unwürdige begün-
ſtigt, es ſtets mit Kraft und Selbſtändigkeit bekämpft
hatte. Ich ſage, Berger empfand nur das. Ein Anderer
würde ſich die Gerechtigkeit ſeines Urtheils vielleicht bewahrt und den Werth des Abgeſchiedenen nicht verkleinert
haben; in Berger entſchied das ſchlichte Rechtsgefühl, das
anerkennende Wohlwollen ſeiner würdigen Denkungsart.
Er betrauerte wahrhaft und aus natürlichem Drang das
Gute, was mit Zelter zu Grabe ging, und gedachte des
Uebeln, das er auch vielfach veranlaßt und ihm perſönlich
zugefügt hatte, nicht mehr. — Auch Klein, gegen den
ſich Zelter ebenſo geſtellt, wie gegen Berger, und dem er
in deſſen beſonderer Richtung noch viel beſtimmter ent-
gegengewirkt hatte, entwickelte eine wackere Geſinnung bei
deſſen Tode. Doch nahm dieſelbe aus andern Motiven
eine völlig andere Geſtalt an. Klein dachte rein als Künſtler, er ſchätzte was Zelter geleiſtet, beurtheilte aber aus
ſeinem verwandtern Standpunkte viel ſchärfer was derſelbe
allerdings auch eigenſüchtig gehemmt und gehindert hatte.
Und, indem er (von einer Seite) in ernſter Wehmuth den
bedeutenden Mann zur Gruft geleitete, war ſeine glühende
Seele zugleich mit Entwürfen erfüllt, wie nun durch ihn,
der von allen Lebenden ohne Zweifel am meiſten dazu berufen war, die Kunſt, mit allen angeſpannteſten Kräften,
in ihrer würdigſten Bedeutung vertreten und gefördert werden ſolle. Wenn ich, wie ich mir vorgeſetzt, dereinſt auch

Bernhard Klein's ungleich größeres und bewegteres Lebens
bild in ähnlicher Weise entwerfen sollte, wie das un=
sers Freundes hier, so wird das eng vertraute Gespräch,
das ich unmittelbar nach Zelter's Bestattung mit ihm
hatte, einen der hervortretendsten Züge in dem Gemälde
einnehmen.

Klein's große, glühende Entwürfe waren muthmaßlich
(es hat ganz den Anschein gehabt) an manchen sehr ge=
ringhaltigen Hindernissen und Widerstrebungen gescheitert,
besonders da er wol der Mann war, für das Große, aber
nicht wider das Kleine zu kämpfen; sein allzu frühes Da=
hinscheiden — er starb schon im Herbst desselben Jahres, am
9. September 1832 — ließ es leider zu keinem Ergebniß
irgend einer Art kommen! Sein Tod machte auf Berger
den tiefsten Eindruck. Ich war in jener Zeit nicht in
Berlin anwesend, sondern auf einer Reise am Rhein und
nach Holland begriffen, auf der ich auch Köln, Klein's
Geburtsort, mit vielen mündlichen Begrüßungen von ihm
beauftragt, berührte, und mich gerade in den Tagen um
die nähern Verhältnisse seiner Jugend und Entwickelung
an Ort und Stelle genauer bekümmerte, wo er in seiner
zweiten Heimatsstadt die Grenze seines edeln, reichen Le=
bens fand. Als ich im Spätherbst heimkehrte, fand ich
unter den vielen, um den Seltenen in tiefste Trauer Ver=
senkten auch Berger. Mit dem Schleier des Todes wa=
ren auch alle mißstimmenden Erinnerungen an des Dahin=
gegangenen Mängel bedeckt, und nur das echte Gold sei=
nes innersten Seins leuchtete aus jener dunkeln Nacht
herüber. Oft erging ich mich mit Berger in Gesprächen
über ihn. Er erkannte ihn unbedingt für den vollendet=
sten, tiefsten Musiker, mit dem er je persönliche Berüh=
rungen gehabt, noch mehr aber für die höchste künstle=

rische Natur überhaupt. Wir waren über das Ganze seines Werths völlig eines Urtheils: Berger beklagte es tief,
den einzigen Genossen seiner Kunst, dessen Streben ihn
immer neu zum Wetteifer anzuregen vermochte, von seiner Seite genommen zu sehen, und um so mehr, als
Beide in den letzten Jahren, wo die männliche Reife
Klein's manchen seiner Jugendfehler milderte, ein inni-
geres Verhältniß gehabt hatten als jemals; so innig, wie
es mit Klein überhaupt möglich war, dessen rastlose Natur nicht lange in irgend einer Verknüpfung auszudauern
vermochte.

Der letzte künstlerische Verlust für Berger, dessen ich
hier gedenken will, war der Tod eines Mannes, welcher
die entschiedensten Einwirkungen auf sein Leben gehabt
hatte — Clementi's. Jahre waren freilich oftmals vergangen, ohne daß Beide auch nur einen Brief miteinander gewechselt hatten, und dann betraf ihr Verkehr fast
ausschließlich Geschäfte, kein näheres inneres Verhältniß.
Doch sowol der Künstler als der Lehrer, der Wohlthäter,
der Bestimmer seines Lebensgeschicks waren Berger unvergeßlich geblieben, er trug die Erinnerungen daran als
wahre Heiligthümer seines Herzens in sich. Als ich ihm
daher zuerst die Todesnachricht mittheilte, war er sichtlich
erschüttert. Er versenkte sich in stumme Betrachtungen und
sprach dann halb vor sich hin: „Also ist er todt, der
Alte! — Hm! — Es geht mir doch nahe! — Ich
habe ihm doch Etwas zu verdanken!" — Es war mehr
Beherrschung der Wehmuth als Weichheit in diesen Worten. Man sah, das Bild des greisen Lehrers war dem
selbst alternden Manne in den Hintergrund getreten, und
er hatte kaum gedacht, daß es noch so frische Farben
trage. — Einige Zeit blieb er still, dann ergoß er sich

in Lobeserhebungen über das Verdienst Clementi's als
Spieler und Componist, und wiederholte sein oft ausge-
sprochenes Urtheil: „Ich habe Viele gekannt, die ihm im
Einzelnen überlegen waren, aber eine so durch und durch
gediegene Vollendung habe ich noch an Keinem wiederge-
funden, weder an einem ältern noch an einem jüngern
Spieler. Nicht was, sondern wie er es spielte, das war
Clementi's Größe!" — Und danach setzte er sich an das
Pianoforte und spielte mir einzelne Stellen Clementi'scher
Sonaten, um mir zu zeigen, wo der Werth, der Reiz,
die Gewalt seines Spiels hervorgetreten war.

Wie hoch er den Lehrer schätzte und wie werth ihm
dessen künstlerische Ehre war (als Charakter konnte er ihn
freilich nicht hoch stellen und gab, ohne sein Gutes zu
verkennen, seine werthlosen Seiten völlig zu), davon lieferte Berger einen Beweis, als es galt, ein gerechtes Urtheil zwischen ihm und dem Manne seiner höchsten künstlerischen Verehrung, Mozart zu fällen. In dessen, von
seiner Witwe, der Frau von Nissen, herausgegebenen Biographie findet sich eine Stelle über Clementi, mit dem
Mozart als Spieler vor dem Kaiser Joseph einen Wett-
streit zu bestehen hatte, und ihn dabei als einen fertigen
Spieler, ohne allen Vortrag bezeichnet. Ein Urtheil aus
solchem Munde wäre im Stande gewesen, zumal da Mozart's gerade Redlichkeit und sein geniales Selbstbewußtsein gleichmäßig über jeden Verdacht kleinlicher Eifersucht
hinaus war, Clementi's Ruf als Spieler gegen das Zeugniß einer ganzen Zeitgenossenschaft zu verdächtigen. Berger fühlte sich daher bewogen, für den Lehrer aufzutreten
und das Urtheil Mozart's als richtig zuzugeben, aber zu
erklären. Er that es in der „Musikalischen Zeitung" etwa
folgendermaßen: „Clementi habe ihm oftmals von diesem

Wettkampf erzählt und dabei stets erwähnt, daß er damals die Stärke der Virtuosität nur in der blendenden Fertigkeit gesucht habe; erst später sei ihm der Sinn für Vortrag und schönes Spiel aufgegangen." So behielt also Mozart Recht und Clementi nicht Unrecht, sondern sein Ruf als Spieler bleibt unverkürzt.

Daß der Tod des Lehrers noch lange in Berger nachklang und ihn zu wehmüthigen Rückblicken auf das Ganze seines Lebens, auf das Scheitern desselben in den Hauptzielen und Bestrebungen — und ein Scheitern nicht ohne Schuld! — stimmte, fühlt sich von selbst heraus.

Die sämmtlichen hier bezeichneten Todesfälle veranlaßten überhaupt eine innere Vereinsamung für Berger. Die Verhältnisse der Genossenschaft hörten auf; das letzte nähere, durch redliche Erstrebung und Gesinnung von beiden Seiten getragene, das er gehabt, bestand mit dem verdienstvollen Karl Arnold, schied sich aber durch dessen Veränderung des Wohnorts, da derselbe Berlin verließ und Münster (jetzt Christiania) zum Aufenthalt wählte.

Somit sah sich in den letzten Jahren Berger nur noch von Schülern umgeben, zu denen er eine mehr väterliche Stellung hatte.

Der Herbst war gekommen, die Winde wehten rauh über seinen Pfad, die grüne Lebenskrone erbleichte mehr und mehr und sank in langsamer Entblätterung herab!

Sechszehnter Abschnitt.

— Der Tod. —

Seit längerer Zeit schon sah ich Berger nur sehr selten. Nur ein mal in vier Jahren war er mir lieber Gast und Tischgenoß in der von mir begründeten Häuslichkeit; einige male besuchte er mich flüchtig. Jedes mal war mir sein Erscheinen eine wehmüthige Erinnerung an schöne Jugendzeiten; wir fühlten, daß wir uns liebten wie sonst, wenn auch die Fäden der täglichen Lebensverbindung und des umgänglichen Verkehrs sich gelöst hatten.

Das letzte mal, wo ich ihn gesehen und gesprochen zu haben mich bestimmt erinnere, begegnete er mir auf der Landstraße von Berlin nach dem Dorfe Tegel (Humboldt's vielgekannte schöne Besitzung), wohin er zu einer Hochzeit fuhr, welche draußen in dem anmuthigen Orte gefeiert wurde und in der Familie einer seiner treuanhänglichsten Schülerinnen *) vorfiel. — Ich kam eben von dort her; er drang in mich, mit ihm wieder zurück- und hinauszufahren, er wollte mich Abends wieder hereinfahren! wir hätten uns so lange nicht gesehen, könnten uns auf dem Wege über so Vieles aussprechen! Mich riefen jedoch nothwendige Geschäfte, was man eben so nothwendige Geschäfte nennt, nach der Stadt, und ich lehnte es ab.

---

*) Emma Siegmund; später die Gattin Herwegh's.

Diese Geschäfte habe ich längst vergessen, es würde an ihrer Versäumniß am Ende wol wenig gelegen gewesen sein und sie kosteten mich die letzten, innigen, vertraulichen Stunden mit einem solchen Freunde! Wie falsch wählt und schätzt der Mensch oft, was ihm wichtig sein sollte! Und gerade die Stunde des Herzens kehrt so selten glücklich wieder! — Ich hatte sie versäumt und sie ist mir ewig verloren gegangen! Denn seit jenem Tage habe ich keine dauerndere Berührung mit Berger mehr gehabt. Es war dies im Sommer 1838; im Februar 1839, als ich selbst, an einem rheumatischen Fußübel erkrankt, das Schmerzenslager eben erst verlassen hatte und mühsam im Zimmer umherging, traf mich die Botschaft von seinem in seltenster, aber wahrhaft glücklich zu nennender Plötzlichkeit erfolgten Tode. Die Uebel, die ihn seit Jahren quälten, hatten nachgelassen; er war in den letzten Monden auffallend wohl gewesen, und gerade am Tage seines Todes hatte er sich frischer gefühlt als jemals! Um einer blinden Schülerin, bei der die Eigenthümlichkeit des Unterrichts ihn besonders reizte und seine erfinderische Lehrgabe nach einer neuen Richtung geweckt hatte, Unterricht zu ertheilen, war er nur auf diese eine Stunde ausgegangen, mit der Absicht, noch vor Mittag heimzukehren. — Nur seine entseelte Hülle wurde heimgebracht! *) — Die Kunde davon verbreitete sich rasch durch die Stadt. Manche wollten sie durchaus nicht glauben, theils weil sie ihn an demselben Morgen, fast in derselben Stunde wohlauf gesehen,

---

*) Während er der Schülerin den Takt zählte, sank er zwischen dem Viertelschlag zwei und drei um, ohne die letzte Zahl ausgesprochen zu haben! So rasch war sein Tod!

zum Theil auch, weil einige Jahre früher ein spukendes Vorereigniß sie getäuscht hatte, indem man ihn damals so allgemein als plötzlich am Nervenschlage gestorben sagte, daß die Anfragen desfalls mehre Tage in seiner Wohnung fortdauerten.

Ich selbst durfte leider der Wahrheit keine Zweifel entgegenstellen, doch wie es uns in solchen Augenblicken immer ergeht, konnte das Gemüth die Unwiderruflichkeit des Ereignisses nicht so rasch in sich aufnehmen, um das wahre Gefühl desselben zu hegen. Das Herz sträubte sich, der Ueberzeugung des Verstandes Gehorsam zu leisten! — Erst später wurde es in seiner ganzen Tiefe von der Wehmuth durchdrungen, mit der das Ereigniß Alle treffen mußte, die den Dahingegangenen geliebt und seinen Werth für Leben und Kunst erkannt! Es war ein im Innersten schmerzlicher Verlust für Viele, Viele! Jetzt erst empfand es sich klar, von welcher hohen, unschätzbaren Seltenheit die Erscheinung des edeln, künstlerischen Freundes gewesen war, der uns nun verlassen hatte!

Siebenzehnter Abschnitt.

Bestattung. — Musikalische Todtenfeier. — Denkmal.

Die Tage bis zur Bestattung, und diese selbst, bezeugten es, wie warme, wie zahlreiche Freunde der Dahingeschiedene besessen. Seine Schüler und Schülerinnen, selbst solche, die seit vielen Jahren keine Berührung mehr mit ihm gehabt, widmeten ihm einen Zoll der Wehmuth in dem Besuch des Trauerhauses und warfen einen letzten Blick auf die entseelte Hülle, die weder den Charakter des innern Adels, den seine Züge trugen, noch die sanfte Freundlichkeit verloren hatte, die sich aus seiner wohlwollenden Seele her über*sie verbreitete. — Die ersten Schritte, mit denen ich das Krankenzimmer verließ, führten auch mich an die Bahre des inniggeliebten Freundes, dessen Werth mir erst durch seinen Verlust in seiner wahren Größe erschien.

Zum Begräbniß versammelten sich, außer den nähern Verwandten, seine Freunde, viele ihn verehrende Künstler, Schüler und Mitglieder der Liedertafel, die ihm so manche Herzensfreude, so manchen Herzenskummer verursacht hatte. Bei der zurückgezogenen Stille, in der Berger lebte, erstaunte ich selbst über die große Zahl der vom innersten Antheil Bewegten. Schülerinnen waren schon in der Frühe im Trauerhause erschienen und hatten zum letzten Liebeszeichen für den Todten den Sarg mit Kränzen geschmückt. Auch auf dem Kirchhofe fanden sich vor dem Begräbnißzuge einige dieser Freundinnen ein und legten Blumensträuße in das offene Grab; sie blieben später in weiblicher Zurückgezogenheit stille Zeugen der wehmüthigen Feier, die der ernste Zug der Männer zu vollbringen hatte. Diese weibliche Theilnahme an der Ausgangspforte des Lebens war zugleich auch ein schönes Zeugniß für eine hervortretende sittliche Eigenschaft unsers Freundes, die, daß er mit seltener Reinheit und Zartheit die Frauensitte ehrte und sich so des innigsten Zutrauens und der frei ausgesprochenen Anhänglichkeit aller edlern weiblichen Wesen erfreute, mit denen ihn sein Lebenslauf in Beziehungen brachte.

Unter dem von Männerstimmen gesungenen Choral „Jesus meine Zuversicht" wurde der Sarg in die Gruft hinabgesenkt. Nach dem kirchlichen Liede waren es die eigenen frommen Liebesklänge, in einem schönen Liede ausgehaucht, welches er in der ernsten Weise, mit welcher er die Liebertafel auffaßte, den dieser gewidmeten vierstimmigen Gesängen zugesellt hatte. Die Worte lauteten:

> Bald naht der Herr im Donnersturme,
> Und bald in milder Frühlingspracht. —

Wie diese Töne in der Morgenstille verwehten, mochte es die Versammelten dünken, als schwebe der selige Geist, von den Klängen getragen, jenen reinen Höhen zu, wo jeder Schmerz und jede Sehnsucht des Lebens auf selige Befriedigung hofft! — —

Die letzte Pflicht war geübt, wie sie Allen gebührt, die sich nach vollbrachter irdischer Wanderung zur Ruhe niedergelegt haben. Doch nicht wie sie gegen Solche in Anspruch genommen wird, die sich über das allgemeine Gleichmaß erhoben und das Recht auf ein Andenken längerer Dauer erworben haben. Das gebührte unserm Freunde; die Stätte, wo er ruhte, mußte dauernd und würdig bezeichnet sein, zur geheiligten Erinnerung an sein edles, bedeutsames Dasein. Und um so mehr, als die Welt ihm dies als eine Schuld abzutragen hatte, da sie ihm im Leben die Stellung nicht gewährt, auf die er durch seine innere Geltung ein Recht hatte. Seine Freunde waren eins in dem Entschluß, sein Grab durch einen Denkstein zu schmücken, der wenigstens einigen der nachfolgenden Geschlechter eine Mahnung sein möchte zu gleicher, würdiger Erstrebung. Sein geistiges Gedächtniß sollte ihm das äußere Denkmal errichten. Seine nähern Freunde veranstalteten unter Mitwirkung der Singakademie, der er als Mitglied angehörte, am 21. März nach seinem Hinscheiden

eine musikalische Todtenfeier, welche die doppelte Bestimmung hatte, den Erinnerungen an ihn als Künstler einen
würdigen Sammelpunkt zu geben und die Grundlage der
Kosten für ein Denkmal zu bilden, das seine Gruft schmücken sollte. Sein treuer Schüler, Wilhelm Taubert, übernahm alle musikalischen Einrichtungen und Vorbereitungen
zu dieser Feier; ein anderer, bewährter Freund Berger's,
der berühmte Instrumentenmacher Eduard Kisting *), in
dessen eigenem, wie schon in seines Vaters Hause, Berger,
solange er in Berlin lebte, mit der Liebe eines Familien-
gliedes aufgenommen gewesen war, widmete seinen ganzen
Eifer allen übrigen so sehr verwickelten Besorgungen, die
ein solches Unternehmen nöthig macht. Trieb Jenen ein
inneres Dankgefühl, eine heilige Schuld, so wurde der Andere nur von reiner Freundeswärme und uneigennütziger
Dienstwilligkeit geleitet, die, ihm überhaupt als schöner Cha-
rakterzug eigen, sich hier ganz besonders eifrig entwickelte.
Doch auch weiterhin erstreckte sich das thätige Wohlwollen,
welches durch das würdige Andenken des Verstorbenen geweckt wurde. Das Institut der Singakademie und dessen
Führer, Rungenhagen und Grell, die Sängerin Hedwig
Schulze, deren Mutter schon befreundet mit Berger gewesen, die Sänger Bader, Mantius, Zschiesche; der Concert-
meister Hubert Ries, der Bruder Ferdinand's Ries, welcher
Letztere in sehr nahen künstlerischen Beziehungen zu dem
Verstorbenen gestanden hatte; viele Künstler der königlichen
Kapelle, die sich bereitwillig zur Mitwirkung verstanden:
alle Diese zeigten ihre Theilnahme durch die That und er-
warben sich die begründetsten Ansprüche auf anerkennenden

---

*) Er ist ihm im Jahre 1848 in das Jenseits nachgefolgt.

Dank. Solchem Eifer entsprach die Gesinnung des Publicums, das sich für einen so ernsten Kunstgenuß, der keine jener äußern Anlockungen für die Menge bot, in ganz ungewöhnlicher Zahl versammelte. Da das Concert die doppelte Bedeutung einer Todtenfeier für Berger und einer Erinnerung an seine künstlerischen Leistungen hatte, jeder andere nebenliegende Zweck aber streng abgetrennt war, so hatte man es nur aus Werken Berger's und aus dem „Requiem" Mozart's zusammengestellt, welches den zweiten Theil einnahm. Bei der Wahl des letztern war nicht allein die unerreichte künstlerische Höhe desselben und seine Beziehung zu dem Trauerfall in Anschlag gebracht, sondern ich sah, da ich es vorschlug, darin auch eine Art heiliger Verpflichtung gegen die Manen Berger's, indem er, wie er Mozart an die Spitze aller Musiker stellte, gerade dieses seiner Werke als dessen höchstes achtete, und es so gewissermaßen das Symbol seines ganzen künstlerischen Glaubens war. Mich dünkt, er möchte sich, wenn das Ohr des Hinübergegangenen noch von Klängen dieser Erde berührt würde, aus der Gruft nach diesen Tönen zurückgesehnt haben! So galt denn die Wahl auch ganz eigen und insbesondere ihm selbst.

Die für die erste Hälfte des Concerts meist aus Berger's Nachlaß nach den mannichfaltigsten Richtungen gewählten Werke, wobei man jedoch die verschiedensten Gattungen berücksichtigt hatte, bestanden in einem nachgelassenen „Kyriè und Gloria", dem einzigen kirchlichen Stück, das er geschrieben; seinem Klavierconcert (von Taubert gespielt); der im Lauf dieser Lebensschilderung erwähnten Cantate „Sappho", von der Sängerin Hedwig Schulze gesungen und dem unvergänglich schönen Liede: „Als der Sandwirth von Passeyer", das zum Beschluß des ersten Theils von einem starken, trefflichen Männerchor ausgeführt wurde und eine wahrhaft heilig erschütternde Wirkung hervorbrachte.

Alle diese schönen, geistigen Denkmale, die sich Berger gesetzt, wurden im edelsten Verständniß von den Hörern empfangen. Es herrschte eine ernste, bei Vielen eine tief wehmuthvolle Theilnahme, welche über die ganze Versamm= lung eine heiligende Weihe verbreitete. So schien es, als grüße der Geist des Dahingeschiedenen freundlich herüber, in der Sprache der Töne, die, ein unmittelbarer Ausdruck der Seele, in allen Sphären des Weltalls eine gleich ver= ständliche sein muß. Es webte sich in diesen Klängen das Band zwischen Diesseits und Jenseits, das uns die in= nerste Einigung mit dem Abgeschiedenen erhält, da ja das edelste Theil seines geistigen Seins unvergänglich für uns zurückgeblieben ist.

Das ewige „Requiem" Mozart's war, so dünkt es uns, das einzige Kunstwerk, welches der Gewalt einer so aufge= regten Empfindung gewachsen, nach derselben noch mit vol= ler, selbständiger Gültigkeit aufzutreten vermochte. Aber auch seine Macht wuchs durch die Grundlage, die es an jenem Abend in den Gemüthern fand, und baute sich höher hinauf in die Sternennacht des Jenseits, auf der es herab= geschwebt ist, um uns auf der Erde für die Geheimnisse, die uns drüben erwarten, in ahnender Verkündigung vor= zubereiten.

So erfüllte diese Todtenfeier, welche die Verehrer und Schüler des edeln Künstlers noch einmal zur geistigen Ge= meinschaft mit ihm und unter sich sammelte, alle ihre Zwecke in erwünschtester Weise.

Auch den, welcher die äußerlichste Gestalt hatte; denn der Ertrag für das Denkmal war gleichfalls, durch außer= ordentliche Beiträge naher und ferner Schüler und Ver=

ehrer vermehrt, so reichlich ausgefallen, daß sofort zum
Werk geschritten werden konnte.

Nach Angabe und Zeichnung des Malers und Architek-
ten Karl Beckmann, welcher sich mit der Nichte Berger's
die seiner Häuslichkeit zuletzt vorgestanden, verbunden hatte,
wurde ein granitener Cippus gearbeitet. In einer runden
Vertiefung desselben ist Berger's sprechend getroffenes Bildniß in halb erhabener Sculpturarbeit als ein Medaillon von
Bronze angebracht. Sein Name, sein Geburtstag, der 18.
April 1777, und sein Todestag, der 16. Februar 1839, bilden die Umschrift. Außerdem ist darauf die Gesammtheit
seines geistigen Bedeutens in den wenigen Worten ausgedrückt, die wir an den Eingang unsers Unternehmens stellten und die auch dessen Schlußstein bilden sollen, wie sie
den Gedenkstein seiner Gruft im Geist und in der Wahrheit
bezeichnen:

Ludwig Berger,
als Künstler groß, als Mensch edel,
wahrhaft, freisinnig.

Felix Mendelssohn-Bartholdy.

Ein Erinnerungsblatt.

Es ist eine Erinnerung aus dem Leben des Unterzeichneten, und, worauf es freilich mehr ankommt, zugleich eine aus dem des allzu früh von uns geschiedenen großen Tonkünstlers Felix Mendelssohn-Bartholdy, welche sich auf dieses Blatt schreibt! — Im Jahre 1821 vom September ab lebte ich in Weimar. Zelter war es, der mir durch Briefe und Musiksendungen an Goethe den Zutritt zu dem greisen Dichter gebahnt, mir sein Haus eröffnet hatte. — Eines Morgens, im November, erhielt ich eine Auffoderung, Frau von Goethe, die Schwiegertochter des Dichters, welche das Mansarden-Strockwerk des Goethe'-schen Hauses bewohnte, noch am nämlichen Vormittage zu besuchen. Sie empfing mich mit den Worten: „Sie werden Bekannte aus Berlin hier finden, deren Wiedersehen Ihnen Freude machen wird." Ich rieth, ich fragte, doch ohne das Richtige zu treffen, als sich plötzlich die Thür öffnete und Zelter's stattliche Gestalt, damals noch in rüstiger Kraft, eintrat. Er grüßte in seiner eigenthümlichen Weise mit den Worten: „Nun, da sind Sie ja auch, so finden wir Berliner uns ja alle hier in Weimar zusammen! — Ich mußte doch dabei sein, wie meinem Luther in Wittenberg das Denkmal gesetzt wurde, und da ich einmal auf dem Wege war, bin ich gleich bis hierher gefahren.''

Als wir noch in den gegenseitigen Begrüßungen und ersten Wechselworten begriffen waren, wurde die Thür des Zimmers leise geöffnet und ein Knabe von etwa zwölf Jahren trat ein; — es war Felix Mendelssohn, den ich mit Freuden erkannte. Schüchtern näherte er sich und sein schwarzes schönes Auge blickte befangen in dem Kreise (es waren noch einige andere Herren und Damen zugegen) umher. Er vermuthete wahrscheinlich Goethe selbst unter den Anwesenden, allein dieser war noch in seinem Zimmer und die Reisenden, soweit ich mich erinnere, eben erst eingetroffen. Zelter hatte zuerst Frau von Goethe begrüßt und sein junger Begleiter nun selbst suchen müssen, wohin er sich zu begeben habe, was ihn allerdings in einige Verlegenheit setzen mußte, in dem Hause, das durch den großen hochverehrten Namen des Dichters wol einem Lebensgeübtern Scheu eingeflößt haben würde. Der Knabe wurde auch eben nicht beachtet, weil man seine außerordentlichen Eigenschaften noch nicht kannte; ich war muthmaßlich der Einzige, außer Zelter, der genauer damit vertraut war. In Zelter's Grundsatz lag es, gar keine Notiz von ihm zu nehmen, und so mochte denn sein begabter Zögling sich in diesen ersten Minuten ziemlich unbehaglich fühlen. Indessen schwand die Blödigkeit allmälig und er stellte sich bald auf einen muntern Fuß mit den jüngern Damen. Bei seiner Lebhaftigkeit steigerten sich die

heitern Beziehungen schnell zu muthwilligen, und, ohne
von dem tiefen, bewundersnürdigen musikalischen Talent
irgend etwas gezeigt zu haben, war er schon der Lieb=
ling Aller geworden. Denn die geistige Gewalt, welche
sich bei ihm in der Musik auf ihre höchsten Spitzen
drängte, leuchtete und flammte auch in jeder andern Hin=
sicht schnell auf.

In dem Zimmer stand übrigens nur ein sehr veral=
teter Flügel; im tiefern Geschoß aber, in den Gesell=
schaftszimmern Goethe's, befand sich ein vortrefflicher
Streicher'scher Flügel, den ihm Rochlitz besorgt hatte. —
Dort fanden wir uns am Abend des Tages Alle wieder
zusammen, denn Goethe hatte eine größere Gesellschaft
geladen, um seine weimarischen Freunde, insbesondere
die musikalischen, mit dem staunenswürdigen Talente des
Kindes, von dem ihm Zelter den Tag über viel er=
zählt, auch früher schon Manches geschrieben, bekannt
zu machen.

Unter den Geladenen befand sich auch der weimarische
Regierungsrath Schmidt, der, ein leidenschaftlicher Ver=
ehrer Beethoven's, dessen Sonaten sämmtlich mit Feuer
und Fertigkeit spielte und sie zum größten Theile aus=
wendig wußte. Außerdem, wenn ich mich richtig erinnere,
der Musikdirector Eberwein mit seiner Gattin, einer aus=
gezeichneten Sängerin, Knebel, Herr von Froriep und
Andere.

Zelter war, als wir Andern schon versammelt waren,
noch nicht zugegen, wol aber Felix Mendelssohn, der
sich scherzend, wie am Morgen, mit den Damen des
Hauses unterhielt. Zelter wohnte in einem der an den
Gesellschaftssaal stoßenden Zimmer. Von dort her trat
er ein, in einem Ceremoniel der Kleidung, wie ich ihn

in Berlin niemals gesehen, nämlich in kurzen, schwarzen seidenen Beinkleidern, seidenen Strümpfen und Schuhen mit großen silbernen Schnallen. Eine Tracht, die damals schon längst nicht mehr Sitte war, ihm aber von früherer Zeit her, als die der höchsten Festlichkeit, gewohnt sein mußte. Er, der sonst mit der Gesellschaft ziemlich obenhin zu verfahren pflegte, legte also in Goethe's Hause doch einen entschiedenen Werth auf die äußern Formen. Ob rein die Ehrfurcht vor der geistigen Größe des Freundes, oder wenigstens zugleich mit die vor seiner anderweitigen Lebensstellung es war, die ihn dazu bestimmte, lassen wir ununtersucht.

Jetzt erst erschien Goethe selbst; er kam aus seinem Arbeitszimmer; gewöhnlich pflegte er, wenigstens habe ich es so bemerkt, erst abzuwarten, daß die Gesellschaft versammelt sei, bevor er sich zeigte. So lange verwalteten sein Sohn und dessen Gattin die Pflichten der Wirthe auf die einnehmendste Art. — Eine gewisse Feierlichkeit war von dem Eintreten des Dichters in den Kreis seiner Gäste kaum zu trennen. Denn fast immer befanden sich in demselben Einige, die ihn zum ersten mal sahen, oder ihm doch nur selten nahe getreten waren; und selbst für Die, welche nähern oder nächsten Umgang mit ihm pflogen, blieb das Gefühl der Verehrung ihm gegenüber das vorherrschende. Sein ganzes Wesen prägte sich auch in der äußern Erscheinung so aus, daß diese Empfindung die erste, die überwiegende, die bleibende sein mußte. Sein ernster, langsamer Gang, die kraftvollen Züge, welche vielmehr die Stärke als die Schwäche des Alters ausdrückten, die hohe Stirn, das weiße, reiche Haar, endlich die tiefe Stimme und die langsame Redeweise, Alles vereinigte sich gerade zu diesem

11 * *

Eindruck. Er stellte sich denn auch an diesem Abend her; eine plötzliche Stille trat ein, als der Dichtergreis die Thür öffnete, jedes Auge wandte sich zu ihm, er wurde mit stummer Verbeugung begrüßt. Sein „Guten Abend" richtete sich an Alle, doch vorzugsweise ging er auf Zelter zu und schüttelte ihm vertraulich die Hand. Es ist allbekannt, daß Beide auf dem brüderlichen Fuß des „Du" in der Unterredung standen. Felix Mendelssohn schaute mit blitzenden Augen zu dem schneeigen Haupt des hohen Dichters hinauf; dieser aber nahm ihn mit beiden Händen freundlich beim Kopf und sagte: „Jetzt sollst du uns auch Etwas vorspielen!" Zelter nickte sein Ja dazu.

Goethe trat nun zu uns Andern. Eine kurze Unterredung bei der ersten Vorstellung abgerechnet, hatte ich ihn, obgleich ich mich schon über zwei Monate in Weimar befand, noch nicht weiter gesehen. Seine Erscheinung war mir also fast wie eine erste und bewegte das ehrfurchtsvolle, bewundernde, jugendliche Herz mit jener Beklemmung, die uns eine so mächtig überlegene Größe um so mehr erzeugt, je tiefer wir deren Bedeutsamkeit empfinden. Nach einigen freundlichen Aeußerungen gegen mich über die Beziehungen, in die ich zu seinem Sohne und seiner Schwiegertochter getreten, in deren Hause ich seither mehrfach aus- und eingegangen war und wo namentlich Musik — Frau von Göthe sang sehr angenehm — uns öfters beschäftigt hatte: lenkte der Dichter das Wort auf Felix Mendelssohn. „Mein Freund Zelter hat mir da seinen kleinen Schüler mitgebracht, den Sie gewiß schon kennen." Ich bejahete es. Goethe fuhr fort: „Von seinen musikalischen Anlagen soll er uns erst eine Probe geben; aber auch nach jeder andern Seite ist er außerordentlich begabt.

Man hat die Lehre von den Temperamenten; jeder Mensch trägt alle vier in sich, nur in verschiedenen Mischungsverhältnissen. Bei diesem Knaben würde ich annehmen, daß er vom Phlegma das irgend möglichste Minimum, von dem Gegensatz das Maximum besitze."

Es gehört nicht hierher, wäre mir auch kaum noch möglich, das fernere Gespräch, welches sich hieran knüpfte, genauer zu entwickeln.

Der Flügel war geöffnet worden, die Lichte auf das Pult gestellt. Felix Mendelssohn sollte spielen. Er fragte Zelter, gegen den er durchaus kindliche Hingebung und Vertrauen zeigte: „Was soll ich spielen?"

„Nun, was du kannst!" antwortete dieser in dem obenhin streifenden Tone, dessen sich Alle erinnern werden, die ihn näher gekannt: „Was dir nicht zu schwer ist!"

Mir, der ich wußte, was der Knabe leistete, für den schon damals kaum eine Aufgabe vorhanden war, die er nicht spielend gelöst hätte *), erschien dies wie eine unrichtig angebrachte Unterschätzung seiner Fähigkeiten. Es wurde endlich festgesetzt, daß er frei phantasiren solle und er bat Zelter um ein Thema.

„Kennst du das Lied: «Ich träumte einst von Hannchen?» fragte ihn Dieser. (Diese Worte sind nicht die

---

*) Er hatte schon zwei Jahre zuvor Hummel's H-moll-Concert zu dessen höchstem Erstaunen aus dem Manuscript vom Blatt gespielt, transponirte jede Cramer'sche Uebung auf der Stelle in die schwierigsten Tonarten, spielte das ganze „Wohltemperirte Klavier" Sebastian Bach's meistens auswendig und Aehnliches.

richtigen; ich habe das Lied musikalisch, wie seinen Wort=
laut, vergessen, doch war dies ungefähr der Sinn der
ersten Zeile und es kommt, wie man nachher sehen wird,
auf denselben an.)

Felix verneinte.

„So will ich es dir einmal vorspielen."

Zelter setzte sich an den Flügel und spielte mit sei=
nen steifen Händen (er hatte mehre gelähmte Finger)
ein sehr einfaches Lied in G - dur in Triolenbewegung.
Da ich hier für eine Musikzeitung schreibe, erlaube ich
mir, im Ungefähr dasselbe herzusetzen, da ich dessen im
Verfolg der Darstellung bedarf. Also etwa:

Andante.

Es mochte vielleicht sechzehn Takte haben. Felix spielte
es einmal ganz nach und brachte dann, indem er die
Triolenfigur in beiden Händen unisono einige mal übte,
gewissermaßen seine Finger in das Geleise der Haupt=
figur, damit sie sich ganz unwillkürlich darin bewegen
möchten. Jetzt begann er, aber sogleich im wildesten
Allegro. Aus der sanften Melodie wurde eine aufbrau=
sende Figur, die er bald im Baß, bald in der Ober=
stimme nahm, sie mit schönen Gegensätzen durchführte,
genug, eine im feurigsten Fluß fortströmende Phantasie
gab, wobei ihm Hummel's *) Art und Weise, derglei=

---

*) Hummel war damals schon Kapellmeister in Weimar
und am Orte anwesend, doch war er an jenem Abend nicht

chen Aufgaben zu behandeln, wol am meisten vor=
schweben mochte. Alles gerieth in das höchste Stau=
nen; die kleine Knabenhand arbeitete in den Tonmassen,
beherrschte die schwierigsten Combinationen, die Passa=
gen rollten, perlten, flogen mit ätherischem Hauch, ein
Strom von Harmonien ergoß sich, überraschende contra=
punktische Sätze entwickelten sich dazwischen — nur die
Melodie blieb ziemlich unberücksichtigt und durfte wenig
mitsprechen in diesem stürmischen, glänzenden Reichstag
der Töne.

Mit einem ihm schon damals eigenen richtigen Takt
dehnte der junge Künstler sein Spiel nicht zu lange aus.
Desto größer war der Eindruck gewesen; ein über=
raschtes gefesseltes Schweigen herrschte, als er die Hände
nach einem energisch aufschnellenden Schlußaccord von der
Klaviatur nahm und sie nunmehr ruhen ließ.

Zelter war der Erste, der die Stille in seiner schon
oben erwähnten fahrlässig humoristischen Weise unterbrach,
indem er laut sagte: „Na, du hast wol vom Kobold
oder Drachen geträumt! Das ging ja über Stock und
Block!" Zugleich lag in dem Ton die völligste Gleich=
gültigkeit gegen die Sache, als ob eben nichts Bemer=
kenswerthes dabei wäre. Außer allem Zweifel hatte der
Lehrer die pädagogische Absicht, dadurch der Gefahr

---

zugegen. Später, bei einer musikalischen Matinée, wo ich
nicht zugegen war (irre ich nicht, so fand sie bei der dama=
ligen Erbgroßherzogin von Weimar statt), traf dieser hochbe=
rühmte Virtuos mit Felix Mendelssohn zusammen. Hummel
spielte; nachher wurde auch Felix aufgefodert, doch der Knabe
weinte und weigerte sich durchaus zu spielen.

eines zu glänzenden Triumphes vorzubeugen. Ob aber diese Weise, die staunenswürdigste Erscheinung zu behandeln, die, oder überhaupt eine richtige war, darüber habe ich später oft mit Freunden und namentlich auch mit Ludwig Berger viel gesprochen. Dieser war ganz dagegen. Seiner edeln aufrichtigen Seele erschien es auch hier als ein Unrecht, und zugleich als ein Fehlgriff, die Wahrheit irgend wie zu verleugnen oder zu verhüllen. Er hat sie bei andern Anlässen aus innerster Ueberzeugung seinem Zögling ganz unumwunden gesagt und in der entschiedensten Form. — Doch wir lassen Das!

Genug, das Spiel hatte, wie es nicht anders sein konnte, die höchste Bewunderung Aller erregt, und namentlich war Goethe selbst von wärmster Freude erfüllt. Er herzte den kleinen Künstler, in dessen kindlichen Zügen sich Glück, Stolz und Verlegenheit zugleich malten, indem er ihm den Kopf zwischen die Hände nahm, ihn freundlich derb streichelte und scherzend sprach: „Aber damit kommst du nicht durch! Du mußt noch mehr spielen, bevor wir dich ganz anerkennen.“

„Aber was soll ich spielen?“ fragte Felix. „Herr Professor“ — er pflegte Zelter bei diesem Titel zu nennen — „was soll ich noch spielen?“

Ich will nicht behaupten, daß ich genau die Ordnung der Musikstücke behalten habe, welche der junge Virtuos nunmehr spielte, denn es waren ihrer viele. Diejenigen, an welche sich Besonderes knüpfte, will ich aber erwähnen.

Goethe war ein großer Freund der Bach'schen Fugen; ein Musiker aus dem Städtchen Berká, zwei Meilen

von Weimar, mußte ihm dieselben häufig vorspielen.
Es wurde also auch Felix Mendelssohn die Auffoderung gestellt, eine Fuge des hohen Altmeisters zu spielen. Zelter wählte sie aus dem Notenheft der Bach'-
schen Fugen, welches herbeigebracht wurde, und der
Knabe spielte dieselbe völlig unvorbereitet, mit vollendeter Sicherheit. Welche, vermag ich nicht mehr anzugeben. Im Thema aber kam ein Triller vor, der
später, als derselbe zu andern Stimmen im Baß und in
der Mittelstimme wiederkehrte, zuweilen wegblieb. „Du
solltest den Triller nicht weglassen", bemerkte Zelter;
„man erkennt daran das Thema so gut wieder."

Lebhaft rief Felix: „Es ist nicht möglich, ihn zu
machen! Sehen Sie nur, Herr Professor, so liegen die
Stimmen, so muß ich greifen!"

„Ja, wenn es nicht möglich ist", erwiderte Zelter,
„dann muß er wol wegbleiben! — Aber vielleicht
doch!" setzte er zweifelnd, in summendem Tone hinzu.
Felix Mendelssohn beharrte mit kecker Sicherheit auf seiner Meinung und hatte zuverlässig Recht, denn wäre
es irgend möglich gewesen, die Foderung zu erfüllen, so
würde er sie erfüllt haben.

Goethe's Freude wuchs bei dem erstaunenswürdigen
Spiel des Knaben. Unter Anderm foderte er Felix auf,
ihm eine Menuett zu spielen.

„Soll ich Ihnen die schönste, die es in der ganzen Welt gibt, spielen?" fragte er mit hell leuchtenden
Augen.

„Nun, und welche wäre das?"
Er spielte die Menuett aus „Don Juan".
Goethe blieb fortdauernd lauschend am Instrument
stehen, die Freude glänzte in seinen Zügen. Er wünschte

nach der Menuett auch die Ouverture der Oper; doch
diese schlug der kleine Spieler rund ab mit der Behauptung, sie lasse sich nicht spielen, wie sie geschrieben stehe, und abändern dürfe man nichts daran. *)
Dagegen erbot er sich, die Ouverture zum „Figaro"
zu spielen. Er begann sie mit einer Leichtigkeit der
Hand, mit einer Sicherheit, Rundung und Klarheit in
den Passagen, wie ich sie nie wieder gehört. Dabei
gab er die Orchestereffecte so vortrefflich, machte so viele
feine Züge in der Instrumentation bemerkbar, durch mit-
gespielte oder deutlich hervorgehobene Stimmen, daß die
Wirkung eine hinreißende war und ich fast behaupten
möchte, mehr Freude daran gehabt zu haben als jemals an einer Orchesteraufführung.

Goethe wurde immer heiterer, immer freundlicher, ja
er trieb Scherz und Neckerei mit dem geist- und lebens-
vollen Knaben.

„Bis jetzt", sprach er, „hast du mir nur Stücke gespielt, die du kanntest, jetzt wollen wir einmal sehen, ob
du auch Etwas spielen kannst, was du noch nicht kennst.
Ich werde dich einmal auf die Probe stellen."

Er ging hinaus. Wir, vorzugsweise ich, als ein
älterer Bekannter aus Berlin, unterhielten uns indeß
mit Felix Mendelssohn und wünschten auch, daß er
Dieses oder Jenes spielen möge. Eine kleine Schel-
merei von ihm will ich nicht verschweigen. Ich fragte
ihn nach einem Rondeau von Cramer, einer der geist-

---

*) Ich führe seine Meinung an, ohne sie zu theilen; schon
an jenem Abend stellte ich ihm meine Gegengründe auf. Doch
ist hier nicht der Ort, darauf näher einzugehen.

reichsten Compositionen dieses Meisters, welches Ludwig
Berger vorzugsweise liebte und von dem ich wußte, daß
er es seinem Zögling einstudirt hatte. „Ja", rief er
lebhaft, „das spielt Herr Berger wunderschön, so leicht!"
Auf meine Bitte fing er es an zu spielen, doch nur
versuchsweise. Bei einer Stelle griff er fehl, ging aber
darüber hin. Ich fragte ihn, als er inne hielt: „Soll
an dieser Stelle nicht cis stehen?" „Ja", sprach er
obenhin, indem er den Kopf nachlässig warf, „c oder
cis, es kann beides sein!" Daß er fehlgegriffen habe,
räumte er nicht ein. — Mehre Jahre später begegneten wir uns im Concertsaal in Berlin. Wir hatten
uns sehr lange nicht gesehen, sprachen über Dies und
Jenes aus der Vergangenheit und er selbst kam auf
unser Zusammentreffen in Weimar. „Erinnern Sie sich
noch des ersten Abends bei Goethe! Als ich mich ver-
griff in dem Rondeau von Cramer und Sie mich frag-
ten: Sollte da nicht cis stehen, und ich ganz dreist
antwortete: c oder cis, es ist einerlei!" Und er lachte
munter über diese kecke Knabenart, den Fehler zu verleugnen.

Goethe kam nach einigen Minuten wieder ins Zimmer und hatte mehre Blätter geschriebener Noten mitgebracht. „Da habe ich Einiges aus meiner Manuscripten-
sammlung geholt. Nun wollen wir dich prüfen. —
Wirst du das hier spielen können?"

Er legte ein Blatt mit klar aber klein geschriebenen
Noten auf das Pult. Es war Mozart's Handschrift.
Ob es uns Goethe sagte oder ob es auf dem Blatte stand,
weiß ich nicht mehr, nur daß Felix Mendelssohn freudig erglühte bei dem Namen und uns Alle ein unnenn-
bares Gefühl durchbebte, was zwischen Begeisterung und

Freude, zwischen Bewunderung und Ahnung schwankte, vielleicht von Allem etwas hatte. Goethe, der Greis, der ein Manuscript Mozart's, des seit dreißig Jahren Bestatteten, dem zu reichster Verheißung frisch aufblühenden Knaben Felix Mendelssohn vorlegt, um es vom Blatt zu spielen — wahrlich, diese Constellation ist eine seltene zu nennen!

Der junge Künstler spielte mit vollster Sicherheit, ohne nur den kleinsten Fehler zu machen, das nicht leicht zu lesende Manuscript vom Blatt. Sehr schwer war die Aufgabe allerdings nicht, wenigstens nicht für Mendelssohn, denn es galt nur ein Adagio zu lesen. Aber es hatte viel Zweiunddreißigtheile, Passagen, die genau eingetheilt sein wollten, und ein Manuscript, wenn auch im Allgemeinen deutlich, bleibt immer schwerer zu lesen als ein gestochenes Blatt. Jedenfalls war es eine Schwierigkeit, die Aufgabe so zu lösen, wie es geschah, denn das Stück klang, als wisse es der Spieler seit Jahr und Tag auswendig, so sicher, so klar, so abgewogen im Vortrag.

Goethe blieb, da Alles Beifall spendete, bei seinem heitern Ton. „Das ist noch nichts!" rief er, „das könnten auch Andere lesen. Jetzt will ich dir aber Etwas geben, dabei wirst du stecken bleiben! Nun nimm dich in Acht!"

Mit diesem scherzenden Ton langte er ein anderes Blatt hervor und legte es aufs Pult. Das sah in der That sehr seltsam aus. Man wußte kaum, ob es Noten waren, oder nur ein liniirtes, mit Dinte besprühtes, an unzähligen Stellen verwischtes Blatt. Felix Mendelssohn lachte verwundert laut auf. „Wie ist das geschrieben! Wie soll man das lesen!" rief er aus.

Doch plötzlich wurde er ernſthaft, denn indem Goethe die Frage ausſprach: „Nun rathe einmal, wer das ge= ſchrieben!" rief Zelter ſchon, der herzugetreten war und dem am Fortepiano ſitzenden Knaben über die Achſel ſchaute: „Das hat ja Beethoven geſchrieben! Das kann man auf eine Meile ſehen! Der ſchreibt immer wie mit einem Beſenſtiel und mit dem Aermel über die fri= ſchen Noten gewiſcht! Ich habe viel Manuſcripte von ihm! Die ſind leicht zu kennen!"

Ich glaube, ich gebe ſeine Ausdrücke ziemlich wört= lich, trotz des Vierteljahrhunderts, das ſeitdem vergan= gen. Wer ſeinen derben Humor gekannt hat, wird dieſer Verſicherung nicht bedürfen. Seine Redeweiſe war ebenſo kenntlich und grotesk, wie Beethoven's Manu= ſcripte.

Bei dieſem Namen aber war, wie ich ſchon eben ſagte, Felix Mendelsſohn plötzlich ernſthaft geworden, mehr als ernſthaft. Ein heiliges Staunen verrieth ſich in ſeinen Zügen; Goethe betrachtete ihn mit forſchen= den, freudeſtrahlenden Blicken. Der Knabe hielt das Auge unverwandt auf das Manuſcript geſpannt und leuchtende Ueberraſchung überflog ſeine Züge, wie ſich aus dem Chaos ausgeſtrichener, friſch verwiſchter, über= und zwiſchengeſchriebener Noten und Worte ein hoher Gedanke der Schönheit, der tiefen, edeln Erfindung her= vorrang.

Das Alles währte aber nur Secunden. Denn Goethe wollte die Prüfung ſcharf ſtellen, dem Spieler keine Zeit zur Vorbereitung laſſen. „Siehſt du", rief er, „ſagt' ich's dir nicht, du würdeſt ſtecken bleiben? Jetzt ver= ſuche, zeige, was du kannſt."

Felix begann ſofort zu ſpielen. Es war ein ein=

faches Lied; deutlich geschrieben eine kinderleichte, gar keine Aufgabe, selbst für einen mittlern Spieler. So aber gehörte doch dazu, um aus den zehn und zwanzig ausgestrichenen, halb und ganz verwischten Noten und Stellen die gültigen herauszufinden, eine Schnelligkeit und Sicherheit des Ueberblicks, wie sie Wenige erringen werden. Ich sah verwundert mit ins Blatt und versuchte zu singen, doch manche Takte blieben, was die Worte anlangt, durchaus unlesbar, wie auch der Accompagnist rücksichtlich der Noten einhalf und oft lachend mit dem Finger die richtige zeigte, die urplötzlich an ganz anderer Stelle gesucht werden mußte. Er aber übersah, so schien es, Alles zugleich.

Einmal spielte er es so durch, im Allgemeinen richtig, aber doch einzeln inne haltend, manchen Fehlgriff unter einem raschen: „Nein so!" verbessernd; dann rief er: „Jetzt will ich es Ihnen vorspielen!" Und dieses zweite mal fehlte auch nicht eine Note; die Singstimme sang er theils, theils spielte er sie mit. „Das ist Beethoven, diese Stelle!" rief er ein mal dazwischen zu mir gewandt, als er auf einen melodischen Zug stieß, der ihm die eigenthümliche Weise des Künstlers recht scharf auszuprägen schien. „Das ist ganz Beethoven, daran hätte ich ihn erkannt!"

Mit diesem Probestück ließ es Goethe genug sein. Daß der junge Spieler wiederum das reichste Lob erntete, welches sich bei Goethe in den neckenden Scherz versteckte, hier habe er doch gestockt und sei nicht ganz sicher gewesen, darf ich kaum hinzufügen.

Was ferner an dem Abend geschah, ist mir nicht mehr gegenwärtig, genug, Felix Mendelssohn spielte noch Manches; er begleitete Frau von Goethe zum Gesang;

es wurde auch vorgeschlagen, etwas zu vier Händen zu spielen, doch keiner von uns Andern mochte sich dazu verstehen, in der Gewißheit, daß neben dem Alles besiegenden Talent des Knaben jede andere Ausübung doch nur stümperhaft oder gar störend erscheinen mußte, und nichts dabei zu ernten sei, als Beschämung für das anmaßliche Beginnen.

Späterhin veranstaltete Goethe noch mehre gesellige Versammlungen, zu denen er die weimarischen Freunde einlud, damit sie sich an dem Talent des Knaben staunend erfreuen möchten. Namentlich erinnere ich mich eines Sonntags Vormittags, an welchem Felix besonders glücklich phantasirte, zum Theil über ein Thema von Eberwein (eine Goethe'sche Ballade), die seine Gattin eben zuvor gesungen.

Der Dichtergreis weissagte dem musikalischen Wunderknaben die größte Zukunft. Er sprach mit vollem, warmem Glauben davon zu mir, an den er sich in dieser Beziehung öfters wandte. Seine echte künstlerische Freude über die vielverheißende Erscheinung loderte immer wieder in frischen Flammen auf. Entschieden war der Knabe sein Liebling geworden.

Er war aber auch der Liebling des ganzen Hauses. Die Frauen und Mädchen neckten sich unablässig mit ihm, und öfters, wenn er eben am Instrument gesessen und uns das Herrlichste geboten hatte, sprang er gleich danach auf und jagte sich muthwillig mit den jüngern Damen durch die Zimmer. Einmal neckte er eins der Hoffräulein auch mit einem Blasebalg, den er irgendwo am Kamin aufgefunden und blies ihr muthwillig in die Locken — aber ihm wurde Niemand böse!

Das waren diese heitern, sonnigen Tage der Jugend,

diese ersten Frühlingsrosen des Lebens! Ohnehin würde ich mit Wehmuth auf eine auch mir so goldene Vergangenheit zurückblicken — vollends aber jetzt, wo ein tiefes, dunkles Grab sich düster zwischen dem Heut und Damals geöffnet hat, ein Grab, das vielleicht den edelsten Theil der Schätze für ewig in seine Nacht hüllt, welche damals dem Seherauge des Dichters aus der künstlerischen Wunderblüte entgegenleuchteten, die sich eben im Morgenstrahl des Lebens entfaltete.

Ludwig Rellstab.

Druck von F. A. Brockhaus in Leipzig.